太平年关

TAIPING
NIANGUAN

短篇小说集

符浩勇◎著

中国言实出版社

图书在版编目（CIP）数据

太平年关 / 符浩勇著. -- 北京：中国言实出版社，
2023.12

ISBN 978-7-5171-4667-4

Ⅰ.①太… Ⅱ.①符… Ⅲ.①小说集－中国－当代
Ⅳ.①I247

中国国家版本馆CIP数据核字（2023）第210140号

太平年关

责任编辑：宫媛媛
责任校对：张国旗

出版发行：中国言实出版社
地　址：北京市朝阳区北苑路180号加利大厦5号楼105室
邮　编：100101
编辑部：北京市海淀区花园路6号院B座6层
邮　编：100088
电　话：010-64924853（总编室）　010-64924716（发行部）
网　址：www.zgyscbs.cn　　电子邮箱：zgyscbs@263.net

经　销：新华书店
印　刷：北京温林源印刷有限公司
版　次：2024年4月第1版　　2024年4月第1次印刷
规　格：880毫米×1230毫米　　1/32　　9.125印张
字　数：178千字

定　价：58.00元
书　号：ISBN 978-7-5171-4667-4

目　录

太平年关

一

　　日子进入腊月廿内，府城的年关日见热腾起来，街道上熙攘的身影更加行色匆匆。进城来收旧货的詹承宜接到了同乡张连喜打来的电话，邀他合伙租车回家过年。张连喜说："家里捎话让我早回家，过年的物件还未置办……"说时还抱怨乡下的女人不当家，转而在电话里很郑重地说："凑钱租车回去划算，比去汽车站挤汽车便利。"

　　詹承宜却不慌不忙地说："还早哩，你们要回就先走。"张连喜由招呼变成了劝说："再晚了车难租，价格也会涨，乡下过年的许多事还需要办！"詹承宜还是说："你们要回就先走，晚了我自己租车。我一年的忙活，就看这年关有没有行情了。"那口气，似乎他在等待着一种什么意外的收获。因为他知道年关这一阵是一年中收旧货最忙的时候，城里人都要处理掉一些旧东西，比如桌椅沙发、旧炉杂鞋，甚至是不常换穿的衣物等，旧的不去，新的不来，城里人就爱图个洁洁净净过新年。

　　每年开春过小年后，方圆百十里四英岭人家的同乡总是凑钱租车（大多是破旧的面包车或柳州小面的）进城的，詹承宜都不参与，却偏要独自乘坐拉碎石的拖拉机到镇上，然后拦半途经过的汽车到城里来。他十分庆幸在进城后迅速确定了收旧货的营生。这个活对于乡下人来说，算不上什么艰苦，但要看自己的年成八字运气。每天挨家挨户上门收旧货，再送到废品站去卖掉。有时候一天只能赚很少的三四十元钱，有时候还分文无收，或者被人骗了，还要倒贴掉一点。比如，有一回他收了一箱旧铜丝，送到废品站时，才发现只有面上是一团铜丝，下面的都是泥巴、砖块，他就白白地贴了一百多元。但是不管怎么说，他相信钱会积少成多的。有了这样的信念，他就能够不辞劳苦，实际苦些累些对自己有好处。现在他更坚定了信心，收旧货说不定真的就会有意外好运的到来。

　　然而，今年腊月廿这个时候，是府城人的失窃高峰，詹承宜长年累月收旧货的城南瑞海花园小区贴出告示，请业主们倍加小心，尤其对从乡下来收旧货、捡破烂的人，一定要提高警惕，倍加防范。一旦发现有可疑外地人等，在报告物业管理公司的同时立刻拨打派出所报警电话。往年瑞海花园小区谁家有了旧货想卖了，只要听到詹承宜在小区大门外的喊声，他们应一声或给詹承宜发短信，他就推着拖板三轮车进去，登门去收。不出一刻钟，他便可拉一拖板车的旧货件出来。但自从瑞海花园小区物业公司贴出告示，连詹承宜本人都不让进去了。他和他的车进不去，业主就要亲自把旧货提出来，很多人怕麻烦就不愿意了，大多旧货就堆在自家的负楼停车库里。

腊月廿三一过，眼看到了年根，詹承宜就忍不住跟小区门卫处守门的保安急，说："我是老詹呀，你又不是没见过我，你又不是不认得我，就让我进去吧？"

保安怯于物业布告的威严，说："认得你是认得你，不能进就是不能进，放你进去了，我就得出去了。"其实后面那句话是保安部经理开会强调的。

詹承宜急不可耐，说："你这样我可损失大了！"

保安说："损失什么呢？反正谁家都没有卖，都堆在车库里，早晚也都是你的，等过了这个年，你再进去收吧。"

詹承宜不无遗憾，说："那就不能保证了，经常会有流动的人来收，我回家过年了，万一他们抢先了，我这一个年关就白等了，一年里我也就等着年关的这几天有货的日子。"

保安劝导他，说："你是老主顾了，业主会惦记着留给你的。"

詹承宜很不甘心，软磨着说："我到这个小区，比你还早呢，小区里的人，都认得我，却不见得都认得你呢。我又不是小偷，不是你们布告上防范的人，你说不让我进去，有道理吗？"

保安却犟起来，说："怎么没有道理？公司领导说了，不让外地人进，就是硬道理！"

詹承宜和当班门卫吵吵嚷嚷的时候，门卫保安部长得圆胖的班长来了。班长和詹承宜是半个老乡，虽然班长不是四英岭的，但县行政区域调整前还是同一个县的人。詹承宜看到这半个老乡，像看到救星了。班长却将他拉到一边，悄声说："你不用急，晚上十点后，我当班，你再来，耐心点吧。"殊不知，为了垄断这个小区的破烂资源，詹承宜每月都要给这半个老乡班长买上一条好烟或者两箱行时的啤酒。

刚进城的时候，詹承宜操持收旧货营生。开始只是卖到废品收购站，他总是将收来的旧货物件，认真地分门别类，然后小心地用塑料绳捆扎好。当时地下如果留下少许残渣或杂物，他会拿出一把笤帚来，顺手替人家打扫干净，然后把旧货连垃圾一同扛出来，搁在门外的拖板三轮车上，摆得平平整整的。他曾对掷垃圾的人说，放整齐了，可以多放一点货。有一次，有户人家要卖个旧空调，虽然旧了，耗电些，还能用呢。他因为车上摆货不规整装不下了，说好回头就来取的，又因为当时手头紧未结算价钱，等他急急忙忙卸掉了车上的货再回头，户主早把旧空调卖给别人了。户主或许不在乎钱，但忌讳废品太占地方。

半个老乡班长说："你今晚先进去，把旧货物件的价格定下了，过了年再进来拉走不就万事大吉了！"

听了半个老乡班长这么一说，詹承宜咽咽气，脸上堆出巴结的笑，心里却并不踏实，蹬上拖板三轮车摇摇晃晃地离去，只好待天黑后再来。

二

冬日的年底，城里似乎比乡下黑得要早，太阳刚落下去，夜幕就一下子扑上来了。六点一过，城南瑞海花园小区的路灯就齐刷刷亮了，小区十二幢楼房的居家住户已是万家灯火。

等到晚上十点，詹承宜就蹬上三轮车直奔到瑞海花园大门口。果然是半个老乡班长在值班。詹承宜招呼一声，刚要进去，半个老乡班长却拦住了他，说："拖板车不能进去。"抬眼又见到詹承宜手里还拎着一只布袋，问："那是什么？"

詹承宜支支吾吾不开声，反倒引得半个老乡班长生疑，他上前抢过一看，却见几本记得密密麻麻的旧日记，问："这些……谁的？"

他只说："是一户主保姆错卖祖辈的笔记，主人托他寻回，可当作新书回购。"

半个老乡班长又说："看你这么郑重其事，像是什么宝贝似的，有好处别忘了哥们。"

詹承宜急着进去，许愿说："事情顺利的话，孝敬你一条好烟过年。"

半个老乡班长仿佛在等待什么好事来临，笑笑说："好，你进去吧。"

詹承宜进入小区，这才记起刚才忘了向半个老乡班长打听 16 号楼 D 座的方位，16 号楼 D 座就是托他寻找旧日记的人家。他觉得踅回门卫处去问不妥。他记得，白天的小区花园般绿树成荫，鸟语花香，假山流水潺潺，宛如世外桃源；而现在夜晚的小区似乎与白天不一样，歧路岔径也多了，像密织的蜘蛛网，又没有显眼的路标，像进入了一片陌生的建筑森林，一时不知道该怎么走。他张望了一下四散的绿荫丛，发现那些树和花草一动不动，像塑料似的呆板，脑子里不由一片空白。

每幢楼的楼道口都有带对讲机的防盗门，詹承宜不敢贸然去按，生怕弄不好被人家撵出来。他认为收旧货简单枯燥，但并非低微，反倒觉得挺有人情味，因为这是与人打交道的事。不像他的同乡，揽的活不是拌水泥就是焊钢筋，都是笨重苦累的活计，而且没人多说话或过问，甚至有人半天也没说一句话。而他收旧货每到一户人家，都会感受到不同的人情温暖。比如，有户人家的老太太总是说，你不是那个人，你是另一个人。他估计她说的是收旧货的换了人，但他听不出她是满意还是不满意。还有一家的老大爷遇上他，总是对他说，还是你好，还是你好，可能是与从前收旧货的做比较，觉得他老实地道。他虽然不知道好在什么地方，但知道总是有好与不好的区分。但他们现在不在大院休闲区，肯定窝在家里大客厅围着电视看韩剧《大长今》，沉浸在一代奇女子徐长今是如何通过自己的努力成为朝鲜王朝历史上首位女性御医的故事氛围中。

詹承宜在大院休闲区的凉亭等了好大一会儿，希望能等到一个平日逢面能认识的业主。这时，有一位身段丰腴、衣着时尚的少妇走过来，见到他又扭头梗着脖子，模特走步一样远去了。他小声嘟噜了一句，你妖娆妩媚又有什么了不起？你能比御医大长今漂亮吗？傲慢什么？忽然，他记起有一家的家庭主妇，在他收旧货出门时，经常给他塞几个橘子、苹果或一瓶矿泉水、一支冰冻的饮料，那时候他已是口渴冒烟，喝下去肚里清凉心上温暖。现在他不敢东张西望，生怕别人将盯贼的目光丢向他。过了将近一刻钟，他才决定到地下车库去，早上听守门的保安说，业主的旧货都堆在车库里。

就在走进地下车库的时候，一激灵，詹承宜忽然记起了那个托他寻旧日记的人说他的车库是285号。这时候，他记起傍晚草草吃过一只葱油饼就来了。他顿觉又累又饿，他太困了。他蹲下倚在285号车库墙根边刚一迷糊就睡着了。他睡得并不踏实，凉风吹起就醒了一次，还咳嗽了一阵。这时候回去已不可能，不被人发现当作贼就是万幸了，他等候过夜次日收到堆放在车库里的旧货。他又摸出香烟抽了几口御寒，忽又记起，就是那托他寻找旧日记的男人，每次见了他都会给他派一根烟。

詹承宜本来不抽烟，他不想接人家的烟，但是总看到人家这么热情，要是不拿，反而显得生分了，他就接下来。给烟的那个男人问他："老叔，姓什么？"

他说："我姓詹，叫……"可下次那个男人看到，就喊他："老李，来啦？"

他说："我姓詹，我叫……"

那个男人就说："我知道你嘛。"

有一次那个男人在路上碰见他，也一样停下来拿烟给他，说："老王，收旧货啊？能不能帮我在收购站找一下被保姆误卖的旧日记？我知道或许再也找不到了。"还停下来告诉他要寻找的特别事宜。

他只好摇头苦笑："我试试，我尽力争取。"他不想那个男人失去期待。

起先詹承宜接下那个男人的烟，拿出去给看门的保安抽。后来时间长了，他自己也渐渐学会了抽烟，并发现了抽烟的好处。抽烟与不抽烟的，对待烟的态度是不同的：不抽烟被派烟总是客气地摆摆手谦让一下就过去了；而抽烟的被派烟会觉得是受人敬重的一种表现。他收旧货时，逢上抽烟的，总忘不了派上一根给人家。虽然他抽的烟并不高档，而如果被敬的见烟的牌子不好，还会回敬一根好烟给他，他反而觉得赚了，就向派烟的人露出尊重的敬意。想到这，他摇着头笑了，又长长地打了个哈欠……

三

在瑞海花园小区，半夜里詹承宜是被两个保安叫醒的。詹承宜睁开眼见是保安，笑了笑，正想要解释什么，可是保安很严肃的样子，吼他："站起来！"

詹承宜不知道今天保安为什么对他这么凶，不像是见到熟人的样子，就说："我是老詹啊，收旧货的老詹，不记得了？不认识啦？"

一个保安说："知道你是收旧货的老詹，但说不定你还是做贼公的老詹呢！"

"贼公？把我当成小偷了？这玩笑也开得太过分了！"他正想严厉地训他们几句，另一个保安已经拽过他那个小布袋，说，走！

詹承宜说："你们要干什么？有话好好说！"

第一个保安说："在这里讲不清楚，到保安部说去。"不由分说，两个保安拉着他就走。

出了地下车库，詹承宜才知道时间近子夜了，小区各栋楼面各家各户已漆黑一片，可能很多业主已进入梦乡。他与保安分辩着，不愿跟着走，而那两个保安却不想与他多说，推推搡搡地逼他走。路上的几个夜行人看过来，目光鄙夷，他觉得很没面子，这影响多不好，叫他今后还怎么在这里混呢？还是乖乖地走好了，他想，去保安部就去保安部，自己一不偷二不抢，就是去派出所也不怕！这时候整个瑞海花园小区就只有保安部灯火通明！

然而，詹承宜没想到，昨晚瑞海花园电梯间发生了一个意想不到的事件。

当事人小慧是物业管理公司的清洁工，是从郊外农村招进来的。人长得秀气可人，身段有模有样，一头烫发卷到男人的心上。大厦里十二部电梯间的清洁工作都由她一个人管，每天晚上十二点左右要更换电梯间印有"星期一""星期二"等字样的地毯，次日再把里里外外打扫擦洗干净。刚才晚上十一时，小慧像往常一样准备更换电梯间的地毯。她跟着电梯上到28楼的时候，进来一个四十岁左右的男子。小慧不认得他，只是微笑着跟他打了招呼，然后弯腰俯身收起地毯。突然，那人从背后搂住了她，还说："小妹，你真漂亮，做清洁工太可惜了，以后跟着大哥怎么样……"说时在她身子上下一阵乱摸。小慧慌了手脚，大声喊叫起来，那人也没敢多缠，等电梯门一开就跑出去蹿得没影了。小慧十一点半出了花园，男朋友来接她，看到她惊魂未定，头发都乱了，追问之下，她才说明了事情的经过。男朋友气愤："……怎么还有这样的事！"随后他就冲到物业公司反映此事。詹承宜是被当作色胆包天的盗花贼逮住的。

到了保安部，办公室里有经理，有保安班长，还有保安小王。

"就是他！"保安小王说，"白天我还拦着不让进的，不知道他什么时候还是溜进来了！"

詹承宜希望半个老乡班长能为他说句好话，但半个老乡班长静静的，一句话不说。

"谁放你进来的？"经理说。

他只好说："我自己进来的。"

"进来干什么？"经理说。

他说："当然是进来收旧货，我在小区收旧货许多年了。"

经理说："三更半夜来收旧货，你蒙谁呀？我看是进去偷东西吧！"

他说："我没偷东西，你们不要随便污人清白！"

这时，那个保安早把那个布袋子递上去，说："这是从他身上搜出来的。"

经理举起布袋子晃了晃，说："你还嘴硬，这是什么？"说着打开布袋子，一看是几本笔记本，又翻了翻，没发现其他东西，就说："你也太变态了吧，几本旧笔记本你也偷！"

他申辩说："不是偷的，是这里一个住户托我帮他找寻的。"

经理问："哪家住户？"焦虑中他脑子里一片空白，既说不清楚具体的房号，也说不出户主的姓名，人家就更加怀疑他了。

詹承宜进小区时，半个老乡班长可是看到他拿着布袋子的，还翻看了里面的笔记本呢，他想，半个老乡班长若能站出来作证，事情就会一清二楚了。他本来就要把半个老乡班长说出来的，转念一想，半个老乡班长保持沉默，是有他的道理的。半个老乡班长若是作证了，就会牵扯出违规放他进去的事实，就要受到牵连。反正，不是偷的就不是偷的，事情最后会真相大白，可要是得罪了半个老乡班长，今后是不可能再在这里收旧货的了。

经理还没问完话，那个保安说："走，我们一家一户地敲门，让业主都自查一下，看有没有丢失什么财物！"

经理骂道："你有没有脑子？这时候还怎么去挨家逐户查？"转而回过头来，说："詹老头啊，平时看你像老实人，好心让你在这里收旧货，想不到你却把好心当成驴肝肺，竟敢在小区里偷起美人来！"

詹承宜一头雾水，听不明白经理说的话的意思，但也很气愤。想自己一世清白做人，却被污为贼，搁在别处，他早就与人拼命了，可在这里不行。一想自己今后还要在这里收旧货，挣饭吃，只好忍气吞声，有话好好说。他说："经理啊，我谢谢你们之前对我的关照，可是，我不是贼，我都说了一百遍了！你们凭什么说我偷了东西呢？"

这时，其中的一个保安说："经理，要不我们搜他身吧，不信搜不出什么来。"

经理摆摆手，说了句"轮不到我们搜身"，又说："詹老头，你还是说出来吧，除了偷笔记本还偷了什么，比如现金，比如戒指项链、手机手表，或者别的什么值钱的东西，都藏到哪去了？"

　　詹承宜默不作声，不想再说什么。经理说："主动说出来好，再不说我们就送你去派出所了。"

　　詹承宜还是说："我没偷就是没偷，你们爱送就送吧。"

　　正僵持着，从门外走进来一个人，经理保安都站了起来，口里不约而同地招呼："李总——"保安部经理感到很歉意地说："想不到惊动李总你了！"

　　詹承宜抬头一看，又惊又喜，像抓住了救命稻草。显然被喊作李总的人也看见了詹承宜，一愣，"是你——"

四

　　在瑞海花园小区保安部办公室，詹承宜双手指着那个布袋，谦恭地说："没想到你是李总，你看看，这里边的是不是你家保姆卖出去的日记？"

　　李总打发走经理和保安后，接过詹承宜递上的布袋一瞧，大喜过望，几乎想拥抱他，很感动地说："太好了，太好了！"

　　李总告诉他，他的爷爷二十岁至四十岁写了很多日记，四十岁以后，爷爷就再也没有写过日记。为了了却心愿，晚辈打算凑钱替他出版这些日记，遗憾的是，其中缺少了四年的内容——1936年至1939年的日记，被当年伺候爷爷的老保姆当废品卖了。晚辈曾经费了很大的周折，但始终没有找到。他大喜过望，说："本来我也不存什么奢望，只是心里不甘，就和你说说，现在这四年的日记，竟真的被你找到了！"

太平年关

詹承宜一时说不上话来，脸上只是傻笑。

李总告诉詹承宜：电梯间发生的事已弄清楚，与你无关。想不到还有人胆敢在电梯间做出那样的事。刚好电梯间里前两天装好了摄像头，于是办公室调出视频录像来看，果然找到了有人非礼小慧的录像。经过查访，那人是租用物业公司的一个物流公司的员工，叫赵才宝。刚才将赵才宝请到办公室，把录像放出来让他看。三分钟后赵才宝就蔫了，承认昨晚一时糊涂，非礼了小慧。办公室吓唬他，这个事情说大就大，说小就小，就看他什么态度，要么他向当事人当面道歉赔个礼，要么将他扭送派出所……赵才宝早就慌了神，说他知道自己做错了。他如果当面向小慧道歉，怕她难堪，就想交点钱作为补偿……大家想了想，觉得事情闹大了也会影响物业名声，小慧打工挣钱也不容易，不如就让他交一笔补偿金好了。

"你也受委屈了。"李总将一个信封递给他，说，"你先拿着，这是两千元，是你应得的酬劳。"

詹承宜见人家掏出那么多钱，愣着不敢接，说："我不能拿这么多钱，给我三百就好，我还要租车回家过年。"

李总忽然记起什么，说："今晚你怎么躲在这里的？保安没为难你？……"

詹承宜嗫嚅地说："我是进来收旧货的，保安不让车进……我们乡下人也有职业道德，保安班长同意我进来收，我对天发誓，只要有'偷'的心思，我就永远不再收旧货了。"

李总若有所思，说："我相信你是诚实的，我也是乡下孩子，说时从拎包里拿出一条高级香烟，递给他，这——给你拿去抽吧。"

詹承宜迟疑了一下，拘谨地把手伸过去，心里想：我，我不是贪这条烟，我答应给守门的保安班长买一条好烟，既然这样，那我就用不着买了。

李总皱皱眉头，问："你的亲戚朋友有想干小区保安的吗？"

詹承宜答："有又怎样？想又怎样？我一个收旧货的乡下人，没人、没钱、没关系，儿子在部队入了党，当兵退伍还不照样在老家种地？"

李总说："好，这样吧，你收完旧货回家，过了年就叫你儿子来吧，直接到小区的门卫室上班就行了。"

詹承宜有些不相信自己的耳朵，想问个清楚，但李总叫保安经理进来，又耳语一阵，向他挥挥手出去了。

詹承宜想着李总刚才说的话，心里想：别当真，或许是人家开玩笑的。

走出小区大门时，詹承宜拿出那条高级香烟，半个老乡班长正在收拾行装。他问："怎么了？"半个老乡班长哭丧着脸，说："我早就说过，让你进去我就得出来了，好端端地，物业老总不让我干了！"

五

在四英岭下过完元宵节，詹承宜又开始盘算进城打工的事，他去招呼张连喜一起凑钱搭车去。

张连喜盯着说："哎，你往年不是到镇上搭半路车去吗？怎么今年要搭车，有门路挣大钱了，还是中了彩票首奖？"

詹承宜嘿嘿一笑："哪里中奖？今年要带儿子去瑞海花园小区做保安了，租车去体面些！"

张连喜接着告诉他："今年我不去了，去了孩子没人管教，孩子才是未来，孩子要是学坏了，将来挣了再多钱也没用。"

詹承宜又去招呼乡里的几个村姑，人家早在开春初三日赤口一开，就进城去顶班了。

詹承宜就在方圆十里四英岭人家放声，四处招呼进城的凑钱租车，还说起儿子进城当保安的事，但并没有多少人相信他的话，倒是他说的瑞海花园小区清洁工小慧获赔两千元的事，在进城打工的村姑中引起不小的骚动。

一个村姑说："摸几下就拿两千块钱，又快活又惬意，这样的好事哪里去找啊……要是谁给我一千块，我情愿让他多摸几下。"

另一个村姑说："小慧我认得，还不如我漂亮呢，被人摸几下都能得到两千块钱。如果有人摸了我，说不定给的钱会更多呢……"

　　一个在别的小区做工的村姑也听说了这件事，说："我们小区可没这么好的事，我上次搬东西被划伤了手，公司才给了五十块钱。"

　　还有一个村姑说："俗话说得好，靠山要靠大山，吃水要吃深水，还是你们瑞海花园的人有钱啊。以后你们那边还要招人的话，要记得告诉我啊，我一定去应聘！"

原载《时代文学》（双月刊）2023 年第 2 期

最后的余烬

　　像往日一样，刚过下午五点半，张连喜伴着寒风夹紧棉衣蹬着三轮拖板车来到出摊的路口。路口左边拐弯不远处是一所城区中学，再过二十分钟，学校就放学了，这里是学生们回家的必经之路。在往年，比这时候早十天学校就放寒假了，但今年十月份因要防控疫情，教育部门通知延期两周，这是放寒假前的最后日子。

　　张连喜停好三轮拖板车，在拖板上支好铁架，放上面板，垫好炉子，又将一个大塑料桶，还有一个大行李袋拖到跟前。做这些事的时候，他胳肢窝里夹一条拐杖，那条断腿虽然装上了义肢，却不是很般配，做一些重活时会闹些别扭。他把拐杖放下来，从塑料桶里拿出烧烤食材，鸡翅、鱿鱼、角虾、热狗、羊肉串、豆腐干……有十几种，分别放在平底塑料小筐里，一筐一筐摆到台面上。然后，又在炉子里放进足够多的木炭。别人用燃气，那样会很方便，但木炭烤出来的东西更好吃，他不怕麻烦，坚持用从乡下捎来的木炭。

路口处的街面开始热闹起来，两边摆摊的人都在忙着张罗，卖吃的，卖喝的，卖玩的，零零碎碎，挣的都是学生的钱。从街口往里走，约一百米处便是学校的大门口。摆摊的人总是千方百计往里面挤。以前，摊位会一直摆到学校门口那边，甚至把大门都给围住了，造成交通堵塞。闹腾过一阵，城管就不客气了，见人就驱离，见东西就没收。尽管如此，一些摆摊的人还是心存侥幸，冒险与城管斗法。城管来了他们就跑，城管撤了他们就一下子冒出来。在经历了一次次血本无归之后，他们这才明白，自己玩不起，才泄气服了软，乖乖待在城管划定的范围里。张连喜不冒这个险，也没能力冒险，从一开始就老老实实待在街口这里，能卖多少是多少，没想到现在这里倒成了不可多得的好位置。

再有十分钟左右，学生就放学了，到那时，虽然是寒冷天，真要忙起来，就连汗水都顾不上擦一把呢。现在倒有片刻的闲暇。张连喜看了看，该准备的都准备好了，便打开那个折叠小椅子，打算歇一会儿舒口气。昨晚妻子从乡下打来的那个电话搅得他心神不宁，整夜没睡好，没想到才坐下来就打了个盹。恍惚中，好像听见有人嚷着要买吃的。睁开眼一看，只见面前站着一个年轻的母亲，眉眼带着笑，携着一个四五岁的孩子。

"我要吃鸡翅！"张连喜这下听清楚了，是那孩子吵着要吃东西，他连忙站起身来，热情招呼："小朋友，稍等一会儿就好了，叔叔这就给你做！"

"不能吃！"那母亲不答应，拉着孩子要走。

孩子却不情愿："不，我偏要吃。"

母子俩就闹了起来："瓜瓜，那东西不能吃！"那母亲放弃强硬，换一种方式，和颜悦色地劝导。

"为什么呢？"孩子一脸稚气。

"因为是垃圾食品呀！"母亲的口气不容置疑。

张连喜一听，心里不高兴了。不吃就不吃嘛，又没人逼你一定要买，为什么要这样糟蹋别人！这些鸡翅、鱼呀、虾呀什么的，都是刚刚进的货。他一件一件亲自挑选的，新鲜，有营养，自己做得又讲究又卫生，怎么能说是垃圾食品？有人想吃还吃不起呢！他想起了自己的儿子。一想起儿子，他就一阵心酸。他进城之前，儿子还在上小学，天天吵着闹着要零花钱。他知道儿子拿了钱，放学后准会去买零食，薯条毛毛虫、冰棍、橘子水之类的，那才是垃圾食品呢！他训了几次孩子，也和妻子讨论过，说不能太惯着孩子。妻子并不怎么配合他，冷冷地说，不给就不给啰，也不用那么凶呀，搞得好像自己有多大能耐似的。又说，孩子太受委屈，在同学面前也抬不起头。他知道她在讥讽他。什么能耐不能耐的，明说了，不就是埋怨他不能挣钱吗？他不怪她。一个家庭里，男人不去挣钱，还算是个好男人吗？没办法，他只好进城碰运气了。

这事要是搁在从前，他或许会大为光火，至少要申辩几句，但现在卖着烧烤，就不能由着自己的性子了。和气生财嘛，小本生意也是生意，要是与人发生口角，吵开了收不了场怎么办？退一步说，就算自己在理，客人无言以对，灰溜溜的，可人家一扭头也就走了，也没损失什么；自己呢，是出气了，解恨了，但什么也得不到，财气也搅散了，这天的生意受影响，挣不到钱，最后吃亏的还不是自己？何必呢！又转念一想，或许那妇人说的也有她的道理。垃圾不垃圾，那要看搁在什么地方，搁错了地方，好东西也会变为垃圾。自己的孩子缺营养，不等于天底下的孩子都缺营养。看人家孩子，油光满面的样子，绝对是营养过剩，再不节制的话，接下来肯定是过于肥胖。小孩子一旦胖起来简直不得了，是个麻烦或累赘，到那时候想减肥，难！他每天在这条街上见到不少。有的孩子，胖嘟嘟的，明明是个男孩，胸部那里却颤颤悠悠，看上去像哺乳期的女人，走起路来像快要下蛋的母鸭，大屁股扭来扭去，就是走不动，看着心里难受。那妇人不让孩子乱吃，或许是对的。

眼下，他不仅没有冲那妇人发火，还帮着那母亲劝说孩子。什么吃胖了走路像鸭子，别的孩子不想跟你玩啦；吃胖了就会考试不及格，没有学校要你啦，等等，就挑孩子不爱听的说，直说得孩子连连点头，破涕为笑。

张连喜原以为这母子俩待一会儿就会离开了，可小男孩突然又对他身边那根拐杖产生了兴趣，直指着问："叔叔，您用它来做什么？"

"这是拐杖，走路用呀！"他说。

"走路？那叔叔的腿呢？"小男孩问得很急切。

"叔叔的腿坏了。"他轻轻地应了一声。

"叔叔的腿怎么就坏了呢？"小男孩疑惑，又追问了一句。

张连喜一时还想不出该如何回答小男孩的话，正考虑随便编一个理由，可一边的母亲说话了："因为叔叔小时候不听他妈妈的话，乱闯马路，被汽车撞的。"

他一个愣怔，真没想到一位做母亲的人可以这样随便说话。也许，她这样说仅仅是一句诙谐，或者只是为了吓唬一下她那不太听话的孩子，但无论如何，这话一下子就刺到了他心里的那块伤痛。他想对那对母子说，他小时候是个非常懂事听话的孩子，在遥远的大山里没有马路，他也没有不听妈妈的话乱闯，没有被汽车压断腿。他是为了大山里能够通汽车，为了让山外的春风能够吹进埋进大山皱褶里的乡村，为了让山里人也能像城里人跟上时代的步伐，在打穿一个隧道的过程中，因为一次意外事故，不幸丢掉那条腿的。

他记得工程队在村里招工时说的就是这一番话。当时，他听了很激动，觉得自己这一去，就等于给山里人开出一道惠及千秋万代的幸福源泉，所以当即报名了。当然，也得承认，他们开出的那份酬劳很诱人，在村里种地，恐怕一年也没有人家一个月挣得多。他是幸运的，多少人想去都没去成呢。

大山里，修路要打通的隧道一个连着一个。他能吃苦，也肯卖力，几年下来，已经成为班组的业务骨干，施工的土法经验丰富，民间留下的技术也不错。那一次在深入掘进土层的过程中，他意外遇见了打通隧道最忌讳的断层，更难缠的是断层里石质酥软，显水又涌泥。一时间，各种险象交叠出现，若不采取紧急措施，后果不堪设想。在场的人都看着他，他也不负众望，表现出顶天立地的草莽气概，临危不惧，遇事也不乱，为避免出现更大的灾难，冒险去引爆软弱围岩。意外发生了，轰然而下的塌方夺走了他的一条躲避不及的腿。

此一刻，张连喜面对一对陌路的母子，这些话他没有说出来，且不说有没有必要，也许人家压根就不会相信，还以为是自己吹牛皮胡乱编排的呢。劳动模范有个证书，战斗英雄有军功章，自己呢，什么都没有，除了那条断腿，什么都没有。住院期间，三天两头有人来看望，送鲜花、送水果，还有令人感动的慰问信，这一切都让他相信，自己的付出很值得。出医院那天，正赶上开通典礼，作为特邀嘉宾，他坐着轮椅，手捧鲜花，受到了很高的礼遇。不过，开通典礼一结束，一切都结束了，就像开通典礼时在隧道口燃放炮仗后遗落在泥泞中的烂纸屑。工程队给了他一笔钱，意味着他们之间从此再也不存在什么关系了。这他能理解，自己一个农民，还能怎么样呢！尽管如此，他还是为自己感到自豪，常常将那条断腿与那条公路的开通联系起来说事，向那些打听底细的人炫耀。但没过多久，他就发现，那条断腿与如何谋生的关系，比起与那条公路开通的关系来说，要更加现实、更加紧迫，慢慢地，那些曾经

太平年关

津津乐道的话张连喜也就不愿再提起了。

张连喜想给那孩子一个和蔼的笑容，算是一种遗憾的礼貌，一种对别人的问话不能给出明确回应的歉意，抬起头来却发现，那个母亲编造谎言后已经领着一脸懵懂的小男孩走了。他竟一时没能回过神来，茫然望着浮起灰尘的路面……

在村里时，张连喜只知道乡下许多人进城打工挣钱，可待他进了城，却发现自己什么都干不了。兜兜转转，四处碰壁，盘缠用尽后，又蹭了老乡几天的饭，他觉得真的没机会了，正准备卷铺盖回村里时，才等来了一份在工地看大门的差事。就是这样的一件差事，也是经憨厚的老乡引荐，人家看他可怜，才给的糊口的机会。摆摊卖烧烤，完全是出于一次偶然。有一个送水工，经常来给工地送桶装饮用水，每次都从他看守的大门经过，有时还会停下来歇一会儿，次数一多，彼此就熟了，就聊起来。有一次，送水工说，看大门轻松是很轻松，但挣的钱也实在太少，你还不如去干别的。这话说到了他心坎上。他每月拿到的那点工钱，可怜得很，要是手头把不紧，那点钱还不够自己吃饭花销呢。到城里不是为了偷闲，而是要挣钱的，乡下人不惜力气，越忙越累说明挣钱机会越多。在乡下，一家老小都指望着，他都不知道该怎样去面对同样残疾的老伴和上初中的儿子。可是，心里再怎样着急，又有什么办法呢！他把自己的情况跟送水工说了，送水工沉吟了一会儿，忽然拍了一下大腿，就对他说："你可以蹬三轮拖板车，不妨去卖烧烤一试。"他听了心里一动，抽空去观察了几次，然后抱着试一试的心态，卖了一回，也就小半天的时间，结果还不错，挣了一百余元。于是就辞了那份看门的差事，做起了摆摊卖烧烤的营生。

一阵清脆的铃声从校园里传出来，夜自修放学了。张连喜按平日下晌学生散去后他会回家晚上再来，但今天在路边将就吃了一个葱油饼，就待到夜自修放学。

今天张连喜特别备好更多的食材和炭火，他忙着生火，抽掉炉子的挡板，好让炉火烧得更旺些，又调换了几个小框子的位置，重新放置调料盒，以便用起来更顺手些。正忙着，一个瘦子肩上扛着鼓鼓囊囊的编织袋挤了过来。

"大哥，借个光，挨在旁边摆行不？"瘦子脸上赔笑，望着他巴结地说，还没等话说完，腰一弯，肩上的编织袋已经卸下来了，就好像别人已经答应了一样。张连喜一看，知道挤摊分食的来了。

这里的摊位，不租不卖，也没有划定，看似很随意，谁都可以来，其实不然。一溜可以摆摊的地方，左限右界，谁挨着谁，这个秩序已经存在，相对固定，针插不入水泼不进，别人想随随便便就加塞，那是不可能的。这种事工商不管城管也不管，但约定俗成的力量也十分强大，弄不好就会惹众怒，轻易不能冒犯的。这种亏他以前吃过不少，一次次地被驱离，十分无奈，如丧家之犬。直到后来，听说有个人要回老家，不干了，他瞅准时机，奉上几句好话，外加一条好烟，这才争取到了现在的地盘。

太平年关

　　要在以前，张连喜不会让瘦子插足的，但今天他一犹豫，就放弃了，或许这是他在城里的最后一天了。昨天晚上妻子又打电话了，要他回家管教孩子，这让他感到很不爽。在校门口摆摊，卖的是杂碎，有赚不赔，挣得不多，但一个月下来，也不见得就比在工地搬砖挣得少。他觉得，这个营生对他来说，再适合不过了。他在电话里对妻子说，好不容易才找到这个卖烧烤来钱的营生，开始能挣点小钱给家里寄了，现在却要他回去，不是把这个营生丢了吗？那么好的地盘，太可惜了。妻子说，好地盘什么时候都有，过两年可以出去做了，再找嘛。他说，今后要想找到这么好的地盘，恐怕不可能了。妻子就说，那你还要不要孩子？你要再不回来管教，这孩子就废了。又说，反正她是管不动了。这话戳到了他的痛处。他认为自己现在这个样子，就是因为没知识没文化才吃的亏，希望儿子好好读书，将来上大学，毕业后找一份轻松体面的工作，过安稳的日子。所以听妻子这么一说，他就很着急，问孩子怎么了？妻子说她也说不准，反正他是好的不学尽学坏的，你回来就知道了。挂了电话，他心里乱糟糟的。儿子现在读初二，听说初二是整个中学阶段的关键节点，特别是男孩子正处于叛逆期，继续读书还是荒废丢学，就是从这个时候开始分化的。他不清楚儿子究竟什么情况，怕耽误了孩子的前程，又放心不下那份营生，不知道该怎么办才好。

　　张连喜不吭声，算是对瘦子默许了。瘦子从皱巴巴的衣袋里摸出一包烟，抽出一根向他递过来，张连喜摇摇手谢绝了。瘦子点着头也笑了，便掏出一块塑料布铺在地上，然后从编织袋里掏出各种各样的书本，在塑料布上排列起来。

张连喜觑一眼，见大多包装得五颜六色，光怪陆离。

"卖书呢，文化人啊！"他调侃了一句。

"哪里呀！"瘦子挠了一下枯干的头发，说："卖什么都是卖，混口饭吃罢了。"

虽然口里调侃，但张连喜心里还是觉得书本重要，心里不由浮起一缕敬意。他想起儿子，正想问问瘦子，看能不能推荐几本适合初二学生的教辅书，或是读本什么的，却见成群结队的学生从校门那边蜂拥过来，张连喜立即忙碌起来。

"羊肉串一串，好嘞——"

"鸡翅一个，好嘞——"

"蟹柳两根，好嘞——"

……

张连喜一边欢快地应承，一边熟练地将食材放到钢丝网上。炉膛正旺，火焰舔舐，钢丝网上的食材吱吱地冒着油烟，诱人的香味飘散弥漫。那些围站在摊位前的男女学生，说是肚子饿，其实是嘴巴馋，他们吃着香喷喷的烧烤，一个个满意地离去，又一个个热切地围过来。

一旁的瘦子也在卖力地吆喝生意：

"超好看的新概念校园青春小说，看一看喽——"

"新出版的最新作文大全，拿分宝典，瞧一瞧啦——"

太平年关

......

　　瘦子的生意明显不如张连喜。这也难怪，现在的学生还有几个对课外读物感兴趣呢！除了课堂上安排的作业和老师推荐的教辅资料，他们更热衷于网络游戏。

　　多半个小时过去了，放学的学生渐渐地消散。学生们一走，在这里摆摊就没有意义了。张连喜收拾行当，准备收摊。刚才他算了一下，除去成本，从下响到现在这一趟出摊净赚两百多元。他实在想不出，对于一个残疾人来说，还有别的什么事能比做这个挣得多。这样一想，就打算今晚再打个电话，做做妻子的工作，动之以情，晓之以理，编个充分的理由不回去，坚决不能丢了这份营生。孩子才读初中，两年后还要读高中，将来读大学，如果现在不抓紧攒钱，将来怎么帮助孩子完成学业呢？

　　张连喜突然又想起教辅书的事，便问瘦子，说："我儿子在读初二，有没有好的教辅书，你帮着推荐，我想买几本。"

　　瘦子说："我不卖教辅书，教辅书都是老师指定的，老师说好便是好，谁说的都没用。做这个教辅书生意的人都与老师有关系，插不上手。"

　　"是这样的呀！那你卖什么书？"张连喜哦了一声说，"那就算了，现在做买卖都不容易。"正要走，却见瘦子没有要走的意思，又说，"走了吧。学生都散了，没生意做了。"

　　瘦子今天好像还没卖出几本书，心有不甘，还在东张西望。

　　这时，从路口拐弯处蹒跚过来两个男生，十三四岁的样子，手里各自拿着一部手机，走走停停，像是在玩手游，十分入迷。

　　"同学，买软件不？"瘦子早凑了上去，殷勤地问。

　　"不要，不要！"两个男生正在兴头上，两眼紧盯着手机屏幕，手指动个不停，连头也顾不上抬一下。

　　瘦子显得很耐心："同学，哎，同学，走好走好，别撞到了。"一边说着一边慢慢地把那两个男生引向摊前。

　　待那两个男生走近了，瘦子"嗖"地一下从书堆底下抽出一款电子辅读软件，左右看了看，然后将软件递到男生眼皮底下晃了晃，压低声音说："绝对精彩，既可辅导功课，又能放松消遣，超级够味！走过路过千万别错过，错过了，绝对后悔！"

　　那两个男生看起来像是被打动了，停下脚步，侧过脸来瞅了一下。这一瞅不得了，像偷窥者突然撞见了天大的秘密，贪婪的目光舔上去再也拔不出来。瞅着瞅着，两张稚嫩的脸庞渐渐地就变得通红起来。

　　见那两个男生痴迷的样子，瘦子得意地说："怎么样？不骗你们吧！"

　　张连喜收起面板，卸下铁架，将小筐、小碟还有调料盒收进编织袋，把剩下的木炭装进纸箱里，正要找那个装火炉的硬纸箱，瞥见那两个男生在专注地看一款软件的封皮，出于好奇，便侧过身想看个究竟。

太平年关

　　只瞟一眼，张连喜就全明白了，瘦子他要向中学生兜售的软件既可链接功课辅导，还嵌入色情画面呢！不由得心里一紧，嘀咕骂道，好你个瘦子，他们还是未成年的孩子呢，你这是伤天害理啊！不知怎么的，他想到了儿子，儿子也和这两个男生一般大。妻子总说儿子学坏了，可究竟做了什么坏事，却不肯明说。逃学、打架、赌博，还是偷东西了？他一一猜测过。现在，他开始怀疑，儿子是不是也像那两个男生一样看过这样的辅导软件，然后去干了一些让人难以启齿的丑事？

　　"多……多少钱一份？"两个男生中的高个子显然心动了，小心翼翼地询问起了价格。

　　"四十。"瘦子边说边伸出四根指头。

　　"太贵了！三十行不？"矮个子伸出三个指头。

　　"不贵，同学。"瘦子拿起软件，哗哗地抖了起来，又说，"你看这里面的设计，大人家长绝对看不出来，且要通过游戏过关才显现操作窗口，既保密又安全，很划算的。这是最新从外地流传过来的，在别处我都卖五十，见你们是学生，打了八折，已经很照顾了。"

　　两个男生相互看了看，又四下里张望了一下，然后缓缓地把手伸到裤兜里掏钱。

　　张连喜心一沉，忽然他蹙了蹙眉头，迟疑片刻，但很快就扔掉手里的纸箱，直奔过去。他不由分说，一把从男生手里夺过电子软件："慢着，这软件我要了。"

瘦子大吃一惊："大哥，您这是……"

"兄弟，有这么好的东西，怎么不给大哥介绍介绍？你这人也太不够意思了！"张连喜装作生气的样子，又说，"快找找，看袋子里还有没有，不用打折，我……我全要了。"

"大哥当真？"瘦子疑虑片刻，很快又有些猥琐地大笑起来："哈哈……没想到，大哥您还好这一口。好，我这就给您找找。"说完，俯下身在书堆里翻了起来。

三个软件，一百二十，差不多是张连喜今天出摊收入的一半，他没有半点犹豫，爽快地付了钱。

"多谢大哥的关照！"瘦子收了钱，笑着说。张连喜没搭理，却转过身去，对那两个男生说："孩子，别玩了，快回去吧，爸妈正在家等你们呢。"

"狗拿耗子，多管闲事。"高个子白了他一眼，然后，两个男生一前一后，走了。

望着两个男生渐渐远去的稚嫩的背影，张连喜好一晌才慢慢收回眼神，他竭力抑制一下情绪，儿子的面孔又浮现在他的脑海中。他想：如果不是因为进城来谋生，对乡下的儿子缺少管教……

张连喜长叹了一口气，又重新燃起炭火，将那三款电子软件狠狠地扔进火炉，霎时，炽烈火焰中，软件很快就变成了灰色余烬。

"大哥，您这是……"瘦子睁大眼，一脸无解。

张连喜吼了一声："你是昧了良心了？！"瘦子没趣地

走了。

熊熊火光中，张连喜觉得自己今天做了一件有意义的事。但蹬上三轮车，他忽然想，明天那瘦子还会来吗？而自己明天还回乡下吗？他茫然了，只觉踩在车踏上深一脚浅一脚……

原载《青年作家》（月刊）2023 年第 10 期

归途同乐

　　浴着街灯下温水似的黄色光线，秀秀、盈盈和兰兰慢悠悠地踩着共享单车。秀秀的白凉鞋动起来显得特别飘逸，盈盈和兰兰的眼睛不自觉地总盯着它们旋动的弧线，边走边唠。她们仨虽然不同村，但都是从四英岭下进城的。常言道：出门在外靠兄弟。她们在他乡城里成了同乡好姐妹。

　　昨天南门商场初步公布了年终决算，说是市县远路的先发放年度福利，可以先放假，年后元宵前来补班。今天，秀秀、盈盈和兰兰都与其他人调了班，她们相约蹬共享单车来这座城市最大的广场闲逛。广场是一座城市的象征，往往与城市的历史文化相融合，它是城市精神特质的综合体现。其实，她们参加过社区培训，知道广场对一座城市的意义：广场的风格、体量、色调、功能等形态元素展示了城市多元的风貌。

太平年关

　　这是一个宽阔的正方形广场，两边各有一条路通向她们仨打工的小城南门综合销售商场。一条逶迤弯曲的人工河，河两岸的主要树种是柳树，其间夹有杨树、构树等杂木，逐渐茂盛的树林郁郁葱葱，更添了不知名的杂草野花掩映其中，显得错落有致、花红柳绿。另一条要从老城区中穿过，老城墙幽深的北门洞依然黑石拱壁，被岁月磨光的石板路依旧乌亮，昔日商贾穿行的繁华，日渐趋于平寂。两条路距离南门社区都差不多远。广场中间还有一条路，她们今天就是从广场中间这条路蹬着共享单车过来的。她们仨闲逛到这时候该往回程奔了。

　　"回程换个道，好不？"盈盈犹豫了一下，说。

　　秀秀心里愿意，却有疑问："怎么换呀？"

　　兰兰犹豫了一下，不说话。她手机刚刚接到一条信息。

　　她们停下来，商量了一会儿，最后决定各走各的路。三个小时后在南门社区办公楼前见面。看谁走得舒坦爽快。她们仨不约而同发声：

　　"当然是我。"

　　"是我。"

　　"走着瞧好了。"

　　盈盈扶着车把，一脚踮在地上不动，想看着秀秀蹬着车隐入两栋大楼的夹道离去，但看着兰兰不动身，就对兰兰说了声："一会儿见！"然后沿着河边的路蹬车走。

　　河边的晚风吹在身上爽快极了，裙裾轻摆，与飘扬的柳丝、柔嫩的小草按同样的节拍摇动，摇出梦一般的静谧……

今天来的路上盈盈就想着，回去的时候要从河边走。那条路她曾经走过，喜欢那里。她是从四英岭坡脊上的小村来的，地层沉积的蛮石多，打井难，吃水更不易，有一条泥泞斑驳的羊肠山道，牵着一条逶迤东去的小河。村里百几十户人家平日涮身浣衣，淘米洗菜，总要循着山道，到小河去挑水。离她家最近的那条小河沟，走路也得大半天，而且常年干枯。出来打工快三年了，几乎没回乡下去，三年春节只回去过一趟，一进村与村里蹲在村头树荫下的人打照面，村里人就说她变得秀气了，变得水灵了；还说怪不得都说城里水土好，确实养人。她听了，心里美，很当那么回事。从此，一见到河水，就感到特别亲切。打工的时间紧，但只要有机会，盈盈就会到河边走走看看。在河堤边，她看着映照在水里高楼大厦的倒影，再看看自己，自然，她是想让自己变得更加秀气、更加水灵。

盈盈跳下单车，推着慢慢地边走边看风景。岸坡的草丛里，几个逮蛐蛐的孩子小心翼翼地在草地上爬，仿佛互相小声埋怨着引起的意外或讨巧。一阵小小的骚动之后，一个孩子差点滚到河里去，孩子们躺在岸边肆意大笑……盈盈也不由得被感染笑了，抿着嘴想：秀秀和兰兰可看不到这个惬意的景象了。

沿河的慢道上全都铺着打磨平展的花岗岩石板，两边路牙规整，路旁稀树草坪，间有花丛点缀，看上去令人赏心悦目。这时候盈盈忽然觉得什么都想也可以什么都不想。河岸很

太平年关

低，河水清澈，缓缓流淌，却从没见过会漫上来，这和家乡那条小河沟完全不同。家乡那条小河沟，平时干涸，好不容易盼来了水，却浑浊汹涌，水位猛涨，把岸边的庄稼都冲毁了。盈盈越看越喜欢，意犹未尽，便把单车支起来，沿着台阶，逐级而下，坐到堤岸边，把两只脚丫子伸进水里，"咕咚咕咚"地戏耍，自得其乐。不知怎么的，她突然又想起乡下的母亲。不久前，母亲给她打来电话，说是有人托媒，要她回去瞧瞧，合适的话就赶紧嫁人。她反对机械式的介绍，就推说请不了假。其实她有自己的心事，如果可能，更愿意留在城里。

"嗬——"

"回家了——"

岸坡上那几个孩子闹哄哄地纷纷跑开。盈盈一看，时间不早了，她起身上了共享单车。

夜幕开始降临。夜空里星星眨眼，若有若无的。天一会儿显得很高，很远，一会儿又变得挺低，挺近。深不可测的夜空里，藏着多少奥秘，让人遐想，等待科学的探知。据说广场圈里的科学馆有个天文观测台，她希望下次能有个伴儿同她一起观看。忽而又想，刚才兰兰收到信息的一刹那间，她皱了一下眉，她是不是遇上了什么事呢？……

和盈盈、兰兰一分手，秀秀蹬上车连头也不回，一股劲儿地蹬车，转眼就过了一栋灰楼的墙角。刚才盈盈提出回程换种走法，她就打定主意要走这条道。

　　秀秀知道这条道要从老城区经过。顺着街道向前看，就能看到鼓楼横亘在楼房的夹缝中，老街之气度，还有一息尚存，历史的沧桑与厚重感扑面而来。鼓楼地处高处，旧时主要起报更、放哨的作用，重新修造后，这仍是小城登高望远的好地方。前个礼拜，她和几个老乡逛了一回老城，最难忘的是那里的美食一条街。哎哟，那条街上，各色店招、旗幡五花八门，花花绿绿的，荟萃全国各地的美食，还有各种风味的小吃。她们自然吃不起大餐，但单是那些小吃就足以让她们倍感餍足。什么海鲜炒饭、露汁腌粉、手工粑仔、甘梅地瓜啦；什么蒜蓉生蚝、鲜炸鱿鱼、顺滑猪血碎、鲜嫩猪心串啦，转身就是一种小吃，再转身又是一种小吃，香气扑鼻，目不暇接，还没吃到已先流口水。那天她和几个老乡不停地逛来逛去，饿了就吃，吃了再逛，花钱不多，却吃得鲜、吃得爽、吃得流连，当时就约定下次还来。

　　不过，秀秀今天不是奔着那些小吃才要走这条道的。

　　她初中还没毕业就辍学了。这不是她的意思，她知道也不是爹的意思，究竟是为什么，她也弄不明白，反正初三第一个学期一完，她就出来打工了。乡村人很多孩子都不上高中，上高中的读了三年，也不一定考得上大学，考上大学的，国家也不包分配工作。很多乡下孩子读完初中就进城打工了。尽管如此，秀秀进城后还是爱看书。看的书多了，知道的东西也多。比如，她知道"张日文和紫莺"的爱情故事就发生在老城区那座古色古香的书院里。她还知道，历史上那个有名的大清官的故居也在老城区里，为这事她曾与盈盈争得面红耳赤。盈盈死都坚持那位清官就是她母亲外舅村里的人。后来秀秀弄明白了，盈盈也没错，于是就解释，说那位大清官的祖上是盈盈母亲村里的，父辈时才搬迁到老城区里来。盈盈对这个解释心服口服。听说老城区的人尤善琴棋书画，文化积淀深厚，就连妇孺也是个个能出口成章，吟诗作画，她就想象着，老街道老房子，翰墨飘香，琴声悠扬，行人俊逸儒雅，彬彬有礼……

可现实一下子就击破了秀秀脑海里的那个意象。路面是新铺成的。路面撒了一层灰色的细沙，车轮轧上去沙沙地响。道边横一块竖一条地堆放着许多石条子和沙子，是预备修路的。街道两边都是八九层高的水泥建筑，刻板划一，少了别致，缺乏风格。居民楼前没有种一棵树，只有人：穿着背心和大裤头的男子；用宽宽大大的灰短裙遮着大肚子的胖女人；忙来跑去，来回穿梭，大呼小叫的小孩子。各种声音混杂糅合在一起形成某种冲击波喧嚣开去。

每一盏疲惫的路灯下都是一个喧闹的小世界，有围桌而坐喝老爸茶的，也有或站或蹲研究私彩路数的。挤挤挨挨的围观人群里传出棋子落盘时的砰砰响声。羽毛球在灯光里穿梭腾跃。西瓜摊儿生意兴隆，粗沙流挂舒展的嘴角。冰棍纸在地上随风抽拉出咝咝的响动……

秀秀小心翼翼地蹬着单车，想着盈盈和兰兰不知此刻该是何样境况……刚才听到兰兰收到了一个信息，自己怎么嘴短，就不问一句兰兰有什么事……

等秀秀和盈盈蹬车走远，兰兰决定原路返回。她其实是喜欢结伴而行的。刚才秀秀和盈盈商量回程时，她就觉得无所谓，随便秀秀或者盈盈，只要有人结伴就行。可兜里的手机突然响了一下，是爹从乡下托人发来的短信。说是他快递了两坛山兰米酒给老李叔，说了领取点，还说八点前还有人上班，嘱咐她早去取出，然后给老李叔送去，免得误事。她知道这个领取点就在上午来的路上，这就由不得她了，只能原路返回。

山兰米酒是农家用山兰米浸泡多时后，用酒饼搅拌，闷在坛中发酵酿制而成的。酒味清醇，酽香扑鼻，是方圆几百里招待宾朋的上等佳酿。时下，虽然酒家餐馆摆满许多名贵的酒，可城里人怪僻，要找山兰酒喝，都称这酒够味，县城上卖的，也贵到八九元一斤。不少好利的小商贩下乡收酒贩卖，私下还掺了水。爹说，每年春节期间，老李叔人缘好，来客一定多，送去两坛酒，为他省一笔开支是小事，主要是让老李叔的来客尝尝货真价实的山兰酒。

兰兰进城后，一直没能去看过老李叔，还有小冤家小星。

小星是老李叔的女儿。七年前，老李叔带她到乡下治一种叫灰指甲的疑难病，住到她家里。兰兰比小星大两岁，爹让叫小星妹，俩人俨然一对好姊妹。爹疼惜小星，把她当亲闺女对待。那些日子，乡下缺粮油，爹在收过的番薯地翻犁，往往能捡到两三个鸡蛋大的剩番薯，回家来每次只在灶火里煨熟一个，掰成两半，多的那半爹递给小星；偶尔爹上山打柴，到家时，悄悄地从柴捆里取出一条二尺长的甘蔗，截成两段，长的那段也给小星。当年，她同小星妹同睡一张床、一张小褥子，夜里，小星妹总是滚去一大半。大冷天，还把冷脚搁在她的身上，她只是扭开罢了，总是把小星当小妹待。老李叔对爹十分感谢，让小星认爹为干爹。那年回城的那个夜晚，老李叔同爹说了许多话，后来她犯困睡着了，不知爹和他聊到何时。在印象里，小星的脸儿尖尖的，头发稀黄，嘴唇干裂。走的那天，小星哭得两眼红肿，上路走了许久还不停地回头，挥动着瘦瘦的小手……近些年，日子见好，爹不时跑县城，常去拜访老李叔。爹说过，小星在读高中，快毕业了，功课不怎么样，可嗓子好，选报特长项声乐专业。自同小星妹分开后，兰兰与她一直没再见过面。虽然她同爹曾在一个星期天上过老李叔家一趟，但小星不在家，据说是去郊外野炊了。七年多过去了，自己都二十岁了，兰兰想，今晚见到小星妹，要好好地跟她聚一聚，叙一叙，听她唱山里的民歌该多么美妙啊。

城里的夜晚，道路比白天堵，虽然有电讯疏导，但往往是刚才还通畅的路，被电讯一引导，大家都去挤，结果又产生新的拥堵，不光是汽车堵，单车也是。机动车的喇叭尖锐地鸣叫，只让人给它避路，可过去之后又留下一股难闻的油味和黑烟。

兰兰夹在熙熙攘攘的车流里，背上浮起了虚汗，急煎煎地蹬紧车，她要赶在取货点打烊前取出那两坛山兰米酒。

盈盈走完那段沿河路，然后蹬车拐入街角处，停下车来时才发现前面的广场上有很多人在跳舞。

城里人吃过晚饭，喜欢到街上来跳舞。进城时初次见到，盈盈觉得那是自讨苦吃，都累乏了一天，还跳那舞干什么？后来才意识到，城里人不是村里来的打工仔、打工妹，人家不用日夜奔波，人家在享受生活呢！大寒天，蹦跳出一身汗来也是排毒锻炼！

舞场上，男人搂着女人，转动着，就像开锅的饺子，一个个起伏不定升腾着烟气，沉浮间荡开了滚烫的浪花。就在盈盈转身要走开的时候，一道艳丽的桃红突然将她的目光抓了一下。一个女人穿了条桃红色的裙子，两条修长健美的腿，紧缠着防寒袜翻飞着，左右旋转，来回交驳，像山里春天盛开的桃花。

举目看去，桃红裙子有时慢悠悠的，只是前后一点一点挪动，裙摆不动声色。有时跳荡闪烁，碎花似的绽开了，像一泓春水一般向前流动，柔顺地倾泻。有时又像是一阵狂风吹来，就跟桃花似的飞旋而过，铺展开来，一阵风吹得花瓣满天。

盈盈在那儿逗留一会儿，那道桃红在暗淡的背景下十分醒目，带着一道道数不清的褶子，波涛似的摆动起来。女人魅力的腿时隐时现，裙子摆弄着娴熟的姿势，从她的脚边扫荡而过，卷起一阵细小的凉风。

有人说夜间跳广场舞是一种培养健康兴趣爱好的方式，可以收获邻里和谐的人际关系，但无节制地扰民，却让人尊重不起来，面对善意的引导，还为老不尊放出"你牛什么牛"的抗议。还有人说，是当年穿喇叭裤扰民的那些人变老了。

好一阵子，节奏欢快的舞曲才停了下来，那飞翔飘忽的裙子也停下了。盈盈看不清女人的脸，但她看到女人用一条洁白的丝巾——原是系在脖子上的，在手上摇来摇去，像是热了，朝绯红的脸上扇着风。

乐曲很快又响了起来，像明快洗练的瀑布倾泻而下。有个男人走向桃红的裙子，那个女人微笑着欠了欠身，男人手一摆，然后做了一个卑躬邀引的态势，女人就以很快的动作转身与男人搂在了一起。旋风飒身转动时，白丝巾这时离开了她的脖子，悠悠晃晃地飘在了地上。

白丝巾飘落的姿态有点像山间的鸽子花，这城市没有那花，只有四英岭山里边才有。这团纯净的粉白躺在了尘埃里，离盈盈的前方不远，一双双脚从它旁边旋动，旋动间又被踩过，眨眼间，已经有半个脚印染黑了白丝巾。盈盈快步走过去，将白丝巾抓了起来。

舞场一时找不到那桃红裙子的踪迹，所有的颜色都和昏暗的灯光一起煮成了一锅粥，让人昏昏欲睡，醉生梦死。

盈盈有了一点小小的念头。她手里攥着那块白丝巾，它原本是城里一个女人的，那女人穿着引人注目的桃红裙子，活力十足地跳舞，她几乎盖过了全场人的风头。

盈盈踟蹰着，想凑上前将白丝巾还给那女人，可女人身旁走着一群人，他们有说有笑的，沉浸在舞蹈的兴奋中，意犹未尽。盈盈没有鼓足当众递过去的勇气——人家会怎么看自己呢？犹豫间，那个跳舞的女人来到她跟前，鄙夷地对她嚷道："你想拿走它？若我动作慢，你就走了！"

"不，我正想送还……"盈盈还没说完，女人已抢过白丝巾，展平一瞧，嚷道："咦，你怎么踩了它……真不像话，你……"

盈盈有口难辩，一股悲凉涌上心头。忽然觉得，女人的白丝巾一辈子都不会洗干净了！这欢天喜地的广场怎么就变成是非不分、歧视乡下人的地方了呢？盈盈红着脸赶紧蹬上车逃离广场。

秀秀为抄近路，蹬着自行车转向居民区后的那条古老而幽深的小巷。

不巧，深深的小巷，一片漆黑。秀秀的心不由得掠过一阵怯悸。犹豫再三，她还是依稀辨着路面，提心吊胆慢慢蹬车驶入小巷。

身后传来一串单车铃声，秀秀意识到有人骑着单车紧随自己，就故意放慢了蹬车的速度，没想到，背后的单车也放慢了车速。她不由得紧张起来，又不敢扭头看，便向前加快了车速，没想到背后的单车也紧跟上来。她焦急中猛地按响了车铃，要给自己壮胆，也看看背后单车的反应。忽然背后传来一声"哎哟"，骑车的是一个小伙子，一阵风似的擦身而过。

咦！骑车的小伙子又回来了，秀秀嘀咕着："这么晚了，往常这个小巷路灯是亮的……"

您刚才喊我？小伙子放慢了车速，说："你啊，平时没走过这路？"

"我，不，前面那个拐弯处就是我的……"矜持和自卫的心理占了上风，秀秀语无伦次了。

"那不需要我带吧？"一双似笑非笑的细长眼睛望着她。

秀秀稍稍镇静了一下："不了，一会儿有人接我，你走吧！"她讷讷着，低着头，心里升起一股勇气。小伙子一溜烟蹬车朝黑暗里走了。

大约进入小巷有了大半，忽然迎面刷来一道手电筒明亮的光柱，随即甩过一个男人急躁的喝声："站住！你站住！"

秀秀的心咯噔一下，碰上坏人了？她说："你想干什么？放我走，我把车……都给你……"

"别瞎想，我在这里等着，是想要你的车的吗？"黑暗里传来沙哑的声音。

"求求你，放我走，我把打工的钱也给你，别伤害我……行了吧？"秀秀把贞操看得比生命还贵重，她哀求着。

"放你走，可不行，我可不要你的钱，我不会伤害你！"那个沙哑的声音在靠过来。

秀秀心急如焚，看逃走无望，便猛蹬着车向来人冲过去。来人躲闪得快，趁势推倒自行车，只听"哎呀"一声，人倒车翻，她着急起来，腰身却被死死抱住。她奋力挣扎，只听来人声嘶力竭地吼："你再走就没命了……前面电线杆倒了，电，电死了一条……"

她陡然停住了。来人松开了手，用手电筒照着前方不远处倒在地上的一具狗的尸体……

兰兰依靠手机导航来到老李叔的家门外，敲了敲，门里挤出一张不冷不热的脸孔。

"这是老李叔的家吗？……"兰兰说了爹的名字，"爹让我送酒来。"

妇人让她进屋，放好两坛山兰米酒后，递上一杯开水。

兰兰双手接过，还没喝就问："小星妹呢？在家吗？"妇人回答说："她在房间里。她说过，让人不要打搅她……"

门外，老李叔回来了。瞧见兰兰，又见到两坛山兰米酒，心里都明白："你爹还是那脾气，每次来都客气！"说完转身对妇人说，"这就是我常念起的那个孩子，当年她待小星可好了，小星呢？快叫出来。"妇人进房间去了。

忽然，老李叔仿佛记起什么，说："你先同小星妹玩，我上街捎办点东西带给你爹！"说着，老李叔出门去了。

"你，怎么来了？"兰兰看见从房间走出的小星妹，浅黄的连衣裙，衬着苗条的身段，头发卷起了波浪，当年那个清瘦蜡黄的影子荡然无存。

兰兰迎上去。小星却对着她身子一闪。兰兰一脸尴尬，一时无语。

"眼下，我正准备一个声乐决赛，你坐吧，我还有事……"说着，小星踅身回房间，妇人也随即跟进去了。

片刻房间传来妇人的说话声："你太不像话了，人家从乡下来，还给你爹送来两坛山兰米酒。"

"酒，谁稀罕！说不准还是掺水的呢！……爸不是去准备礼物了？肯定比乡下的酒贵得多！"兰兰听不下去，狠狠一跺脚，转身出门，心里一片空白，蹬车走在街上。

兰兰感到两腿灌铅，迈不开步，背发虚汗了，顾不上擦。她感到街上的人的脸都是冷冰冰的，全没有乡下人的慈善可亲。当年，如果小星流落在乡间，会有人给她吃的吗？她记起晚饭没有吃，肚子饿了，但她不急着吃东西。上次来老李叔家时，爹背地里对她说过，人家如不留你吃饭，不要等。她想着要赶到街上给爹买些东西，又抖抖精神，添紧了脚步。

晚风吹紧了，寒气逼人，夜露筛湿了人的头发，仿佛起了一层薄雾。看着走近了的秀秀，盈盈笑着迎上去。她俩回头一看，兰兰也到了。她们终于在社区办公楼前重逢了，夜幕也掩盖不住脸上流漾着的笑容。

"河边美得没办法，我都没玩够，还想再走一趟呢。那里有个天文观测台，你们可以去看，深不可测的夜空里，藏着多少奥秘，让人遐想，等待科学的探知。"盈盈说，"秀秀，你一个人走过老城区不害怕？"

"哦，不。老城区古色古香，很有情调，没什么可害怕的。噢，对了，有条小巷有点儿黑，是够吓人的。可我遇到了一个……好心人。他一直把我护送出巷口。"秀秀欲言又止，没有说刚才那惊险的一幕。

"哦，你们运气真好。"盈盈发觉自己有点不舒服了。

"你呢？"秀秀赶紧问，她企图要掩掉自己的窘态。

"我？也挺好的。居民区可有人情味了。"盈盈低着头，像是喃喃自语，很动情地说着："走到一个露天舞场，有一个女的真漂亮，像从画上走下来的，她跳舞时系的白丝巾掉了，刚好飘到我脚下，我刚捡起来，她先对我说：谢谢你……"盈盈极力渲染自己营造的气氛。

"哦，兰兰你呢？刚才临分手，你收到一个信息，仿佛有什么事等着你？"秀秀和盈盈几乎同时想起了这件事。

"哦，是这样，我爹让我去看一下他多年的老朋友，当年他在我们乡下住了三年多。这些年过去，让我最感慨的是，城里人对乡下人客套了，我空手带话去，出来非要让捎东西！"说时，兰兰拿出了在路上自己买的准备寄给爹的栗子果，忽而觉得鼻子一酸，她捉摸不准为什么要骗秀秀和盈盈。

"瞧你！感动得热泪盈眶了。"秀秀取笑她，盈盈也露出笑容，夜幕遮掩了兰兰红赧的脸孔。

她们仨各怀心事，在夜幕中都笑得很惬意。

原载《长江丛刊》（月刊）2023年第8期

跟月的星星

一

　　走出亿丰商厦大门，李卓群伸手松了一下领带，仿佛马卸辔头牛卸轭，他一下子就觉得轻松起来。刚才王总在公司董事会上肯定了他做的职员招录工作方案，说这次公司的招聘工作是经过反复研究决定的，就按这个方案来实施，他听了心里有一点小小的成就感。这些年来，诸如此类的小小成就虽然微不足道，却像一块块铺路石铺就他脚下向前延伸的职场之路，让他扎扎实实一路走到现在，走向成功的未来。

　　斜阳残照，却被错落的高楼阻隔在后面，大街上荫翳灰暗，只在楼与楼之间的缝隙漏进一抹金光。天色向晚，街上反而更加热闹起来，无数攒动的人头和晃悠的背脊，总是在匆匆赶路，他们身后的背景都是模糊的，他看不清悄然隐没的任何一张面孔。他知道自己无疑也是大街上一个一掠而过的身影。

他去取车的时候，看到路边坐着一拨人，七零八落的。有的围在一起打牌；有的在有一搭没一搭地闲聊；有的独坐，望着喧闹的大街发呆，身边都放着一些工具，大锤铁铲、砖刀灰桶，等等。这么晚了他们还在候工哦！他心想，也许他们中有的人这一整天还没找到活干呢！若如此就白白耽误了一天，却一分钱也挣不到。

他驱车从车库出来，开在熙熙攘攘的街道上。突然，一辆运煤的三轮车在他开车即将拐弯的那个丁字路口翻了。在这辆三轮车翻倒之前，已经有很多辆三轮车从他的车身边经过，他不知道这是其中的哪一辆。它们看上去几乎是一模一样的，连蹬三轮车的人也几乎都是一模一样，灰头土脸，有着粗壮、结实的体魄，脖子上都缠着一条被汗水浸得发黄的毛巾。只有他们在街上能够把一辆装满了煤球的三轮车蹬得轰轰烈烈，哗咿——一阵煤球压紧三轮车艰难移动发出的声音，让路人一路惊慌失措地避让。他们有着粗鲁洪亮的嗓门："让开！让——开——！"一路喊叫着闯荡过来。他开着车仿佛也感到有一阵风猛烈地从身上扫过。

三轮车突然翻了，那两只翻上来的车轮还在惯性的作用下愉快地转动，就像转上了瘾似的不愿停下来。那些煤球翻滚在地上，有的还在继续向前翻滚。而那个蹬车的汉子，被压在三轮车架和煤球下。嘴鼻被遮挡或覆盖得都看不清了，只有一双眼睛露在外面。他伸出两只瘦削的手臂，那可能是世界上最黑的手臂，鲜红的血从黑色的皮肤中渗出来。汉子在挣扎着喊，满嘴煤灰地喊，喊着让谁拉他一把，或是把压在他身上的三轮车和煤球搬动一下。他可能伤得不轻，如果不是实在爬不起来了，他是不会向谁乞求的。

　　但周围看热闹的人用各异的目光看着汉子。离他最近的人脚步开始迅速后退，因为他的手像长臂猿一样越伸越长了。疼痛使他的脸扭曲变形，显出一脸泄气的绝望。李卓群想停车走过去，至少可以拉他一把。他把车的速度减慢了，在车上支着身子，有意识地向前伸出了头，在离汉子还有几步远的地方，双手却不知怎么发起抖来，一个念头蛇样地咬了他一口：如果汉子突然赖上了他……他在脑袋中转了半天。而那两只空转的车轮早已疲惫得不再转动。

　　最后是两个交警过来把汉子弄走的，他看见那个像墙垛般壮实的汉子，腰以下已经血肉模糊。他可能是腿摔断了，皮肉摔破了，一辆三轮车不可能把他压成这样。但他的脊梁还十分坚硬，也可能是僵硬了。两个交警搬起他时就像搬着一根折成了两截的木头，不知道他以后还能不能站起来。有时候，一个很普通的拐弯的道口，可能会成为一个人命运的重要转折。他正在这样想着时，忽然感到那个汉子不知怎么就盯了他一眼，但他的眼神里透出的不是尖利而是绝望。

　　在这条街上，他时常会被一些绕也绕不开的人拦住。一个人的出现，有时意味着另一些人的期待。每次他在这条街上一出现，七八个卖花的小姑娘，忽然就从各个角落向他围了过来，那一张张尖瘦的小脸都脏得跟猴儿似的，一双双黑幽幽的眼睛也被风吹得眼泪汪汪。而他已经被鲜花包围了，那些全都是没有根、修剪得很整齐的花，用保鲜膜包着，散发出短暂而恍惚的花香。他每次都停下来，摇下车窗玻璃买了。他愿意掏出一点零钱，让她们干枯的眼珠子放出一丝亮光，至少不那么忧伤。这也让他心里获得些许慰藉和安宁。

在昏暗的路灯下，许多人匆匆从他的车边走过，他又不禁想起当初自己进城务工时的情景，他庆幸自己是幸运的，庆幸自己没有成为拉煤球的三轮车汉或小街上的卖花姑娘。

二

中学毕业那年，李卓群那时候还在乡下，名字叫李群。在村里干了不到三个月的农活，他就开始三心二意，要往外面精彩的世界跑。他娘说："既然考不上大学，那就认命吧，别想那么多了，娶妻生儿是你的头等大事。与你同辈分不读高中的都生儿生女了，你觉得稻香她可心，人家父母也不反对，你就娶了她吧！"可他很偏，说他要进城去，哪怕撞个头破血流也要闯荡一番，娘终是拗不过他，只好由着他。娘给他一个地址，又拿出家里舍不得吃的三升糯米、两瓶花生油要他带上，让他进城去找一个叫贾时良的人，说那人在村里当过知青，村

太平年关

里人待他不薄，他答应过乡亲会接济帮助村里人的。走的前夜，他去找稻香。稻香名如其人，笑容可掬，讨人喜欢，秀气可人，像秋天田野上抽穗扬花时的水稻一样迷人。读完小学，她因爹染病就辍学了，但节假日里，他俩劳作在一起，情投意合。他找到稻香，信誓旦旦地说："等着我，等我在城里站稳脚跟，就回来接你。"

告别亲人后，他从村里弯仄的小路走到镇上，回望一眼生于斯长于斯的熟悉的小镇，挤上通往县城忙碌的班车，他在县城里由货栈改作的旅馆住一宿，第二天才搭上通往省城的长途客车，一路颠簸，一路尘埃。到了省城，太阳刚落山，收尽最后一缕余晖。

辗转打听博爱路，他好不容易找到一家门牌下，敲开门，门里挤出一张中年男人瘦瘦的长脸，盯着他问："你，你找谁？"他说："我来找时良叔，他姓贾，他在我们村里当过知青，我娘让我……"话还没说完，还未来得及掏出娘临行时给他的写着地址的纸条，那张长脸就皱着眉头打断他："贾时良吗？他不住这里了，他，他早搬走了。"他急忙问："那他搬到哪里去了？"长脸愣了一下回答说："鬼知道他搬哪儿去了！我跟他不认识，更谈不上熟，反正他不住这里了。"大概是见他心有不甘的样子，又说："这城里这么大，这么乱，找一个人就像大海捞针，哪里去找他？你还是回家去吧。"说罢"砰"的一声关上了大门，一阵风带出一股冷气。

本来，一开始他只是打算到县城先混一段日子，看情况再说的，没想到娘在省城还有贾时良这么一个人脉，一兴奋胆子就撑起来，一路鼓气一阵劲就直奔省城来了。这下可好，找不着贾时良叔，人家早搬走了。他人生地不熟，背着行囊像一只无头苍蝇在大街小巷走来走去，一点办法都没有，最后用两袋糯米兑换钱，找了家小旅店，先住下再说。

第二天，他想再去找贾时良，却不知道从何找起。"这城里这么大，这么乱，找一个人就像大海捞针"这句话又在耳边响起，他觉得门缝里那张长脸说的话还是很有道理的，于是就放弃了这个念头。只能靠自己了，他想，先找一份工，随便做什么都可以，解决吃住问题是最要紧的事。

在街上，他很小心地避让着拥挤的人流和呼啸而过的车流。他必须穿越到对面的街道去。城市的每一个轮子都在高速运转，不会因为一个第一次进城的乡下人而放慢速度。他试探着迈了一下腿，又惊恐地缩了回去。"找死！"一个人从一辆旧车里探了一下头骂道。他每一根神经都在颤抖，他忽然感觉到了城市离死亡的距离有多近，或许只有一步，甚至是半步，这比从乡下到城市的距离不知要近多少。当然他不是来找死的，而是找活下去的路。他盯着大街，仿佛要在这拥挤的城市里觅出一条路来，一会儿又看看大街对面，仿佛只要穿越了这条大街就能抵达他的美好未来。

他走过几条街道，问过两家杂货店，问过三家小饭店，问过三家洗车场，人家都不需要他，不是摇头婉拒就是摆手作罢。他发现街边站着一堆候工的人群，便也混在其中，想守株待兔。可是，半天过去了，眼瞅着雇主来了一个又一个，候工的人走了一拨又一拨，就是没一个雇主肯要他。这也难怪，或许自己看上去白面书生一个，既没技术，也缺力气，手里连一件简单的工具都没有，谁会要他呢？到最后，他急了，拽着一个看似是领头的人，要人家带着他，只要给碗饭吃就行。那人白他一眼，手一甩，不搭理他，只带着自己那一拨人扬长而去，把他孤单地晾在后面。工作没找到，肚子却不争气，饿得咕咕直叫，望着店铺里刚蒸出笼的包子，他摸了摸自己的口袋，不得不很便宜地卖掉两瓶花生油。他狼吞虎咽地吃包子时记起了家乡的母亲和稻香，禁不住想放声大哭。

他终于还是忍住了，有泪只能往肚里咽，却忽然听到不远处有个孩子在嘤嘤哭泣。他走过去一看，原来是一个四五岁的小女孩站在街边哭，看上去像是迷了路，一副又饿又怕的样子，好像是受了欺凌很无助。许多人停下来看一眼小女孩，却又都走开了。他想起小时候有一次稻香上山打柴迷路的情景，就走上前去，用自己身上仅有的钱买了一块烧饼给她。女孩不哭了，但说不清家到底在哪里，只是一味要跟着他，他走她也走，他停下她也停下。他正焦急，不知如何是好。这时，女孩的父亲急煎煎地赶过来，问清缘由，对他谢天谢地。他已身无分文，正犹豫着该不该开口讨要回家的路费，没想到女孩父亲问："你是进城找工的吧？要不到我们公司来干吧。"他喜出望外，差些流泪跪了下去。

三

一晃就是二十多年。现在的李卓群是亿丰投资贸易公司的副总，在城里站稳了脚跟，成了家，买了房，购了车，也算是立了业。但当年的情景依然历历在目，每次想起，总是唏嘘，又总是催他向前奋进。

路边那些候工的人不知回家了没有，也许他们还在甩牌、闲聊或坐着发呆，好像全然没有一点要散去的意思。他知道，城里像这样在路边候工的人还有很多很多。眼下，他正负责公司的职员招聘工作，但并不是他想招谁就招谁，就算他有这个心愿，也没有能力去发善心，把所有候工人的工作问题都给解决了。公司这次要招聘的是人才。王总说了，公司的发展壮大，关键还是要靠人的因素。公司能有今天的辉煌，就是因为有一批像李卓群这样的才俊在努力拼搏；公司要继续走向新的辉煌，必须招贤纳士，网罗年轻人才。人才是支撑企业发展的关键因素。他有些受宠若惊，同时也感到责任重大。

王总对他有知遇之恩。王总交代的事不能掉以轻心，必须不折不扣做好。王总就是当年街上那个迷路小女孩的父亲。这些年，王总的公司越做越大，到现在已经是一个实力雄厚的集团公司了。他在王总的公司里一步一个脚印做到副总的位置，靠的是他的才干与勤勉，当然与王总的提携也是分不开的。他知道自己在专业上或许不是最拔尖的，但对王总是绝无

二心的。有一本书上是这样写的：忠诚是扎实能力体现的内在
品格。

　　驱车走在繁华的街道上，李卓群的心里并不平静。讨论
招聘方案时，有人提出，应聘的条件中，就文凭一项，必须是
"985"或者"211"毕业。他不以为然，认为应该侧重素质能
力，不要对文凭学识过于苛求。他以公司里的员工为例，说中
专毕业的不见得就比大学毕业的工作能力差，重点大学毕业的
也不一定就比一般大学毕业的业绩干得好。这样说的时候，台
下不少目光惊异地盯着他，低声议论着什么。他也忽然意识到
了什么，就骤然停下了，没有做更多的展开。在座的中高管理
层中，属他的文凭最低。前些年，为了文凭的事，他没少熬
夜，就算是新婚燕尔，也不敢耽误课业的学习，十年八年辛苦
下来，函授大学本科、在职研究生，这样的文凭他也拿过几
个，虽然从中也学到不少东西，但这样的文凭要摆到桌面上，
总有那么一点混迹科班的羞涩。尽管如此，在座的管理层中，
不可否认，属他做得最好。那些人好像也心知肚明，有所顾
忌，不与他争论能力与文凭的关系，但还是坚持他们的意见，
文凭条件必须高标准起步。

　　他把招聘小组讨论的情况向王总做了汇报，让王总定夺。
王总沉思一会儿，然后说："你的想法很对，但他们的意见也
没错。"王总接下来跟他分析，说就以他当年在中学时的文化
水平，放在现在，还能考不上普通大学吗？现在的条件这么
好，到处都是大学生，一个年轻人，如果连大学都考不上，他

的能力确实要打个问号。他觉得王总的分析很有道理。当年没能考上大学，一直都是他的一个心结，恨自己生不逢时，好在女儿争气，考上了一个财经类综合大学，算是替他圆了全日制的大学梦。

他终于想通了。再次把方案做出来，王总很满意，但也特别强调，说方案是好的，关键在实施，要做到公平、公正、公开。他说这个请王总放心，他不会拖泥带水的，更不会让公司形象受半点影响。

虽然拍着胸脯向王总做了保证，但他还是感到压力很大。对这些招呼和请托，他一律以公事公办的方式予以应对，不想掺杂进个人的情感。今晚有个应邀饭局，但他借故婉拒了，就是考虑到可能有人请托。他想，与其去招惹那些不必要的麻烦，还不如回家多陪陪老婆呢！

这些年，有不少同行在不同场所抱怨：只要你进了省城站稳脚跟，你就无法摆脱市县来人的烦扰或者纠缠。谁都有六亲七戚、裙带关系，你帮他把事办了，他孝敬菩萨的话可能都会说；可要是帮砸了，也许他当面甩脸就走人。

他给自己立了规矩，这次公司招聘的事，不管是谁请托，不管受到来自什么方面的压力，都要坚决顶住。

四

李卓群驱车回到居住的小区，这是偏离闹市的滨海新区。

太平年关

此时已华灯初上，小区里显得格外安静，家家户户灯火明亮，从窗户里透出祥和与欢乐。尽管这些年在城里摸爬滚打，疲于奔波，但每当驱车回到居住的小区，看到楼上那个熟悉的窗户漾出的柔和灯光，还有妻子倚窗期待的身影，他就感到无限幸福和温暖。

他把车开进车库，将车停好。此刻，他想象着妻子就坐在饭桌前，守着热菜热汤等他回来吃晚饭，心头一热，不由得紧走了两步，可皮包里的电话又响了。知道他负责公司的招聘工作，这两天打进来的电话大多是请托，他不想接这些电话，有些话说着说着就没意思了。他甚至想把电话关机了，却又担心公司有什么事给耽误了。

电话是贾时良打来的。这个贾时良就是当初李卓群进城时要找的那个贾时良。当初他进城，一心一意要找这个贾时良，却没找着，后来就不再找了，要不是娘几次问起，他大概把贾时良这个人都忘了。听娘的意思，好像贾时良这个人很有本事，而且娘跟他的关系不错，他的事贾时良能帮的话一定会帮的。娘嘱咐他想办法再找找贾时良，多个朋友多条路，还说不定突然就找着了呢。他嘴上应承下来，实际上就再没找过。不过，后来贾时良还真的就突然出现了。这事说起来纯属偶然。

大概是十年之后，王总当法人的集团公司兼并了另一家公司，这时李卓群已经是一个部门的经理。他在一张人员花名册上看到了贾时良的名字，眼前一亮，心里想，莫非他就是娘多次提起的那个贾时良？而后又想，天下之大，同名同姓的人多了去了，哪能那么凑巧呢！等到真正见了面，他发现那个叫贾时良的人，居然就是当初自己刚进城时敲门后见到的那张已经发胖的长脸，心里十分失望，还掠过一层厌恶。贾时良见到他时，脸也"唰"地红透了，显露出尴尬，不敢正视他。两人都互相认出了彼此，可谁也没有主动相认。李卓群耿耿于怀，当初他为何不愿意相认？是怕会给他带来麻烦，还是像稻香说的那样城里的人情比纸薄？"贾时良吗？他不住这里了，他，他早搬走了。""这城里这么大，这么乱，找一个人就像大海捞针，哪里去找他？你还是回家去吧。"他忘不了这样绝情的话，忘不了门缝后面那张冷漠的长脸，觉得这样的人，不认也罢。

而偏偏在这以后，贾时良被分到了他的部门，他成了贾时良的上司。同在一家商厦里上班，抬头不见低头见，几次尴尬，几次欲言又止之后，贾时良主动挑起话头，东拉西扯就对上了号，扯上关系，却闭口不提当初隔着门缝的那次相见。他呢，也不点破，装作根本就没有那么一回事似的。自从扯上关系之后，贾时良对他变得殷勤讨好，人前叫他经理，私下里称他贤侄，还几次说要故地重游，到村里看看。但李卓群对他不冷不热，不咸不淡，有时叫他老贾，有时干脆就叫他贾时良，既没有特别的关照，也不给他小鞋穿，纯粹是平常的同事关系。对待小人，表面上还是装着若无其事为好。有时候不惹就是不多事，也是一种职场智慧！

太平年关

　　眼下贾时良已经退休，他打来电话究竟有什么事呢？莫非他……李卓群感到纳闷，心里不由得猜测起来。接了电话，果然自己猜得不错，贾时良有事相托。贾时良在电话里先是热乎关系，客套一番，然后说他有个外甥这次要到公司里参加应聘。李卓群说："想应聘的话就投简历嘛。"贾时良说："已经投了简历，希望面试你能关照一下。"看来，贾时良还是看好他们的关系，对他仍抱有希望。李卓群听了觉得好笑，心里想，且不说当年他不近人情地将自己拒之门外，不管不顾，就是当年他雪中送炭实实在在地帮了一把，遇到职员招聘这样的头等大事，自己也是要公事公办，绝不会不讲原则的。他甚至还有些庆幸，幸亏当年贾时良不肯相认，将自己拒之门外，绝了这份人情，不然的话，他今天找到自己头上，还要费些心思对接呢。若是关照，有违原则；不关照的话，又欠他的人情，心里多少过意不去。

　　"你也知道公司招录职员面试规定的……只要表现优就可以了，再说吧。"他说着一把挂掉电话，忽然又觉得什么时候自己变得这样圆滑了，然后才向自己的家门走去。

　　自从女儿上大学后，家里就更加冷清。他一晚接着一晚，总是饭局不断，他觉得有些愧对妻子。虽然妻子不说什么，但他能读懂她的心思。他想好了，从今往后，不太重要的饭局，能推掉的就推掉，尽量有多一点的时间在家陪妻子。

五

"您好！"

"你好。"

李卓群走向电梯间时，有个女孩热情地跟他打招呼，他也笑着回了个礼。看上去感觉女孩那张脸轮廓很熟，好像在哪儿见过，可他一下子想不起来，正要擦身而过，又听女孩说：

"您是李群叔吧，是我娘叫我来找您的，我娘叫稻香，我是她的小女儿。"

稻香？哦，对了，是稻香！眼前的女孩活脱脱就是年轻时的稻香，难怪那样眼熟。说起来，他可是有二十多年没见到她了。

进城前的那个晚上，他把稻香约出来，俩人默默地坐在村前的草地上。夜色幽深，月牙弯弯，明星相伴，村前的田野上，微风吹拂，稻浪朦胧，稻香阵阵。"月儿真好看！旁边那颗星好亮，不知道它叫什么来着。"稻香首先打破沉默。他说："不太清楚，好像叫'跟月星'吧。小时候不听话，我奶奶骂，总说要赶去跟月。"稻香说："是啊，每一次都是跟啊跟，那颗星总是跟不上月亮，最后自己都跟丢了。"听得出来，稻香好像不愿意他离开，他就安慰她："稻香，你放心，星跟月会跟丢了，但我是不会忘了你的，就像我不会忘了秋天田野上的稻香一样。"稻香听了，没有一点感动的表示，只是

太平年关

淡淡地说："城里人人情比纸薄，你就凡事都要悠着点，你进城去了，就好好奔你的前程，别老惦记我。"说罢，站起身来就走。那一刻，他动摇了，心想要不就算了，就陪着稻香老死在村里也心甘情愿。可他是一个有梦想的人，不会轻易放弃。第二天，他还是毅然进城去了。

从一开始，他倍加珍惜王总给的机会，整个身心忙于工作，根本顾不上别的什么，甚至年节都主动替班值守。待到两年后，他回到村里，带着在城里买的礼物，喜滋滋地去见稻香，稻香却已经嫁了人。这两年，稻香在村里等着他，山里的风霜剥蚀了她的俊俏，生活的重负练就了她的沉稳。稻香见到他就说："你还回来干什么？我们命不同路就不同，你就忘了我吧！"末了，她衷心祝贺他在城里站稳了脚跟，还希望他今后要努力干出一番事业来。他感到很失意，却也只好无奈地面对现实。往后两三年间，他回家过年，还让人给稻香捎去城里的年品。

从那以后，回家过年成为来往城乡的一种仪式。不回去会落个不孝之名，回去应酬拜年也是个麻烦。过去父亲还健在的时候，父亲就会跑到小镇汽车站等他。他不忍心，就不告诉父亲他回来的准确归期，但不告诉归期，父亲也总来等。从大年廿五起开始，一天天地等，一个瘦高枯长的身影，迎着晨雾站在凛冽的风中，气管炎发作了，不停地咳嗽，这让他想起来就心疼。他不能不回去，回家过年就是世道孝心。父亲去世后，乡下还有年迈多病的母亲，她却硬是不愿跟着他进城来，她不忍丢下父亲。每逢过年大多是他一个人回来。母亲也清楚这一点，她对儿媳妇及孙辈近年来的缺席并不埋怨，母亲曾在电话里直率地对他说过，她没几年活头了，别让别人说你不孝。他知道，不孝的人在城里也不会有出息的。再后来，母亲过世，他就很少回家乡了。有一回，有个同香火的叔辈儿子迎亲娶女，他赶回去了，却在镇上了解到自己提早回来一天，他一时就犹豫是到乡下叔辈家过夜还是在镇上的旅馆开房住下，弄得好不尴尬。他不由哀叹："父母在，人生尚知来处；父母走了，生活只剩归途。"这些年因为追求业绩，奔波忙于工作，加上各种各样的应酬，他已经不怎么与村里有联系了。除了清明节必定回乡到父母的坟茔边追思哀悼尽尽孝心，逢年过节大多是在城里过，渐渐地，他也早忘却秋天田野的稻香。

时间过得真快，稻香最小的孩子都已经是个大姑娘了。

可是，她找上门来要干什么呢？李卓群很快就回到现实中来，心里像滑轮一样飞旋起来，稻香让她女儿找上门，应该是来投奔他的。这些年，农村越来越多的人进城务工，竞争很激烈，她一个姑娘家能干什么？如果不能给她找到一个合适的工作，还不知道要在家里住多长时间呢！这件事要趁早打住，不要让她留下什么念想，于是就说："李群不住这里了，他早搬走了。"女孩问："那他搬到哪里去了？"他说："我也不知道他搬哪儿去了！我跟他不熟。"见女孩心有不甘的样子，他又说："这城里这么大，这么乱，找一个人就像大海捞针，去哪里找他？你，你还是回家去吧。"话刚说完，心里猛然一惊，

太平年关

这话怎么那么耳熟？是在什么时候在哪里听过呢？……

女孩向他道谢，然后转身离去。他忽然想起来，是贾时良，这话是贾时良说的。当年自己从村里进城，无依无靠，想投奔贾时良，可贾时良开门见到他时，将他拒之门外，不肯施以援手。这么多年过去了，就算贾时良都已经退休了，自己还是不肯原谅他，可这种话今天竟从自己的嘴里说出来，自己怎么变成了贾时良呢？他一时感到无比羞愧。

他向正在离去的女孩喊："姑娘，你回来。"女孩停下脚步，回过头来望着他。他说："刚才我没听清楚，可能张冠李戴搞错了。你找的是李群叔吗？"女孩点点头。他说："是不是四英岭那个李群？"女孩说："对呀，我是四英岭的女儿。"他说："哎呀，这么说你就是稻香的闺女了，我刚才没认出来，我就是你李群叔啊！我现在叫李卓群，这样吧，你大老远地来一趟也不容易，先到家里住下。进城找工也不是一时半刻的事，慢慢来，不要急，办法总是会有的。"

女孩听了，向他嫣然一笑，说："李群叔，您误会了，我不是来找工作的。我去年就大学毕业，在一家公司上班，这次家乡要修大桥，我回去了一趟，我娘让我给您捎些您爱吃的土特产。"

他听着很羞愧，一脸窘态。这么多年，乡下的稻香过得好吗？她还记着他！待女孩走后，他忽然记起前不久接到家乡一个庆典请柬，他实在太忙，原打算找个借口搪塞过去，但此刻他决计了，不管多忙也要回一趟乡下去。

他似乎又看见了秋天里村前那片田野上稻浪翻滚，闻见了穗香飘荡……

原载《红豆》(月刊) 2022 年第 1 期

山里槟榔香

一

长途班车刚在汽车站楼前停稳，司机播放起《运动员进行曲》，欢快的旋律，提醒旅客们终点站到了。车门一打开，一拨旅客鱼贯而出，车里就吐出来一阵喧哗的声浪。宝旺从车窗望出去，注意到大楼立面上彩绘一排人形纹民族图腾，图腾下是一条写着"欢度五一"的大横幅，横幅下面的大门口悬挂两个大红灯笼。

宝旺最后一个疲倦慵懒地从车上下来。前面下车有人接应的男女老幼或步行或搭乘小三轮，消失在站前的车流人海中。宝旺肩上搭一个编织袋，低着头走出过道，左右张望了一下，就来到了喧闹的广场上。

广场两侧的小街熙熙攘攘。各种小摊一字排开，遮阳伞下，粽子粑子，包子馒头，特产小吃等都有。小摊贩显得很热情，缠上宝旺，问他要不要吃点什么？他倒想要吃点什么，手摸了摸衣袋，却没有掏出钱来。东角停着几辆小面包，宝旺刚一走近，便有人迎上来，问他要到哪里去，是否要坐车。他摇摇头，朝对面的树荫底下张望，那里七八个大妈、老伯又弹又唱，自娱自乐。前面不远处，一堆人围坐一圈，圈内的人在甩扑克牌，旁边散放着一些铁铲、泥刀等工具。宝旺在那里停了一下，只瞥了一眼，甩牌是他的爱项，却无心恋看。他昨天出门走得急，一心只想离得远远的。下一步要到哪儿去？其实他还没有想好呢。从车站楼上那一排人形纹民族图腾判断，他到了一个少数民族县城。

"哎，哎，需要人帮摘槟榔的，你是摘槟榔的吗？"

一个尖锐的声音在耳边响起。宝旺抬头一看，有个妆容利落的女人站在眼前，他却不想搭理，不打算应声，拎起那个编织袋就走。才走几步，他猛地看见对面有两个穿扮整装的警察朝着自己径直走来。霎时，他心里一慌，两腿发软，差不多要瘫下去了。

"哎、哎！你别走啊……"那女的跟在后面追着大声喊他。宝旺灵机一动，蓦回身的同时大声应道："好吧，我不走了，大嫂。"话一出口，却发现女的大不了自己几岁，这才看清她头戴一块彩色绣花头巾，身穿紧身无领对襟衣，织锦短筒裙，衣服上绣满好看的图案，胸前挂着半圈耀眼的

太平年关

银饰。

一辆长途班车进站，又一拨旅客拥了过来。广场上人来人往，又闹又乱，宝旺和女人彼此呼应显然起了作用。他乜斜着眼睛偷偷扫了一下，看到那两个干练的警察已往别处走去，这才擦擦额头上冒出的冷汗。然后，他正要往僻静处走去，却被女人追上来，拦住了："小兄弟，刚才你可是答应了的啊！帮我去摘槟榔！跟我去我们曲水湾，不会亏待你的。"

宝旺咕哝了一声："曲水湾在哪儿呀？"

女人说："在山里面，离这里有三十里。"见到宝旺在犹豫、没吭声，她又说："摘槟榔，别人家一天180，我加50，230一天，包吃包住。伙食嘛，"女人咬咬下唇，两眼盯住他结实的身板，果断地说，"有鱼有肉，吃糙吃粥随你，包你满意！"

宝旺想了想，眼下人生地疏，连个落脚之处都没有，一时也不知往哪儿去，也只好将就一下了，待找个去处再说，便决定跟上这个女人往曲水湾走。

宝旺是坐上一辆敞篷农用车跟女人离开动车站广场的。坐上农用车那一刻起，他便知道这个女人叫玉秀。出城之后，农用车上了一条水泥铺就的大道，路边的房子渐渐地变得稀稀拉拉起来。裸露的地面，山一样高的河沙堆，趴着不动的施工机械，等待运走的水泥预制件，翻晒的木材切片……灰扑扑的色调，一如他眼下杂乱的心境。

一拐上乡间小路，景色就全然不同了。两边都是橡胶林、槟榔园。橡胶林浓墨铺排，槟榔树亭亭玉立，一片接连一片。农用车走了约半个小时，宝旺问："大姐，快到了吧？"玉秀说："没呢，不远了，还有一小段路。"他心却想，也好，还有一段路，离得越远越好。

路是水泥路，但不宽，仅能容一辆车行驶。绕着大山的褶皱走，七拐八弯，回肠九转。路边植被茂盛，林木青翠，不时还看见长势奇特的大树及叫不出名的山花。

有段坡势太陡，三轮农用车慢慢地往上爬，爬了好长一段，渐渐地爬不动了，突突突冒出黑烟。司机换了个挡位，三轮农用车还是喘息爬不上去。宝旺和两个男的就先跳下车走，玉秀先坐车上坡去。"她这是要把我带到哪儿去呢？"宝旺想，"要不，下一个陡坡，趁着机会溜走算了。"每次刚起这个念头，就看到玉秀在坡顶跳下农用车挥手向他喊叫。

最后一个陡坡时，宝旺终于下了溜走的决心，玉秀却站在陡坡顶向他喊道："到了！"宝旺爬上坡峦一看山坡下是个村口，有间房子门前挂着村委会的牌子。

"这是谁呀？也敢往家里带！"三轮农用车在房前停下了。一个横着走过来的中年汉子问她，眼睛却瞟向他，眼神里似乎含着敌意。

"我的远房兄弟，我去招呼，来帮我摘槟榔的。"她说。

"这后生不错！一身力气，身板都是疙瘩肌肉。只是来摘槟榔吗？力气使不完，恐怕不会只摘槟榔吧？看样子好像什么都会来一手呢！"中年汉子一脸馋相，两眼迷离，话中带刺。

太平年关

"俚佬！不说人话！"玉秀骂了一句，回头告诉宝旺，那个男人是村主任，肠子弯弯绕，心思不正。

当晚宝旺见到了玉秀男人的父亲。玉秀称父亲为老爹。

老爹坐在靠墙的矮凳上，嘟噜咕嘟噜咕地抽着水烟筒。大厅墙壁上悬一张大织锦，上面五颜六色，绣满各色图案，有龙、凤，还有的像人，或像鱼，或像蛙。墙边有两个鸟笼，笼子里养着一只八哥、两只斑鸠。耗子在鸟笼间蹿来蹿去。小狗趴在老人的身边，看着宝旺，眼神露出凶光，但不再叫唤。老爹头缠一块黑头巾，身穿无领对襟衣，人微胖，脸有横肉，神情深沉，一声不吭，却时不时地拿眼睛瞟向宝旺。

坐在院内，宝旺看得出老爹眼里闪着狐疑的神色，似乎能通天地拥鬼神，他想起民间的一些禁忌传闻，心里直发毛，本来想要与老人寒暄几句的，又担心一不小心会得罪了他，所以也是默默地坐着。心想，难道自己哪儿出了问题吗？

"洗洗睡吧。"玉秀说，"明天一大早就要起来摘槟榔呢！"

"去睡吧。"老爹这才说了一声，将水烟筒往墙上一靠，然后站起身来，看上去他似乎在提防着什么却又无可奈何。

宝旺头枕双手躺在床上，两眼望着屋顶出神，久久不能入睡，却听到老爹对玉秀说："这小子，面善，会肯卖力气。"

窗外，一片黢黑。玉秀还在灶房里昏黄的灯光下忙碌，其间不时夹杂着锅碗瓢盆和猪仔吃食的声响。

二

这一带的村庄不大，院落稀稀拉拉的，造房建屋也不规整。玉秀家单门独院，显得空阔，离村里其他人家要有十多米远。

一条小河在庭院门前不远处蜿蜒，水流淙淙。大片的槟榔林高低次第，沿着河湾两岸铺展。远处，群山起伏连绵，山外有山。

玉秀家七八亩槟榔园零落在河湾对面的陡坡上，槟榔树看上去是上了年份的，都长到十几米高了，结的果子都是一苞苞密垒在一起的。

宝旺高高举着一根铝质条杆，将切刀搭住最下面的一个果苞根部，用力往下一拽，将其割断；然后松开条杆，伸出手在空中接住落下的果苞，再将其轻轻放在地上。有好几年，为了谋生，他在家乡方圆十里兜兜转转，就在山里给人干活，是摘槟榔的好把式，这活他一点不怵，本该收放自如，熟门熟路。可他今天不知是怎么了，竟连着有好几苞槟榔果没能接住。槟榔果直接砸在地上，四处飞散，更重要的是会脱蒂，脱蒂了卖的价位就很低，不值钱了。

玉秀瞅在眼里，并没有责怪宝旺，只是关切地问了句："昨晚是不是认生，睡得不踏实吗？"话语轻柔关切。

宝旺知道自己刚才心神不定，做得不爽劲，脸有愧疚，

太平年关

说："接下来，我会注意的。"他撑起条杆，又割下一苞。这一次，他熟练地接住果苞，然后轻放地上。

玉秀露出了笑容。玉秀要做的是把槟榔果从苞上一个一个地摘下来，然后装到编织袋里。宝旺几个举杆转身，地里已经堆起了好几个鼓鼓囊囊的编织袋。

宝旺以前给人家摘槟榔，一般是两个人协同，一人切割，另一人承接，配合默契，既省力气，效率也高。他今天是一个人干两个人的活。

"大姐，咋不见大哥呢？"宝旺瞅了一眼玉秀。玉秀抬头仰望，拢了拢头发，怅怅幽幽，眼睛眨了眨，眼圈倏地就红起来，似有泪珠要滴落，说："他呀，飞走了！"

宝旺不明就里，疑惑地盯着玉秀，一时不知该说些什么。

玉秀笑了起来："在海那边打工呢。路途远，来回一趟不容易。我们这里的男人大都跑去大陆打工，挣钱不挣钱，就是喜欢在外面混。男人啊，一出门就把什么都忘了。哎，小兄弟你懂得顾家，就是出来打工也是离家不离乡。"

宝旺脸一热，忙说："没……是家里有事，走不了。"

玉秀又说："这次亏了你肯来。这一茬槟榔果再过几天就老了，我本来是想多招几个人来的，但他们一听说来曲水湾，扭头就走，九条牛都拉不来。"

"这里很好的，只是，只是我就一个人，活路做得慢些。"宝旺的语气含有歉意。

"没关系的，不误这一阵采摘季节就好。"

装好摘下的槟榔，还得一袋一袋地往家里扛。玉秀走前面，宝旺跟在后头。两个人一趟一趟地来回走在崎岖的山路上，太阳已经落山，天还没有黑透。伯劳鸟在树梢上高声叫唤，锦鸡在灌木丛里低回鸣啭。一阵山风吹乱了女人的头发，女人将一缕黑发捋到耳后，双手拢了拢，然后用一圈松紧带折叠着扎起来。她一头乌黑的秀发、白皙颀长的脖颈、浑圆的项背、修长的腰身、轻盈的脚步。

最后一趟时，夜幕笼罩下来。起风了，旷野里旋起的风，溜溜作响，夹杂着寒意。路边的树林草丛一片黑黢黢，一阵窸窸窣窣的声音响起，像是什么东西在爬行；几声凌厉的鸟鸣，孤寂得叫人心慌。

远处，几点亮光忽闪忽闪，萤火虫像远处点燃的鬼火。他们刚才还在说话，现在霎时缄默无言，仿佛怕会招了谁惹了谁。忽然，从闪烁的鬼火那边传来凄厉的呼唤："老三哎，回来吧！老三哎，回来吧——"一声接连一声，上穷碧落，下及黄泉。不一会儿，就有个声音应答："回来喽！回来喽——"悠远绵长，不绝如缕，被山风吹得飘来飘去。一呼一应，循环往复，经久不息，传扬开去。

宝旺听了，顿觉毛骨悚然，"这是干什么呢？这是什么声音呀？"

玉秀忽然笑了起来，说："这是在喊魂呢。小孩子在外玩耍，有了意外，把魂魄丢了，家里人便到野地里叫喊他小名，一喊小名，魂魄应声就回来了。"

太平年关

"在外魂魄丢了，这……还能喊回来吗？"宝旺疑惑。

"这种情况大多是受了惊吓，魂不守舍了，需要亲人在走失的路上巡回地喊，就能把魂喊回来了。"玉秀说。

宝旺感到一阵虚悸，霎时一个愣怔。他看了玉秀一眼，见她正把一缕黑发捋到耳后，这才发现，原来玉秀比好多城里大街上的女人还要耐看。忽然，一种柔软的东西从心里最潮湿的地方涌了上来。

成群的蚊子在头顶盘旋追随，蝙蝠在空中来回穿梭。玉秀扛着一袋槟榔，在宝旺前面走着，好听的声音随风落在耳边：

"我小时候，我奶奶和我娘就为我招过魂。有一回在村口的大榕树边，一只蝙蝠猛然在我耳边穿过，我大吃一惊，出了一身虚汗，就病了，人躺在床上迷迷糊糊的。她们围着村子大榕树转，我娘一路走一路呼喊，'秀哎，我的心肝闺女，不用担惊受怕了，娘在家等你，回来吧！回来吧！'我奶奶在大榕树的另一头就大声回应，'回来喽——回来喽——'这样一呼一应，在家里我人就清醒了，哎，你妈妈给你招过魂没有？"

"我，我没有妈！"宝旺稍停片刻，又说，"我很小的时候我娘就死了。我有一个姐姐，好着呢。我从小到大是我姐带大的，她总护着我。"

"你姐姐现在在哪儿？她好吗？"

"她嫁人了，可她过得不好……"宝旺心里有一股痛楚涌上来，声调都变了。

玉秀回头看看他，不再说话，只是默默地走着。

路边的田野里渐渐起了蛙鸣声，一阵低，一阵高，远远近近地浮荡着呼应。

三

断黑了，夜幕笼罩着小山村。

吃过晚饭，宝旺便回到侧房躺到床上，想自己的心事：在这山沟里摘槟榔，总有摘完的一天。槟榔果摘完了，接下来应该往哪儿走呢？……海那边大陆？人生地不熟的，恐怕也不是去处。姐还躺在医院里。他会怎么样呢？自己将他推倒后，那血汩汩地流……他吓慌了，仿佛身子一下子被掏空了，他捡起脚下一只编织袋就冲门而出。这算是魂飞魄散吗？魂丢了还能喊回来吗？谁能为我喊魂呢？……

窗外，一轮新月伴着最亮的那颗大星，携手悄然划向西天，宝旺眨眼的瞬间已没了踪影。老爹睡了，玉秀也睡了。猪圈里的猪哼哼几声又接着打呼噜。鸡舍的鸡群咕咕低鸣了一阵，很快又恢复安静。他心里像塞了一团乱麻，剪理不清，不能入睡；待到要睡了，又觉得起了尿意，只好从床上爬起来，蹑手蹑脚，到院子里的茅厕去解手。

对面的灶房里窸窸窣窣，淅淅沥沥，一线光亮裹着水汽从门缝里汪汪地弥漫而出。宝旺蹑手蹑脚走近门缝往里一瞧，

太平年关

只见玉秀一身裸露，身材凹凸有致，正高举水瓢将热水从头顶哗哗浇落，水汽蒸腾弥漫，清亮的水珠在洁白的肌肤上滚动闪烁。他头皮"嗡"地一下炸开了，身上像有无数蚂蟥紧缠叮咬，倏地，一个激灵，像被毒蛇咬了一口，慌忙转身躲开。

宝旺在黑暗中脸孔憋得通红，去庭院里的茅厕撒尿，却怎么也尿不出来，打算转身回房，忽然看到灶房屋檐下的板凳上，有一件东西闪着幽光，拿起来一看，是一把梳子，一把牛角梳子！姐出嫁前做梦都想要一把牛角梳子！他为给姐买把梳子，积攒的钱让姐姐的男人拿去赌了。此刻，他把梳子举到鼻尖下闻了闻，却再也放不下来……那天晚上，宝旺是枕着牛角梳子睡下的。

次日，烈日当空，光影斑驳，小鸟啁啾，土蜂飞旋。

在槟榔地，宝旺整整一个上午，都有意要躲开玉秀的目光。玉秀也不问他什么。一个摘割槟榔，一个收拢装包。有好几次，他偷偷瞟了眼玉秀，却见玉秀也正在看他，慌忙收回目光，倔直抬头，手中的条杆高高举起，将一苞又一苞的槟榔果割落。

中午，回到家时老爹的脸上像凝了一层霜。吃饭时，老爹从叶菜里抽出一根长长的发丝，哼了声，说："头发这么长，也不知道梳拢扎好。"玉秀的脸一红，似乎想说什么，却什么也没有说，只管埋头吃饭。

宝旺草草吃了饭，便躲回到房里，想把那把梳子悄悄地放回去，正考虑应该放在什么地方才合适时，将手伸到枕头底下去摸，却没能摸到什么。他一把拿开枕头，扔在一边。枕头下面空空如也，什么也没有。他又抖开被子，掀翻草席，没有。床底下，没有；房间的各个角落，也没有。将编织袋里的衣服一股脑倒出来，一件一件抖开，还是没有。

宝旺一屁股坐到床上，一种耻辱夹着自责袭来，他心里骤然慌乱起来。沉默了一会儿，他想立刻拿上行李逃得远远的，然而一迈腿，却不知怎么了，又拿起了摘槟榔的工具。这时，玉秀也从屋里出来，招呼他一道下地去，可老爹用低沉的声音叫住了她。

老爹把儿媳妇叫进里屋，究竟是要说些什么呢？

正午的阳光炙烤，秋后的天气依然炎热。在墙影下的灰土里，一只母鸡带几个鸡雏，扑棱翅膀。小黄狗龇牙咧嘴，看着树上跑来跑去的松鼠吠几声，又无奈地趴下，喘气吐舌头。雀鸟在枝头聒噪，没完没了，吵得人心烦。

宝旺的心忐忑不定，立在门外，看向里屋，走也不是，留也不是。仿佛过了许久，玉秀终于走了出来，她手里正拿着那把牛角梳子，眼里却依旧是那一泓平静清亮。

宝旺顿然觉得应该说些什么似的，可一时又不知说什么好。玉秀把梳子放在屋檐下的矮凳上，转过身来说："走吧，我们上工去。"随后，她出了门。宝旺捎上装袋，追了上去。

路上，玉秀见宝旺心事重重的样子，就说："上次卖的槟榔，老爹刚才跟我报了个数，价钱不错，几个装袋就是二百多斤。客商说会直接把钱打到银行账户上。我对老爹说，你勤

太平年关

快，我和老爹商量好了，明年你还来给我们摘槟榔，好吗？"

这时候，宝旺已经缓过神来了。有好几次，他想要开口说什么，却不知道从何说起。忽然，玉秀说："那把梳子是你捡的吧，我不知什么时候弄丢了，你喜欢那把梳子吗？"宝旺点点头，而后又摇摇头说："我姐一直想要一把牛角梳子，她像姐一样有一头又黑又亮的长头发。"玉秀转头看他，他心里受到了触动，继续说：

"我姐对我可好了。我们两个从小相依为命，她把我从小带大，名义是姐，实际当娘。有一次，她做好了饭叫我吃。我见碗里的饭很稀，浮着两片萝卜干，不想吃。她就哄我，把碗塞我手里，我用手拨开，结果碗掉到地上，碎了。她一急，说连吃饭的碗都没了，就打了我。她第一次这么打我。我嘶声哭了。她也哭了，很伤心，把我抱得紧紧的。那时我又好像偎在娘的怀抱里。"

风吹过，树叶摇曳，阳光在叶子上跳闪。不远处，两只斑鸠一唱一和，"咕咕咕"，"咕咕咕咕"。不一会儿，一只斑鸠飞起离去。紧接着，另一只也飞起，追随而去。

"为了我，我姐把婚事都耽误了。喜欢她的人不少，但她说要等，等我长大成人。他们一个个都等不起。那些等不起的人家现在都有小孩上学了。有个人对她好，愿意等她，说是多久都可以，最后她嫁给了他。"

玉秀打断话："那个人不懂得疼人，你姐还嫁给他？"

"那个人本来很善良的。后来不知道是为什么，变成了赌棍，又成了酒鬼，家里从此不得安宁，三天两头地吵，他动不动就把她打得脚青手肿。他发酒疯说出的话只要是人都知道那是侮辱。我气不过，拿起刀要去跟他拼命，可姐把我拦住，说他知道错了，以后不会了，会改好的。可不久他在外赌输了，欠下重债，回家借着酒疯又是打我姐。前些天，他把姐打得很重，胳膊都打折了。我去医院看她，才知道是因为一把牛角梳子。这辈子，我姐不过是想要一把牛角梳子，他就将姐往死里打……我恨死了他！"

玉秀静静地听宝旺诉说，抬头叹了一口气又叹一口气，最后还是叹一口气，并没有多说什么。

四

天落黑了。宝旺从地里回到庭院里，一只母鸡咕咕叫唤，引领一群鸡雏走回鸡舍。小狗一会儿屋内一会儿院子里，尾巴摇摇，蹿来蹿去。天色暗下来时，"啪"的一声，玉秀打开灯，灯管亮了起来。灯光把屋子照亮，温馨祥和。

宝旺注意到老爹的脸色已变得十分安详。他坐在靠墙的矮凳上，嘴巴贴着烟筒口一阵猛吸，烟筒里"嘟噜咕"叫个不停，烟嘴上的烟丝星火闪亮，有一会儿，"噗"的一声之后，一丁点水沫将烟灰从烟嘴里顶了出来。老人将烟筒拿开后，滚滚烟气这才从口鼻里源源不断地冒出来。趴在老人身边的那只小狗，看着宝旺，不再凶了也不再叫了，样子温顺，宝旺

"啧啧"逗它,它摇头晃脑,狗尾巴摆来摆去。

玉秀炒了一盘鸡蛋,一碗红烧猪肉,放在宝旺面前。老爹掏出一瓶老酒,小心翼翼地开封。打开之后,先使劲地嗅了又嗅,说:"好酒啊!这坛山兰酒啊我珍藏了多年,多少亲友来过,我都舍不得拿出来。今天,一定要一醉方休。"

老爹给宝旺倒了满满一杯,宝旺却推让不胜酒力。老爹慈祥地说:"年轻人,从小就没了娘,靠姐姐带大,吃了不少苦呢。现在姐又嫁人了,一个人为生计奔波,也很不易的。"宝旺回头看了玉秀一眼,知道是她在老爹面前替自己说了话,鼻内一酸,低头就喝下一大口酒,呛得他干咳了一阵。

饭桌上,几式菜肴:红烧猪肉、油炒花生米、煎蛋、小白菜,还有一盘鱼。宝旺夹了一块鱼,吃到嘴里,瞬间面露窘色,咧嘴哈气。玉秀笑了起来,说:"这是鱼茶,很好吃的,还吃不惯,再吃两口你就习惯了。"

老爹对宝旺说:"这次多亏了你,要不然那些槟榔果就烂在地里了。明年的槟榔果,你还来帮我们摘,好吗?"

这时门外有人敲门,有人大声叫喊:"玉秀,玉秀!"

玉秀端着碗出门去了。好半晌,玉秀回来了,老爹问外面有什么事。玉秀边吃饭边说:"城里有警察来我们这一带查了两天了,说是有人犯了事,逃到我们这地方来了,村主任和乡里管治安的,挨门挨户询问来没来生人……"宝旺心里猛地一沉,打了个喷嚏。

老爹惊觉问:"怎么啦?受凉了,喝酒!"

　　宝旺强作镇定，笑了笑，说没什么。稳定了一下自己的情绪，然后问玉秀："那你咋说的？"

　　玉秀瞄他一眼，若有所悟，然后说："我说没有生人，就我娘家兄弟来帮我摘槟榔，上次在村口村主任见过的。"

　　老爹说："对，你是有个娘家兄弟，他们是知道的。"

　　玉秀继续说："治保主任说谁要是包庇窝藏，视为同罪，大家都会受连累。我说我知道。可他告诉我，说警察要找的那个人是不忍心自己的姐姐常年被姐夫打，替他姐出头辩理，结果纠结打斗起来，不小心出手重了，误伤了人，就犯下事了……"

　　玉秀说话的时候就像复述别人的事，并没有看着宝旺，宝旺却把头低了下去，一时间也没有再说话。老爹酒兴刚起，有些不爽，直劝宝旺喝酒。宝旺也不推了，一杯接着一杯地喝，老爹还唠叨了一箩筐喝酒的闲话。

　　三杯过后，菜入五味，玉秀按住了老爹给宝旺倒酒的手："爹，宝旺不能再喝了。再喝他受不了，他还有事呢。"

　　老爹不明白："吃饱饭就睡觉，还能有什么事？"玉秀把酒瓶拿开了，转身给宝旺装了一大碗米饭。

　　宝旺并没有醉，吃完饭回到睡房，拉灭电灯，没脱衣服就躺在床上，心想，无论如何，今晚一定要走了。再不走，不但自己的事败露了，还会拖累上玉秀一家。今晚他必须走了。

　　宝旺将换洗的几件衣服胡乱塞进那个编织袋里，袋子半鼓，放在床头，他仔细听着门外的动静。"咿呀——"一声传来，是老爹房门关上的声音。灶房那里，还有锅碗瓢盆碰撞的哐当声，然后是椅子凳子挪动的拖拽声。

过了一会儿，灶房那里没有声响了。少刻，又传来"咿呀——"的关门声。宝旺撩开窗帘，看见灶房里没了灯火。紧接着，玉秀房间的灯也灭了。远处，偶尔一两声犬吠也渐渐沉寂。墙根处虫声一片，愈发清晰。

宝旺翻身起床，拿起那个编织袋，推开虚掩的门，趁黑向门外走去。

五

宝旺蹑手蹑脚走出院墙，十几个编织袋鼓鼓囊囊，堆放在院子一角，那是已经摘下但还没来得及卖掉的槟榔果。

宝旺悄悄地走出了院子。突然，有个毛茸茸的东西碰到他脚腕，把他吓一跳，低头一看，是那只贴人的小狗。他蹲下身子，伸出手拍了拍小狗的头。他站起身，转身打算离开，往黑暗角落里望了一眼，却看到玉秀站在那里。

宝旺嗫嚅地说："大姐，对不住，我要走了，我不能拖累你和老爹……"

玉秀只是叹了口气，没有说什么。

宝旺又说："大姐，明年摘槟榔，我可能来不了了。"

玉秀的眉毛凝成了两道弯月："兄弟，你心里装着事。大姐也不多问，也不想问你为什么，你觉得走得对，你就走吧。"说话间，他们已离开了单门独院。

宝旺接不上话，心里纠结了一阵，才说："大姐，我不是坏人，我……像坏人吗？"

玉秀说："兄弟，你很善良，大姐辨得清什么是坏人，大姐知道你不是坏人，你不嫌弃的话，就当我是你姐吧。"

"可我把那个人砍翻了。"宝旺说，"他发了酒疯，总打我姐，前些日子的那一次，我姐被他打得很重，人都住到医院里了。我气不过，拎把刀找他算账，出手重了，那个人倒在地上，流了许多血，我吓慌了，魂飞魄散，我夺路就跑，在车站幸亏遇上你，是你收留了我。这些日子，我发疯地干活，就是想忘掉心尖上的痛，可一安静下来，我就丢了魂似的不得安生。"

"兄弟，你太冲动了。凡事都有解决的办法，冲动只能把事情弄得更糟。"玉秀说。

"大姐，我知道我错了。"宝旺哭了，哭声哽咽，像个孩子。

玉秀说："知道错了就好。你到处跑到处躲也不是办法，哪里是个头？警察在找你呢，大姐认为，你还是争取主动好，等你把事情了结了，什么时候想来，姐姐都把你当弟弟待，老爹也会欢迎你。"

宝旺朝玉秀点点头："姐，我听你的！"

一阵山风从远远的山野吹过来，空气里散发着浓郁的槟榔果香，宝旺深深地吸了一口，嘴角涌出苦涩的微笑：

"姐，我走后，你给我喊魂好吗？"

玉秀点点头，又问："我怎喊呀？"

"你就叫'狗旺呀，回来吧，回来吧'，我在别处都会听着，就会应声你。"

"你应声了我，就要把事情处理得妥妥当当，也就一定会回姐这里来。"

"好，那明年这个时候，我会争取再回姐这里来，还来帮你摘槟榔！"

"你说话算数？"

"算数！不管走得多远，只要姐你喊，我心里就能听见。"

"行！姐给你喊，你不回来，姐每年都喊。"玉秀说着，把一沓钞票塞到他口袋里。宝旺刚想推让，玉秀却按住他的手，说："这不是工钱，兄弟要出远门，姐给的盘缠呢。"

宝旺就不再推了，抓紧玉秀的手不忍松开。

黑灯瞎火里的小路，一片灰白。宝旺上了路。他知道自己要去的地方了。他回头望望玉秀立在路口上的身影，他心里说："姐，我下次来，一定帮你摘完槟榔再走。"忽然，他的手碰着衣袋有点硬，掏出来看，那把牛角梳子正稳稳地卷在钞票里面，他不由得添紧脚步向前奔。

这时候，山风从身后捎来了玉秀柔肠的喊魂声："狗旺哎——回来吧，狗旺哎——回来吧！"

宝旺不由得停下身来，捏着那把温润的牛角梳子，仰脸看着星空，半晌，他才从喉咙里轻轻答道："回来喽！回来喽！……"

悠长的喊魂声一呼一应，回声直上云霄，在夜色中，泪水从宝旺的眼眶里漾了出来。

原载《安徽文学》（月刊）2020 年第 6 期

溪边的秘密

　　牛雄在加乐潭管理养护处电灌站的抽水管边发现那几藤缠在沿溪草丛里的压草豆，纯属偶然。

　　这一天晌午，牛雄和扁脸他们四个顽孩一行五个孩童约好去加乐潭沿溪水渠边玩。牛雄刚满十二岁，正在上乡小学四年级。扁脸比牛雄他们要大上五岁，读了初中一年级了，上学不好好念书，却成了逃学王，村里人对他很不屑，但他很贪玩也会玩，像树鼠一样一伸两展上树摘椰子，三吊两挂攀树枝掏鸟窝，下河泅水摸鱼摸虾，都样样见好，是村里这帮孩子的头。这年夏天，天旱得出奇，一天又一天的大太阳晒着，地面像个蒸笼冒烟。加乐潭沿溪水渠的水早就眯成了一条缝。沿溪滩岸那里，一边是高坡，另一边是沙滩，中间的溪水估计只剩下六七步宽了，牛雄估测那个地方，有把握跳过去！扁脸说那我们打赌？牛雄不服输，就说打赌就打赌！扁脸说，赌什么？

扁脸说他可以从溪这边跳到溪那边，他这话没人怀疑。还说要跳不过去，我把你从溪边背回村里。牛雄说你能跳过去我也能跳过去。他不是不服扁脸，而是要表现自己。扁脸不相信，说牛雄吹牛吧你。牛雄说谁吹牛了？能跳过就是能跳过！扁脸说，不许反悔！牛雄说，不反悔！其他的孩童齐声鼓噪，要看热闹，于是，一行五个孩童吹起口哨卷起灰尘，就浩浩荡荡地往加乐溪边蜿蜒的沿岸上游走去。

通往加乐潭沿溪水渠的路上，有一座公社留给生产队管理的电灌站，早些年就建成的，粗大的水泥钢筋铸管子一节连着一节，直通加乐潭沿溪水渠的堤坝。抽水管道的两边长满了葵莽茅草或芒草艾叶，还有些许叫不出名字的杂草，一蓬一蓬好多都高过人头，密不透风。经过电灌站的时候，牛雄突然觉得肚子里一阵绞痛，放了一个嘹亮的屁，是要拉了。扁脸闻到一股扑鼻的馊臭，说，去去去，快去拉，要快点！牛雄不知从哪里来了一股活劲，像蜻蜓一样飞到对岸，就钻进茂盛的宝草丛里，才解开裤带蹲下，"噗"的一声就拉出一摊，心里庆幸，动作还算快，要不然拉在裤裆里就惨了。牛雄想快一点完事，又觉得还没拉完，便憋足气再使点劲，但没用，只好继续蹲着。外面扁脸催促了，牛雄，你拉的是糯米屎吗？黏住了你的花花肠子？你怎么那么久？他反感扁脸这样催他，不吱声。又听到别人的声音，叽叽喳喳，有的说他怕了，不敢跳了；有的说他躲起来了，想溜。他心里恼火，谁怕了？龟孙子才怕呢！他来不及多想，提着裤头就站起来，却又听到扁脸阴阳怪气地喊，慢慢拉吧，不跟你玩啰——紧接着是一众追随的喊声：缩头乌龟，我们走啰——

　　牛雄想，不玩就不玩，谁稀罕，走了才好呢！他重又蹲下，十分舒坦地把问题解决了。他抬脚才要走，突然看见前面两节水管连接处冒出水花来，"咝咝"地带着凉气。他知道是电灌站抽水了。大田那边急着等水灌溉，可加乐溪旱成那个样子，电灌站也不能想抽多少就抽多少，每天就那么小半晌，抽着抽着水就干了。这也没什么，他跟着娘在这一带放过牛，早见惯了。让他眼前一亮的是，冒出水花的地方，有一蓬缠在莽草丛里的压草豆，长势葱茏。他奔过去，仔细一看，乖乖，好家伙！抽蔓了，开花了还结荚了呢！细细嫩嫩，绿油油的，他数了一下，长长短短有六条。

　　从开春到现在，牛雄放暑假都有十多天了，还没下过一场透雨，地里的庄稼几乎绝收，菜园子里没有菜也没有瓜，连一年四季常青的韭菜也晒成了枯草。牛雄一日三餐，饭桌上除了萝卜干蘸盐花还是萝卜干蘸盐花，时常跟娘抱怨，胃不好吃不下饭，还赌气说不吃了。娘说，不吃你就饿着。年成歹，谁又有什么办法？过去旧社会，你爹别说萝卜干，恐怕连树根都没得吃！现在，牛雄忽然在野地里发现这一蓬绿油油的压草豆，就像发现宝贝一样，他不禁喜出望外，几乎要蹦跳起来。

　　会不会是有人种的呢？牛雄多动了一点心思，要是别人的东西可不能乱动。他又仔细地看过一遍，没发现有丝毫耕种过的痕迹，再说了，这地是电灌站铺设抽水管时预留出来的，不属于任何人，于是他确信压草豆是野生的。既是野生的，他遇见了就可以坦然地采摘，也可以拿回家去吃。他把手伸出去，心里想，全都摘下来的话，炒出来差不多有小半盘菜呢！

倏地，牛雄伸出去的手在半空中又停下来了。现在压草豆还没长成呢！没长成的东西，不管是地里长还是家里养的，娘轻易不让动的，说是糟蹋天物。如果现在就摘回去，娘不仅不会表扬他，或许还会数落他。这样一想，他就有些遗憾，而且有些莫名其妙的茫然。自己不是非要贪吃这点东西，这点东西也不至于就给娘带来什么惊喜，可刚才自己的那份兴奋劲儿，就好像它会给自己的什么人带来惊喜似的。

但大旱天里那蓬缠在草丛里的压草豆毕竟难得，牛雄不甘心再让别人发现，就将踩倒的草又一点一点地扶起来，待到看上去好像不留下什么痕迹之后，他才放心离开。

才回到家，牛雄又觉得，要想让那蓬压草豆长得旺旺的，结出来的豆荚像筷子那样长，像手指那样饱，还应该为它做点什么。他在家里东翻翻西找找，最后从柴火垛底下找出一把小铁铲。小铁铲已经锈迹斑斑。他忽然想起来了，小铁铲是豆花姐前些年暑假时留下的。

牛雄可喜欢豆花姐了。豆花姐是牛雄在城里认门的亲戚。说起这亲戚有点特别，豆花姐的娘曾在特定年份在村里蹲点三年多，每年暑寒两假，豆花姐总跑乡下来玩。豆花姐比牛雄大六岁，同牛雄俨然一对忘年好姐弟。娘疼惜豆花姐像

太平年关

待亲闺女一样，豆花姐的娘待牛雄也像胞弟一样亲。那些日子，年成闹饥荒，乡下缺粮油，娘在生产队收过的番薯地翻沟，侥幸捡到二三只鸡蛋大的番薯，捡回家来每次只在灶火里烘熟一只，掰成两半，多的那半娘递给豆花姐；偶尔娘上山打柴，悄悄偷生产队里一条二尺长的甘蔗，藏在柴捆里回来，截成两段，长的那段也给豆花姐。豆花娘对娘十分感激，让豆花姐认娘为干娘。那年回城的那个夜晚，豆花娘同娘说了许多话，后来牛雄眼困睡着了，不知娘和豆花娘聊到何时。走的那天，豆花姐哭得两眼红肿，上路走了许久还回头看牛雄，挥动着瘦瘦的小手……豆花娘蹲点结束后，每年暑假，豆花姐还是来乡下玩，每年豆花姐暑期来便成了牛雄的一种热切的期盼。豆花姐知道很多很多的东西，城里的公园里有绕圈旋转方向的碰碰车，有许多叫不出名的绚丽的花朵，有大片大片绿茵茵平展的草地，大人悠闲地带着调皮的小孩在上面一边奔跑一边放风筝；喧闹的街道又宽又直，整天车水马龙，人来人往。到了晚上，齐刷刷的路灯亮起来，把路上照得跟大白天一样透亮；百货商场比几个农家院子凑起来还要大，里面什么东西都可以买到；冰淇淋又香又甜，含在口里凉丝丝的……这些事牛雄之前从没听说过，都是豆花姐告诉他的，他很羡慕，要娘也带他到城里玩，上豆花姐家里玩。牛雄记得豆花娘经常托进城的人捎话，让娘带牛雄进城玩。娘却总是说，现在不行。又说，你要是上课下功夫，把书读好了，将来上了大学，不但可以到城里玩，还可以做城里人呢！他心里就又有了一个小小的梦想，不是将来要做城里人，而是能够到城里看光景。豆花姐是城里人，但一点也不嫌弃乡下，牛雄不进城，豆花姐就下乡来。豆花姐一来就带牛雄玩，给他讲城里人的故事，教他画彩光的画，还送他一盒多色水彩笔。有一次，他拿出那盒水彩笔给扁脸他们四个顽孩看，他们哪见过这种东西？一个个羡慕得眼眸发光，谁都想要一支，他就是不答应，为这事在伙伴间还闹过一场不愉快。

豆花姐也喜欢玩，但跟扁脸他们四个顽孩玩的不同。扁脸他们四个顽孩喜欢掏鸟窝，将鸟蛋揣衣兜里，逗那些雏鸟玩。那些雏鸟才破壳而出，光溜溜的，眼睛还睁不开呢，嗷嗷待哺，好可怜。豆花姐站出来说话了，掏鸟窝实际是一种破坏生态平衡的做法。爱鸟不如栽树，栽上树了，让鸟在树梢上筑巢做窝，繁衍生息。树种多了，鸟类繁殖多了，常年鸟语花香，可以陶冶人的心情。在村里豆花姐喜欢种花、种瓜、种菜。她在乡下人家寻到种子，到处撒种，等种子长成了苗苗，再把它们移植到土地松软的小园子里。那块小园子就在牛雄家院子旁边不远处，就是豆花姐和他一起用小铲子挖垦出来的，虽然只是破芦席那么一大截的地方，可里面花花绿绿的，什么都有，很好玩。在牛雄的印象中，前年暑假，牛雄和豆花姐好像到电灌站这边来玩过，说不定那一蓬压草豆就是她随手撒下的种子，后来水管冒出水花，地一湿，种子伸个懒腰顺势就活长起来了。

每年寒暑两假，豆花姐都会来他家住上十天半个月，那是他最快乐的一段日子。但今年寒假豆花姐没有来乡下，倒是娘带牛雄进城了，还捎上娘托人备好的两坛山兰米酒，天刚亮，匆匆地赶到镇上挤班车。娘说，豆花姐家人缘好，时常来客，送去两坛酒，可省一笔开支是小事，主要是让客人尝尝货真价实的山兰米米酒。但遗憾的是事前未沟通好，牛雄和娘赶到豆花姐家时，她不在家，豆花娘说她一早就与同学去郊外野炊了。但应下诺来，今年端阳节正赶上周末两天共放假三天，还有暑假豆花姐一定到乡下来。端阳节祭神是村里一种传下来的乡俗，那就是祭土地公，求取一年四季平安。这个假期每隔一年热闹一次，家家户户杀鸡宰鹅，敬奉神灵祖先，请来团队舞龙装狮，驱赶鬼妖恶邪，并凑钱请来地方剧团唱琼戏，扮八仙过海显神通。人们不管沾亲带故还是陌路过客都闻名而去，只要互为逢面，纵使是远道转折亲，都可聚到一家门户去，酒醉饭饱，逗情骂俏，洋溢着大年初一也不可比拟的气氛。可是，端阳节祭神乡里没有办，豆花姐没有下乡来呢。如今暑假都过去十余天了，她一丁点消息都没有，牛雄总是想，或许她明天就来了。豆花姐要是现在来了，也赶巧了，看到那一蓬绿油油的压草豆，一定会很高兴的。突然间，牛雄恍然大悟，自己见到那蓬压草豆的那份兴奋劲，原来是因为豆花姐，压草豆拼命地生长仿佛也在等候豆花姐。

牛雄用小铁铲将靠近压草豆的那些杂草铲除，再撒一层干牛粪，又将从水管里冒出来的水花尽可能引到压草豆这边来，然后小心翼翼地从草丛里钻出来。牛雄特意回头看一眼，不见压草豆，只见高高的草丛，他终于笑了，谁能想到呢，那里藏着他的秘密，就像藏着豆花姐一张灿烂的笑脸哩。

　　自从发现了压草豆，牛雄就不跟扁脸他们四个顽孩一起玩了。扁脸他们四个顽孩是说过不跟他玩，但小孩子的话，说过就算了，不会太当真的，后来他们还问起为什么他不跟他们一起到溪边玩了呢。他不再跟他们一起玩，并不是跟他们赌气较真，而是他现在心里放不下那一蓬压草豆。牛雄听说扁脸他们四个顽孩到溪边电灌站那里玩，扁脸很轻松就从溪的这边跳过溪的那边，其他的人也比试着跟着跳，却没有谁能跳过去了，起跳后全都掉到了水里，一个个跟落汤鸡似的。牛雄心里痒痒，躲过扁脸就偷着跑到溪滩那里，攒足劲力一跳，结果落在水里，没能跳过去；他不服气，扁脸能跳过去，自己不能输给他！从水里上来重回对岸，再来一次，还是没能跳过去，但比第一次进步不少，就差那么一点点了。第三次他起跳蹲得很低，积攒力气向上一扬，终于跳过了。他觉得自己已经掌握了窍门，再跳的话绝对没问题，于是又跳了一次，果然很轻松就过去了，跟一阵风似的。他想把这个结果说给扁脸他们四个顽孩，他们要是不相信，就跟扁脸比试一下，但最后还是忍住了，心想，他们不相信不说，自己肯定还会被奚落一番，自讨没趣，何必呢！再说了，他现在暂时还不想理他们。如果他们都掌握起跳的方法，保不准就会发现压草豆，那就太划不来了。

　　牛雄每天都去看压草豆，有时上午去看了，下午忍不住又去看，每次看都有新的发现，新开的淡蓝色小花或是新结伸展的豆荚。他还发现，原来细细嫩嫩的豆荚都快有手指那样粗了，也伸展变长了，张开手掌比画一下，一拃还不止呢。他想，要是豆花姐这个时候来，多好呀，除去端阳节没办祭典的遗憾，这回赶上看到这蓬压草豆，也能美死她吧。于是牛雄就问娘，豆花姐什么时候来呀？娘看看他，又掰了掰手指头，嘴上说，快了快了，这时候还不来准是有其他原因。牛雄每次问，娘都这样说。牛雄想，娘说的快了是哪一天？究竟明天还是后天？原因是什么呀？是暑假作业还没完成吗？牛雄猜娘也说不准，总之是快了，人家答应了就会来的，她要是再不来，娘也答应再催她来。牛雄懒得再问娘了，索性站到村口的路上去等，常常到村头加乐溪水渠沿岸去徘徊，站在水渠岸边可以远远眺望那条通往镇上的小路。路上常有赶墟集的在午天里归来，间或有手扶拖拉机驶过，车上常坐着提拎行李的身影，那是出远门打工的夏季回家割稻。直等到天快落黑了，通往镇上的土路又是尘土飞扬，出现了一辆小四轮车，却沿着溪边裸露的田野进了对面那个村庄。牛雄见不到豆花姐的影子，只好心里空落落地回家。

牛雄一边盼着豆花姐快来，一边担心压草豆让别人发现了。电灌站这地方说闹不闹，说偏不偏，不定什么时候就会有人进到草丛里来。如果有人进来，肯定会发现那蓬压草豆；别人要是发现了压草豆，绝对是饿急了的孩子见到娘，不扑上去才怪呢！牛雄最担心的当然是扁脸他们四个顽孩。要是哪一次扁脸他们四个顽孩从压草豆外面走过，或者有谁也像他上次一样突然肚子疼，要拉，或者刚好有一只出来吸水的土蜂飞出来，或者有一只不安分的伯劳鸟在草丛里面叫，一时兴起，跨过岸去钻进草丛，那就败势危险了。扁脸他们四个顽孩可是什么都能玩的，不仅上树摸鸟窝，还钻草丛里寻蜂窝，又经常到加乐溪边玩凫水，最要提防的就是他们了。所以，每次扁脸他们四个顽孩到溪边玩，他都悄悄尾随而来，又尾随隐踪回去，每当他们经过压草豆那个地段时，他都暗暗地为压草豆提着嗓子，捏出一把汗，心可是快跳出来了。

一天晌午，牛雄看到扁脸他们四个顽孩又往加乐溪去了，他便在后面不紧不慢地跟着，一边走一边给自己壮胆。他想，万一那个秘密被扁脸他们四个顽孩发现了，要动压草豆，他就冲上去，说压草豆是他种的，谁都不能动。实在不行，就跟扁脸干一架。为了豆花姐，他敢豁出去，什么都不怕。想着想着，就转过一个迂回拐弯，来路被芦芒刺丛遮挡了，待他小心探过身时，前面是一段很长的直路，却不见了扁脸他们四个顽孩。他们究竟跑哪儿去了？正纳闷，扁脸他们四个顽孩突然从两边的草丛里钻了出来，把他吓一大跳。扁脸说，你跟着我们干什么？他说，没什么，我……我走走。扁脸说，我们不想跟你玩！你走吧，不要老跟着我们。他想撇清，谁要跟你们玩了，却又不好点破，急赤白脸说，这路又不是你家开的，只许你走不许他人过。扁脸一愣，不好发作，甩下话，你这么说，那就河水不犯井水，各走各的路。其他的

太平年关

人跟着起哄，小气包、跟屁虫……他们叫喊着，然后大笑，扬长而去。

牛雄感到很没面子，不好意思再尾随扁脸他们四个顽孩，只好原路返回。

娘说她要去勾竹笋，问牛雄要不要一起去？加乐溪边有好多刺竹丛，一场雨过，每年秋前就会冒出一些笋尖。在所有的竹笋里，刺竹笋是最好吃的一种，无论是新鲜吃还是晒笋干，都可算得上是山珍。娘得空时，嘴馋了，便去刺竹丛中蹚摸，能勾到三五条，做成一个菜，一餐饭就算对付过去了。往常娘去溪边勾竹笋，牛雄总要跟着去。刺竹丛里，竹子高高低低，密密麻麻，又是叶子又是刺，竹笋隐在其中，很难看到。牛雄眼尖，经常是娘还没看到，他就已经看到了，给娘一指，娘就将竹笋勾出来，那一刻，他那小小的虚荣心瞬间充盈起来，快乐得没了边际，忘情地吹起口哨。娘将竹笋勾出来后，交给他带着，他就将笋箨一层一层剥下来，露出白白嫩嫩的笋肉。做这些事，能给他带来很大的乐趣。但是，在今年每一次，娘好像都不愿意带着他，今天这是怎么啦？他以为娘因为什么事故意糊弄他，却听娘说，去了几次溪潭边，一条竹笋也看不到，你眼尖，看能不能帮娘勾回几条。他这才欣欣然就跟娘走。

在滩岸边的刺竹丛，娘看不到竹笋，他也一样看不到。有大半年没下过一场雨了，连刺竹叶也都是干巴巴的，快枯死了，哪还有什么竹笋？牛雄走在前面，扒拉着刺竹叶，睁大眼睄瞅了又瞅，看了又看，一颗笋尖也看不到。连着走了几个刺竹丛，结果都是一样，他就失去了信心。娘，您看别人把这里那里都快踏出路来了，就算有竹笋，还没等冒出来，别人也早勾走了，哪还能轮到咱？他说。可娘好像没死心，再到前面看看吧，她说，兴许在那边就能找到呢。牛雄觉得再走也是白费工夫，就说要走您走，我累了，说着一屁股坐在地上。娘不理他，一个人往前面走去。

一抬头，望见电灌站抽水管旁边的那片草丛，牛雄想起了压草豆，也不跟娘说一声，悄悄地就钻进去了。

草丛里静悄悄的，压草豆还是旺旺地长，牛雄满心欢喜，可一番端详后，还是发现了问题：压草豆今天没有新开的花；昨天看见的几朵花没等结荚已经掉落在地；几条渐渐变得饱满的豆荚看起来好像要老了。豆花姐什么时候来呢？娘总说快了快了，却一直不见来。她要是再不来，压草豆就变老了。他感到遗憾，变得焦急起来。

雄儿——

雄儿，你在哪儿呀——

是娘在喊他，喊声慌乱。牛雄悄悄钻出来，朝娘那边招招手，娘——我在这呢！然后屁颠屁颠地往娘那边跑去。

娘骂他，你这个没头想的，到处乱跑，也没告诉娘一声，娘都急死了，以为你落深溪里喂鱼了呢。他只好嘿嘿笑，问娘，勾到竹笋没？娘说没有。牛雄见娘一脸愁容，就说，娘，咱回吧！没有就没有，咱不吃就是了。娘说咱家里

太平年关

什么好吃的都没有，你豆花姐明天下午就要来了，咱只有萝卜干待客，怎么说得过去呢！牛雄问，豆花姐真的明天要来？娘说，嗯。太好了！牛雄高兴地跳起来，心想，没有刺竹笋也没关系，我有压草豆就够了。但这是他的秘密，不能说给娘知道。

当天晚上，牛雄兴奋得睡不着。豆花姐明天就要来了，压草豆刚好也长到最好的时候。明天下午，他要早早地到村口去候着，豆花姐一到，直接就带她去看压草豆。豆花姐见了压草豆一定会很喜欢，要是告诉她压草豆是她去年暑假撒下的种子长成的，她就更高兴了，说不定还会给压草豆画一幅画呢。想想，又觉得心有不甘，压草豆未必就是她撒下的种子，为什么不能跟她说压草豆是自己种的呢？她要是听说压草豆是他自己种的，一定会更高兴，说不定还会夸他呢！何乐而不为呢？转念一想，又觉得不妥，豆花姐什么人呀？精明得很，要是她看出什么端倪，知道他说了假话，就会看低他，不再理睬他了。还是什么也不说吧。豆花姐要是问起，就实话实说；要是不问，就什么也不说，只要她高兴就好。

第二天一大早，牛雄一起床就去看压草豆。压草豆好好的，豆蔓上又新开了几朵小花，有几条豆荚看起来更饱满了，但不显老。他想好了，待豆花姐看够后，就把那些已经长成的豆荚摘回去，炒一个菜，免得饭桌上只有萝卜干。那么新鲜的压草豆，豆花姐一定打心眼里喜欢；娘心里一高兴，也会夸他的。晌午时，他心里总觉得不那么踏实，就又去看一次。这一看，他傻眼了，压草豆被人洗劫了，一条豆荚都没剩下，连红头绳那样细的也被捡走了。牛雄的脑袋里响起一声炸雷，愣愣地发了好一阵呆，然后"哇"的一声哭了。这事是谁干的？他想也不想一下，心里就认定，绝对是扁脸！一拔腿就往村里跑去。

扁脸，你个大坏蛋！

大中午的，太阳火辣辣，大地像炙烤一般，只有村头大榕树下还有点凉风。扁脸正睡在树下的网袋里。尼龙网袋两头悬挂，扁脸睡在里面晃晃悠悠，很享受的样子，忽然听到有人叫骂，他支起身来，头搭在肩膀上左右张望，还没弄清楚怎么一回事，牛雄已经冲到跟前。你把我的压草豆偷哪儿去了，你还我！你还我的压草豆！你赔我！牛雄叫嚷着，一把抓住扁脸的裤头。扁脸反应还算快，死死护着，要不然整条裤子早就被拽下来了。扁脸腾出手去抓牛雄的手，可他人在网袋里，有劲使不出。牛雄却凶得很，像一头伤枪的野猪，不管不顾，循着枪声一个劲儿地拱上来，险些把扁脸从网袋上掀倒在地。

撕扯了一会儿，扁脸好像搞明白了怎么一回事。扁脸说，什么压草豆不压草豆的，我不知道你说什么。牛雄说，别装糊涂了，鬼才相信你呢，就是你偷的压草豆！你要还我！扁脸说，你放手！牛雄说，就不放！你还我压草豆！扁脸就去掰牛雄的手，可掰开了右手，左手又扑上来。扁脸终于被惹火了，他"呼"地一下翻身站起来，一把攥住牛雄的两只手，说再这样我就打你了。可牛雄不听他的，见他抡起拳头，头一低就去撞他的肚子。不知道牛雄哪儿来那么大的力气，像一头小牛犊，一下子就把扁脸撞得连连后退，然后跌倒在地。

正闹得不可开交，娘来了，一问才知道是因为压草豆的事情，就说压草豆是她摘的，别冤枉人家。牛雄愣着住手了，原来是娘干的好事！娘把压草豆摘回去是为了款待豆花姐，也没有错，但为什么事先不问过他？那可是他的压草豆，长得那么好，多难得啊，豆花姐还没去看过呢！他感到很难过，生娘的气，头一扭就跑开了。

豆花姐终于来了。一年未见，豆花姐出落成十八岁的小美人，瓜子脸盘衬着五官妙巧有致，眉眼总带着笑，脸和脖子很白皙，总让人生出不忍弄脏的思绪。相比之下牛雄的肤色就显得更黝黑一些，只剩下开口说话的一口白牙。豆花姐原来从娘那里学着编扎的两条长辫子剪成齐耳的款式，轮廓有模有样，更显得利落。而牛雄本来暑假初就打算理剪的头发，一拖再拖，鬓角的毛长得老长，刘海也显得蓬乱。

牛雄希望豆花姐一来能拉着他一起去昔日行走过的地方游玩，他把那把小铁铲就放在门廊上的竹篮子里，早已将铁锈都磨掉了，锃亮里发出寒光。可豆花姐只顾缠着娘说，她娘住了一回医院，虽然都是些老病碎闹的，但年岁大了总是觉得身子虚。本来这次也想同豆花姐来乡下的，这一来也得下回了。娘却说这么说就显得客气生分了，倒是娘要进城去探看豆花娘才是。娘总是只顾忙着自己的事，进出庭院，收拾东西，洗洗刷刷，豆花姐也抽身忙着帮衬，连正眼也没有多瞧牛雄一下。牛雄忽然感到豆花姐有些陌生了，她以前在乡下可不是这样的呀。

娘在灶房里忙，变着法子做了几个菜：一盘指甲螺，这在山里只能在溪里响水动波的地段才可捡到，娘是什么时候私下捞到挑肉晒干，牛雄并不知道。咸肉炒笋干，虽然笋干不当季，看上去不够清脆，但咸肉是土罐里被热锅煎油炙干的三层肉，也会香在乡下人的记忆里。还有一大碗配上鸡蛋的滚烫的葱花汤。但这个时候牛雄只在意娘从加乐溪电灌站边摘回来的压草豆。

围桌吃饭的时候，牛雄有意将那盘煨炒的压草豆端放在豆花姐的前面。刚炒熟的压草豆冒着热气，散发着特有的清香，牛雄忍不住都吞口水了，但他舍不得吃，半晌才夹了一下。他期待豆花姐快些动筷子，多吃几口，最好再说一句"好吃""真好吃"之类的话，他就心满意足了。可是豆花姐只夹了一筷子，尝了一口，什么都没说，就好像这一盘压草豆和那些萝卜干一样，稀松平常。

牛雄呆呆地坐在饭桌边，心里想，那些年豆花姐播撒的种子，那个荒芜的小菜园，看来她只不过是玩玩而已，并不是真的喜欢。他自己成了一个十足的可怜虫，他的脑海里不由掠过这个暑假他与扁脸打赌后发现草丛里的压草豆，而后有意避开不跟他们四个顽童玩的孤独和枯燥，特别是晌午还与扁脸打了一架的事，忽然觉得其实是自作多情。

太平年关

豆花姐指着她从城里带来的罐头肉说，雄仔，多吃点肉，有营养，才可长身体。牛雄沉下心来赌气，他说，不吃，我不爱吃，我就喜欢吃压草豆！心里怪委屈的，眼泪差一点掉了下来。

原载《青少年文学》（月刊）2022 年第 5 期

进山记

一

村里人家插了稻秧，又灌上了水，各家各户就有人到牛雄家找他爹，来了，又走了；走了，又来了。一连数日，牛雄数着来人十二个进出匆忙的身影，就知道村里砍伐组就要进山了。

每年这个时候，村里都会组织一个砍伐组进山，主要任务是为村里备下一年的生产用具，如水牛耕田耙地用的犁辕牛轭、挑粪育种用的扁担锄把、盛放雨水或尿肥的木桶木杠、压榨花生油所用的木槌木扦，等等。

这也要看砍伐组的运气了，不是随便什么样的木料都可以做犁辕牛轭，也不是什么样的木材都可以用来做扁担锄把的，能做木桶木杠和木槌木扦的木料都是有讲究的，最好的是刺檀树，树皮长着尖刺，仿佛蓄意防着外来侵袭，树身里却藏有坚韧的不惧日晒雨淋的黑格层。进山后得先找，这个找不是四处盲目找，而是平日就有人进山巡，从日光覆盖山势走向去寻，找到合适的木料后才能砍下来。有时运气来了顺着山里植被长势很快就能找到，有时判断日光覆盖角度有了偏差，走岔了小道转悠半天还是一无所得。砍伐组进一趟山，顺利的话，半个月工夫，砍伐的木料就够三五架牛车满载了；若是运气差，需要在山里转兜寻觅，校移维度，折腾二十多天才蹒跚出山。

每年砍伐组进山归来后，村里各家各户一年的农作耕具用料就备下了，运气好的人家还会多劈几副犁具在墟镇卖赚几个钱。但大多人都是捡了树枝藤条在家门口或墙外堆起小山一般高的柴垛，至少是一年的炉灶烧柴就不用操心了。

爹是村里这个砍伐组的头，他老早锉好了钢锯，又磨快了砍刀，慢起快补在做进山前的准备。牛雄见惯了房前屋后的椰树槟榔、母生苦楝树以及葵叶芒花，见惯了村后田间地头的花生、地瓜等庄稼，他想去看一下连绵山里绮丽的风景。

牛雄像饥饿的狗见了肉骨头一样，黏紧着爹的行踪不放，家里来了人，他就在背地里偷听人家的对话，人前却显得扭扭捏捏的，想找话却欲言又止，最终还是怯怯说了，他也要跟着砍伐组进山去看一看。

爹早就觉察牛雄的企图，却岔开话，说："小孩就知贪玩，容易分心，总是缠脚不好，快开学了，收收心，勿误了念书。"

旁边就有叔侄辈分的给牛雄帮腔，说："这年份，念什么书呀？在学校见天批林批孔，读语录呀喊口号的，去上学也是挑肥、种甘蔗。"

爹很倔，还是不应允，说："你们不要迁就小孩，小孩一惯就学坏了！"娘却说话了："这次你不让他哥仕鸿进山，他和牛雄在家里缠搅一起也不听话，或许在家里也给添乱，就让他跟你去吧，看个门什么的也好，只要开学前回来就好。"

仕鸿是牛雄的胞兄，长他六岁。每年村里砍伐组进山，爹总是乐意带着他去。仕鸿哥身材魁梧，手臂上长出了硬棒的腱子肉，一连几年进山，见认更加远阔，牛雄既羡慕又嫉妒。听娘说这次仕鸿哥不进山，牛雄心里一扬，意识到自己进山陡然多了几分希望，就下誓一般说："我去了也不偷懒，一定会帮上忙的。"说完觉得还是在征求爹的肯声同意。

爹盯着娘，终于松口了，对牛雄说："你能保证开学前回来你就去，去了，就要听话。"

牛雄几乎跳起来，似乎闻到山里遍野的鸟语花香，陡然浑身长活劲来，嘴上说："好，我一定听话！开学前我就回来。"心里却很不情愿，不由嘀咕：我先进了山，回来时就另当别说了。

就这样，牛雄跟着村里砍伐组进山了。

二

村里砍伐组一行十三人进山了。

住的是多年前沿续建造且每年加固稳当的茅草屋。木料挖掘埋桩，泥浆涂墙厚实，屋顶三层茅草覆盖，既可遮狂风挡豪雨，也可开设窗户取光。两间作住房，连铺当床，休息睡人。一间煮食伙房，炉灶、饭桌及凳子式样俱全。另外，还有一间露天洗澡解手兼用的侧房。进山前已有人先行涂扫干净，冲刷去尿臊渍迹，没有半点湿气霉味。砍伐组从山外的村里住进来，谁也没有丝毫陌生感，进屋出门、抬头低眼就像进出自个儿的家门。

茅草屋建在半山腰上，一条窄小的路逶迤连着山下一个三户人家的村子。牛雄打听村名，爹说是三家村。牛雄说，看上去好像不止三户人家唉。爹说三家村就是三家村，大家都这么叫，你管那么多干什么？盐生虫的事你都管！

白天，砍伐组的人都上山伐木去了，牛雄听吩咐原地看门守户，主要是不让猪呀狗呀猫呀什么的糟蹋睡房，还约定每天去冲刷洗漱处，另外还为过往讨水喝的路人行些方便。爹临上山之前特别叮嘱，好好待着，不许到处乱跑，被盲龙（山魂）缠着就迷路了。

山里的天蓝得纯净，衬着几朵透亮的白云，一览无余。阳光铺下来，清凉到人的心里。牛雄坐在茅房前，看着太阳懒洋洋地晒干了路边的露水，又暖酥酥地晒蔫草莽中的小花小草，除了山沟里啁啾的鸟鸣，有时候大半天见不到一个人影，也不见有畜生来捣乱，他慢慢就感到有些无聊腻味。山高且陡，也很阔大，到处都是茂密的森林，有些树很高很高，粗大的胸径直立在旁边的树梢之上，看上去蓊蓊郁郁，层层叠叠。他想进去莽林看看，心里又有点害怕，怕爹知道了会骂，怕山上的毒蛇猛兽，也怕会像爹说的那样迷路了出不来。

闲下来的时候，牛雄上茅屋前歪脖子树上，透过茅屋顶向山下叫三家村的地方看去，村舍上空炊烟袅袅升腾，静寂时又依稀闻见三两声鸡鸣狗吠。他就悄悄动了念头，要去村里看看，数一数有多少间房子，是不是只有三户人家，到时候好好跟爹说叨说叨。他想好了，去一趟就回来，循着原路返回不会有什么事的。于是，他起身闩窗关门，路上三蹦两跳，溜下山去。

牛雄刚走进村口，就有两只疯狗从路边蹿出，向他狂吠，他机警地蹲下来，捡起石头，准备拼命，疯狗却反而散去了。他想要不是自己反应得快，说不定就给狗咬了。

牛雄一腔愤懑，回到茅草屋，大字一架躺倒在铺床上，百无聊赖，早知道这样，还不如不跟砍伐组进山呢！守门看户是这么单调枯燥！山沟里鸟语花香，又不能去探看，他开始有些后悔了。

有一回，牛雄无聊吹起不成调的口哨时，觉得门外有了

太平年关

一声响动，他出门去，就见有位秀气条直的姐姐，娉娉婷婷，一路走来。近了，牛雄见到她纤细的身条，光洁灵气的脸上五官都很清晰，摆放得恰到妙处，尤其是脸上漾着的表情有一种女孩微嗔微喜的神采。

秀气的姐姐说，没给狗咬到吧？牛雄摇摇头，心有余悸，说山里的狗真凶。秀气的姐姐笑了笑，说我叫秀兰，是三家村里的。还说狗总是忌生，遇见生就会吠叫，但也不会无缘无故欺生。又说，你一个人到处乱跑可不好。末了，说，大人们都上山了吧，姐姐来给你弄吃的。秀兰说着就动手择柴，忙前忙后，一条辫子乌黑油亮，又粗又长，总在腰间甩过来飘过去的，很好看，揉动在牛雄的心里。

秀兰放水淘米，三搅两拌，去浊存清，横竖利落；生火也很顺手，枯草柴丫放进灶膛，一点就着，用不着吹竹筒。饭汩沸了，揭开盖子两下，冒浮着浓浓的香味，馋得牛雄直咽口水，揭开锅一看，原来是她在米饭里放了一块腊肉。野猪肉，是秀兰从家里带来的。秀兰舀出饭，递给了牛雄。牛雄狼吞虎咽，他不知道秀兰在偷笑，他觉得，这是他进山后吃过的最香的一顿饭。

牛雄不由喜欢上秀兰了，她说话或不说话时，嘴形的两头都有点翘，眼梢也跟上有些扬，这种表情几乎没有皱纹，笑起来，脸上也是平整的，眼梢的神色更显得妩媚。

秀兰经常有事没事地邀牛雄进山去采撷野果吃，牛雄都以还有劈柴或备水等活计来婉谢了。牛雄不去，秀兰就独自提着一只小竹篮，沿着山沟里弯仄的小路走去，两条修长乌亮的辫子，在腰间甩过来飘过去，一会儿就湮没在无边的绿色中。秀兰每回回来就拿出一些馋人的东西：不是一把山栐果，就是一捧坡梅什么的。牛雄这时候又会后悔起刚才不跟着她去。秀兰说："你要是秋天来，山里果子会更多哩，有很多……在你们那里见都没见过的。"

牛雄感到好奇，也很期待，问："那都有些什么呀？"神奇的大山究竟都有些什么嘛？牛雄急着想知道。他想听听山上都有哪些野果子是自己村里没有的，回去好向那些小伙伴们炫耀，夸夸海口，不进山来的人也不明白是怎么回事的。

秀兰却漫不经心，说："到了秋天，山坡上，漫山遍野的，什么样的果子都有，多了去了，数都数不过来。如杨桃……"

牛雄脸露不屑，未等秀兰说完，就说："杨桃我吃过，村里也有哩，还有什么？"

秀兰看着牛雄，头一扬，说："还有复瓜。"她料定牛雄没吃过。

牛雄眉头皱了一下，说："木瓜吧？我们村也有，还有什么？"露出一脸不着紧的腻色。

秀兰纠正说："不是木瓜，是复瓜，山藤上长的，长着生时就可以吃，当然熟了就更甜了。还有盐子呢？"

牛雄一愣说："盐子？盐子什么样呀？也是配味用盐一样吗？"

秀兰笑了一下，未露出声，然后说："这个你不懂了吧？

盐子生在树上，伴着树丫长成一瓣一瓣的，又咸又津，没有配味用盐那么咸，关键在于它生津，进山人在雾气里口淡，吃了可补汗盐气。"

牛雄不满足，似乎还觉得不够，又问："还有什么？"

秀兰指着漫山遍野一挥手，有些得意地说："多了，那里还有很多很多，如火炭子吃了解渴，黑嘴蕉、乌榄乳更好吃难觅，但运气好还是可以遇上，还有好多，姐都叫不上名字。要说最好吃的，人人都说是深峪老林那里的野胭脂，你没见过野胭脂吧？"秀兰说时水灵的眼睛盯着牛雄。

牛雄着迷了，睁大双眼，说："野胭脂什么样儿？"

秀兰的眼睛扑闪着长睫毛，应着说："野胭脂是树生果，先是青皮转黄再红遍就算成熟了，甜甜的，酸酸的，蘸盐还可配饭吃，像酸菜让人流口水一样地人见人爱。"

牛雄嘴里一阵触动，口水就涌上来，他一个吞咽，却嘴硬，说："怎么又甜甜又酸酸的，酸菜谁没吃过，还都爱吃？我不信！"

秀兰白了他一眼，摇头，说："跟你说不明白，你吃过就知道了，还有……还有一条，就是不能多吃。"最后一句，秀兰加重了语气。

牛雄却露出无所谓的样子，又说："多吃了又会怎样？怎么不能多吃呢？"他想探个究竟，追问出声来。

秀兰知道牛雄馋，笑了，说："吃多了有些人会过敏，身子发痒，像蚊子叮了一样长红斑，用树叶煮水洗才会好。但也有些人吃多了会拉肚子。"

牛雄听罢，哧哧地也笑起来，说："拉肚子？还会泻稀！……"

秀兰点着头，说："对！身子薄神气弱的人吃多了拉肚子，能拉得你头尖脸削。"

牛雄笑得更开了，很得意的样子，几乎要跳起来，说："我好想吃，拉了我可也不怕！傻子……才会贪饱挑重，吃到拉肚子！"

秀兰忽然岔开话题，问牛雄："你仕鸿哥这趟为什么不进山呀？"

牛雄盯着秀兰的脸，摇摇头，他实在不知这次爹硬是不让仕鸿哥进山来的原因。

秀兰又问："你仕鸿哥多大了？"牛雄不直接回答，却转问她："那你呢？"

秀兰应声："我十七。"牛雄这才说："他比你长两岁。"

秀兰接着问："你家里还有谁呀？爹娘身子硬朗不？"牛雄说："爹，娘，我。还有一个妹，娘带她在家，她大病没有，却不时煮药罐……"

秀兰接着问："你家里一年收成靠什么呀？"

牛雄说："我家里男的肯卖力，娘俭朴，吃不撑，可也饿不死。这可是爹曾对他人说的。"

秀兰还总是缠问仕鸿哥的事不休，有些牛雄知道，就对秀兰说了，比如仕鸿哥读了几年级辍学了。有些牛雄真不知道，如在村里男的多大年岁就成亲，牛雄答不上来就不回答。问得多了，他就烦了，知道的也当不知道，一概摇头，懒得说。

秀兰没有觉察到牛雄烦她，不换话题，还在继续问仕鸿哥的一些事。牛雄受不了，抢白一句："你的话真多过蛤蛋。"然后就说："你要问，下回他来，你不会自己问他吗？"

秀兰这才愣住无语。牛雄看着秀兰的脸，一时不明白她的脸怎就刷地红了。心里想，是不是自己什么地方得罪了她。

三

这山是黎母山延伸的余脉，满山生长一片阴森森的亚热带雨林，遮天蔽日，浓绿如黛，举目远望，苍郁滴翠。在大山深处，有一处幽深的山谷，叫黄竹峪。

黄竹峪沟深山陡，怪石嶙峋，危岩巉壁，沟里面水流潺潺。那里大树不多，更多的是灌木丛，密密匝匝，挡堵得不透风，很多树贴着怪石巉岩生长，盘根错节，枝干虬龙。那里的树与树之间，像手臂一般粗的老藤四处蔓延攀爬，结节勾连，难舍难分，沟底里一簇一簇地生长着很多黄竹子。人在黄竹峪中穿行，要么猫着腰东躲西闪，要么攀藤上危岩过水涧，实在过不去的时候，还要用砍刀来劈莽开路，十分艰辛。在黄竹峪更容易找到需要的合适树材，那里的树干、树枝长得弯弯曲曲，长势适合做犁辕牛轭。进山的人要扛着铁锯，操起刀斧行走在茂密的丛林中，多时山风飒飒，忙累到饥肠辘辘，饮山泉嚼野果便作家常顿食，每当鸟声怪叫，虫鸣搅心，心里才有几缕幽怨和孤独。但每当寻觅到适恰劈犁辕砍牛轭的木料，一声响彻峪地的"顺山倒——"又让进山的人忘却疲惫，吹着悠扬幽怨的口哨，号声吼放出山歌来。

砍伐组十二个壮汉总是在太阳落山后才回到茅屋，回来时全身湿漉漉的，就像刚从水里泡出来的一样。每天总会扛回砍倒的木料，还有一些伏山的老藤，分别归置在茅屋前的空地上。一些木料已经初步砍削加工过，有的陡弯，有的回绕，有的圆直，有的扁横，显出砍伐木料想要的物件的毛坯。匆匆吃过饭，抹了身子，天就黑透了。山里的星星好大，也好近，仿佛一伸手就可以摘下来。爹他们几个坐在茅屋前的空地上歇息，一边吧嗒着水烟，呼出的烟雾罩在脸上，一边说着白天钻山的艰辛，说着收获的不易，时有失望也时有意外的惊喜，还谋划着明天的行踪打算。

山里的夜晚，砍伐组并不寂寞，大多时候三五人凑手打骨牌。牌子分文武两式，牛雄认得武牌三六至尊，五七八九，而文牌只记得天地仁鹅，而梅虎眼镜往下就辨不清次序大小了。每夜牛雄都去围嗅打牌人的衣领，待到爹进来吼了他一声，骂他熏了一身烟味还不去睡才不悦离开。

有一晚，窗外一片寂静，山禽走兽的叫声有些吓人。半夜里，忽然，门"咿呀"一声开了，牛雄就醒了，却不敢喊，接着就进来了一个人，借着窗外漏进来的月色，依稀可辨那是个熟悉的身影，他更不敢吱声。

又听到一阵窸窸窣窣的响动，那进来的人就悄悄地脱衣服，钻进被窝。

哪知那人刚刚躺下，爹却说话了："仕鸿，你这样……可不好。"牛雄这才判定那进来的人是仕鸿哥。爹明明不是不让他进山吗？他怎么又独自来了？

过了一会儿，爹又说了："爹知道你长大了，也明白你的心思，可你总是这样不好，纸包不住火的……多一事不如少一事，你明天还是回去吧？不要由着性子来了。"仕鸿哥还是不说话。

爹又说："多年来，我们村十三号人，都往这砍柴锯木的，你这一来，把事搅了。排溪村木匠拐亲的事你不是没听说过，脚叫人家打瘸……你还是别多事……算了吧。"

仕鸿哥终于说话了："爹呀，秀兰她虽未读过书，但知书达理的，她心里可是有我……她不会从他爹的！还说她爹逼她急了，她会去死！"

爹叹了口气说："可她已许了人……听说是村主任的儿子祥运，人家是镇上购销站副支书，虽长得不可人，腿脚有些瘸，但人家家势强，财大气粗，我们比不上人家的。你要是真心珍惜秀兰，就不要让她去死，你要对她好，就让她去过好日子就是了。"

仕鸿哥不再说话，只是叹了一口气又叹了一口气，在床上翻来覆去，睡下前，他还是叹了一口气。

第二天，牛雄被一阵斑鸠鸟叫声惊醒时，已日上三竿，阳光透进窗户照在床上，晒了他的屁股。他闹不清爹为什么不早唤起他？究竟仕鸿哥昨晚是否真的来过？他的记忆像梦里一样，脑子里一片迷蒙。

大午天，秀兰上山来就问牛雄，仕鸿哥为什么回去了。牛雄一时蒙了，也说不上来。他不明白秀兰是怎么知道仕鸿哥上山来了的。

牛雄只说，是爹让仕鸿哥回去的，还说是为了姐你好。这时候，牛雄发现秀兰的眼泪在眼里直打转，他终于知道这与仕鸿哥进山有关。

此后，每隔一天，秀兰上山时总是尾随来一个瘦瘦高高的男人，背有些驼，脚有些瘸，走路一拐一跛。他年纪看上去大秀兰不少岁，一副没精打采的样子，像瓜藤上缺水少肥的瓜瓞。他称秀兰为妹。瘦高个儿男人跟秀兰说话总是有一搭没一搭的，大多是瘦高个男人说三句，秀兰才懒着应一声。

牛雄看得出秀兰不喜欢那个瘦高个儿男人，又不好躲着他。牛雄狠了狠心，把积攒着的烂熟的刺梅果，就塞给秀兰不喜欢的那个瘦高个儿男人吃。起初，瘦高个儿男人不肯吃，牛雄就佯装陪着吃，说是刺梅果吃了解渴消暑，去湿生津。那些刺梅果叫不上什么名字，微酸带甜，瘦高个儿男人尝到甜头就贪吃起来，只是他不知道牛雄吃后便在背地里吐掉了。

过了三天，秀兰再上山时，那个瘦高个儿男人就不跟来了。

后来才知道那个瘦高个儿男人回家拉肚子，拉个两腿乏力迈不开步，牛雄就偷偷掩嘴笑了。心里说，傻子才吃到拉肚子，不拉死他才怪呢！人家讨嫌你，你还不知趣赖着脸跟来！哼，活该！

四

日出月落，上弦月成了半圆，转眼半个多月过去，村里来了一辆半旧不新的牛车，要将砍伐组砍下来又经过粗加工后的木料拉回村去。赶车的大叔说，再过三天，乡里的小学就要开学了。爹听说后，就赶牛雄坐牛车下山去："你自己说的，开学前就回家去，你不可食言！"

牛雄佯装没听见，借故要走开。爹又说："今天就跟着车回去，你不能再乱闯了。"他好不情愿，记得在家时就听仕鸿哥说过，黄竹峪那里的黄麂很肥；锦鸡贴着人的头上飞，还能看到坡鹿，坡鹿很机警，听到声响远远就跑开了；猴子倒是很调皮，抱着崽在树丫上嚼着山果悠来荡去。最凶的是野猪，不怕人，你捣了它的崽窝，就会遭到群起攻击。牛雄不愿意这个时候就下山，他要伺机去黄竹峪看看那些野猪究竟还能凶到哪去！

牛雄屈指算计过，在最后三天砍伐组就不砍树了，而是一起合力搞围猎，打下黄麂、野猪，在下山前的那个晚上请来山下三家村的父老兄弟，举行隆重的下山仪式，聚宴狂欢。到了那时，茅屋前面的空地上就会燃起熊熊篝火，燃放上千头的爆竹，擂起咚咚作响的猎皮鼓，抬出上年埋在地下的山兰米酒，大家举着火把，又唱又跳，大碗喝酒，大块吃肉……牛雄不喝酒，但想吃野猪肉，还想看沸腾的热闹哩。

赶车的车把式是同宗香火房脚的叔侄，平日就因爹在砍伐组的威望巴结爹，悄悄把牛雄拉到一边，答应他砍伐组结伙下山前再捎他上山，那时要打到野生围席开宴正好赶上了。牛雄听着这才不再磨蹭，向爹应允跟车下山。

那日午天，秀兰上山来了。好像有所准备，她带着一个用芦草编织的兜袋，芦草兜兜里鼓鼓囊囊的，牛雄想到米糕和煎堆，口水直往外冒。

秀兰把牛雄叫到那棵老歪脖大树后，说："牛雄，你说姐对你好不？"

牛雄爽朗，说："好，当然好。知道姐你疼我，有什么好的都想着我。"边说边看向那个芦草兜袋，想知道在那里装着什么。

秀兰伸手从芦草兜袋里掏东西了。不过，掏出来的不是米糕、煎堆，而是一条新织的浅蓝色毛线衣。在隆起的胸前展开比画着，让牛雄看，说："你看，姐的手艺怎么样？好看吗？"

牛雄看着毛线衣密匝的纹路，特别是左胸上那对殷红的槟榔红，式样讲究，做工精细，说："兰姐手巧，织得真好！兰姐织的都好看。"但他不懂得，毛线衣绣上槟榔红是山里定

太平年关

情的信愿。

秀兰抬起腿在腿上把那毛线衣利落地叠好，重新装进那个芦草兜袋里，说："这毛线衣交给你仕鸿哥，不要对他人说，可别让人知道。"

牛雄毫不犹豫，说："嗯。"就接过了芦草兜袋。

秀兰试探，说："你这次出山去……还会来吗？"

牛雄很乐意，说："当然来，我当然来，过几天还要来的。"

秀兰有些伤感，迟疑一下，说："可你或许见不到姐了？"

牛雄焦虑了，忙说："因为什么呀？姐你不是说还可吃黑嘴蕉、乌榄乳，还有野胭脂吗？！"他脸上露出了惆怅。

秀兰忽然说："告诉你仕鸿哥，要想来就没事也要来。告诉他，我……等着他！"

牛雄愣愣地看着秀兰羞红的脸上浮着的虚汗，扬头说："我会告诉他的。"他不知道怎样去安慰一个忧伤的姐姐。

秀兰还是心事重重的样子，低声说："这次他还会来吗？"

牛雄想，怎么她也不自信？他低下头，不敢注视秀兰的眼眸，说："我哥他不傻，他会的！一定会来的！"

"可……可是等明年再来就……就晚了！"秀兰几乎要哭了，说时一下子把牛雄搂在了怀里，还疯了一样地亲牛雄的脸。然后，转身头也不回飘然走了，两条修长的辫子在她柔弱的腰间飘过来又荡过去。

牛雄心里就一下子轻得空落落的，就像丢失什么东西。

五

牛雄再次进山，已是砍伐组结队下山的前夜。

进山前，赶车的叔侄告诉牛雄，说："今年的赶山围猎没有得手，可能也没有聚餐了，你还去吗？"

牛雄猜想是爹让叔侄诳他的，心里纳闷："你诳人，我不信！往年可总会打到野猪或黄麂什么的！"

赶车的叔侄说："往年是往年，今年是今年，据说今年县里开始禁猎了，说是有必要的要办报批，不报批就是犯法，可能今后砍伐辕轭也会禁止！"然后又重复问："你还去吗？"

牛雄想也没想，说："我去，我肯定去！"赶车的叔侄笑了，反正有人跟车有说有笑，就不至于途中寂寞了。他不知道牛雄的心思，牛雄要进山去告诉秀兰姐，他已将她的话转告了仕鸿哥。

空载的牛车下晌才启程，在上坡路上也是一步三滑。来到山上那棵老歪脖树下的时候，已是晚风吹拂，林鸟归寂。满山的萤火虫像天上的星星，在漫山遍野里闪耀着，山风挟着山野泥土花草的气息。

牛雄轻轻地叹了一声，"唉，今天又来了，而明天就要回去了。"今年的赶山围猎果然没有得手，也没有围宴聚餐，更见不到山下三家村的人。

砍伐组忙着往牛车上抬装出山的收获，一车劈辕破轭的木料，两车作柴火的灌木枝芥。忙碌到小半夜，有说有笑才散去洗漱，难掩的喜悦浮在每一个砍伐人的脸上。

有人告诉牛雄，秀兰白天来找过他，还交给爹一件用芦兜袋包装的东西，然后什么也没说就下山去了。牛雄逛来逛去，兜兜转转，他多想见到秀兰姐的身影。

牛雄最终未免遭受爹的一顿詈骂，说："你是蛮牛头，不听人话了？要开学了，不好好在家待着，谁又让你上山了？"

牛雄申辩说："仕鸿哥进山才不听话。"他想把仕鸿哥往前推，有他在，自己或许会逃过莫名的数落。

爹忽然气不打一处来，说："你胡说什么！你在山上见到他的踪影吗？"

牛雄一时急了，说出了疑虑："可在家他影也不在！你就是偏心，看我什么都不顺眼？我不是你和娘生的儿子呀？"

爹像被山里野蜂蜇了一下，愣住了，一个趔趄，然后就抱着头蹲在地上。牛雄赶紧打住话。本来只想以仕鸿哥打掩护，没想到说漏了嘴，惹得爹生气划不来呀。

夜，渐渐深了，牛雄钻进被窝，却没法入睡。天边挂着一弯瘦削的残月，窗外，钻进来一阵山间的湿寒。

牛雄夜里又憋尿醒过来，出门解手时，才知道夜里下过一场透雨，地上起了泥泞，低处还淌着水。冷冷的月亮悬在空中，被雨水打湿的山峪起了浓重的雾气，山野像刚刚哭过。

天刚蒙蒙亮时，牛雄就被爹赶起下山。他出门时，四处张望，只见三辆满载的牛车在赶车的吆喝声中动身了，笨重的车体在崎岖泥泞的路上打滑，牛车下山更比上山难，疲惫的人与扭动的车都步履维艰。

经过三家村时，天已大亮。太阳清亮地挂在半空，村子的瓦屋已散去炊烟，那些欺生的狗没有纠合着吠叫，牛雄没有看到秀兰姐的身影，却在一家瓦房门外一道断墙边见到一辆半旧的自行车。牛雄认出那是仕鸿哥从他的同学家借来的。

牛雄绷着脸，总不吱声，这时候他已懒得跟爹说话。因为还有人告诉他，秀兰姐托爹交给自己的一瓶酸梅酱被爹狠狠地抛进了幽深的山涧里。

出了三家村，牛雄就真的后悔了，抱怨自己进山的运气不好，他最巴眼的难见的围猎聚宴都赶不上，又白白遭受爹的一顿训斥，还好仕鸿哥还是进山来了，他现在在哪里呢？见到了秀兰姐了吗？……

山道弯弯，一路苍翠隐隐向后退去。三辆牛车又"咿呀"地走了一段路，夜里被雨水侵袭的山路，在牛车过处留下泥泞的辙迹。

牛雄回过头望，忽然见到不远处高耸的石崖上长着一棵干粗枝长叶茂的树，结着红红绿绿的果子。牛雄不由想到秀兰说过的青黄不熟的黑嘴蕉、乌榄乳或野胭脂，心里又酸又甜的，却想哭。

原载《满族文学》（月刊）2022 年第 6 期

忧郁的花期

一

元宵节一过，牛雄就辍学跟随婶娘来到岭头小学食堂帮厨。那时候，他思虑的是承担包括劈柴、挑水、洗碗、刷锅以及清扫庭院卫生等任务。他压根没有想到竟会与来小学实习的师范生发生什么事。

牛雄歇息没事的时候就在校园里闲逛。校园不是很大。教学楼前，东边有棵红棉树，树叶全掉光了，树杈上开满了花，红彤彤一片，非常好看。牛雄走近红棉树，听树上叽叽喳喳，有很多叫不出名字的小鸟在花间跳来跳去。树下花落一地，花朵硕大，牛雄拾起一朵，拿在手里，见花瓣好肥，却感觉水水的，凑近嗅了嗅，不香也不臭，没什么味道。他把花一扔，向教学楼的另一边走去，来到一棵凤凰树下。凤凰树的叶子还没长齐，要等到夏天才会开花。他知道，楼上有一间教室的窗口居高临下，正对着那棵凤凰树。他坐在教室里上课时，台上老师唾沫星子横飞，他在下面如牛听笛，那双眼睛常瞟向窗外，看凤凰花开，看树上松鼠东西跳梁，看树下猫啊狗啊来了又去。一想到楼上教室的同学会像看猫看狗一样看着自己从树下走过，他就感到心里别扭，浑身不自在，不由停下脚步，想了想，就绕开了。

经过一间教室时，牛雄听见从里面传出喧闹声，他感到好奇，便凑近窗边，透过缝隙往里面看，哦，原来是那个戴着近视眼镜名叫张莲的实习老师在上课。上个周末，校长带着两男一女三个年轻人到饭堂来，向叔叔交代了几句。后来叔叔说，那三个年轻人是海边城市的师范生，是到学校里来实习的。为期四个半月，他们的一日三餐都在饭堂里吃。牛雄是从饭堂的用膳登记本上知道女孩名叫张莲的。

聒噪的教室里，张莲在做自我介绍。"我叫张莲。"话没说完，脸先红了。她又面向黑板，用粉笔写下"张莲"两个大字，然后侧过身，手指着那俩字，继续说："弓长张，莲花的莲。"牛雄看见，黑板上"张莲"那两个字写得也实在是太难看了，特别是那个"莲"字，歪歪扭扭，松松散散，就好像有人一脚将草和车都踢飞了一样。他心想，这么秀气的老师怎么会把字写得这样糟糕呢，或许是心里紧张吧。这也难怪，人家一个实习生，又是女孩子，看样子比自己大不了几岁，第一次上讲台，面对那么多陌生的脸孔，能不紧张吗！张莲大概也是觉得那个"莲"写得蹩脚，便擦掉又重写。一连三次，还是擦了又重写，越描越别扭，急得她一手扶眼镜另一手抹鼻子，无意间把手上的粉笔灰沾上去，结果干净的脸变花了，鼻子变白了，像戏台上的花脸小丑。教室里瞬间又引起了一阵骚动，闹哄哄的，有扮鬼脸的，有拍桌子的，还有的失声笑了出来。

　　牛雄忍俊不禁，担心自己会笑出声来，便悄悄地抽身离开，走回饭堂。

　　还没走进饭堂，牛雄就听到婶娘在喊他，于是便急忙跑过去。婶娘见到他，好一通抱怨和数落，说这大半天的你都死到哪去了？还有那么多的活没人干呢！牛雄一声不吭，低着头就去干活，捡柴烧火，洗刷炊具，忙开了身。

　　中午，食堂里用餐的学生都快走完的时候，那几个实习老师才慢悠悠地走进来，他们的饭菜是单独留出来的。牛雄给他们张罗饭菜，他特别瞄了一眼张莲，那张被大眼镜喧宾夺主的脸是清秀干净的，上课时沾上的粉笔灰已经洗掉，她却耷拉着个脸，显得心事满腹的样子。

　　"我还是好紧张，也有点怯胆！"张莲显得很心虚。

　　"怕什么呢？第一次上讲台，谁都会有些紧张的。"一个男实习生宽慰她。

　　"问题是，我一说话学生就笑，我在黑板上写字，他们在背后就笑，我转身发现，有的还扮鬼脸、拍桌子，似乎不把我放在眼里。我都怀疑自己还能不能继续上讲台了。"张莲说着，摘下眼镜，擦了擦眼睛，那双眼睛似乎被水浸润过地透亮。

"怎么会呢！上过一两次讲台之后你就会自信，习惯就好了。"另一个男实习生接过了话题。

"或者我就不是当老师的料，实习完我趁早转行好了！"张莲仍然很沮丧。

见张莲那副楚楚可怜的样子，牛雄就有些同情起她来。他觉得，同学们在课堂上哄堂大笑，主要不是因为她讲话结巴，也不是因为字写得不好看。他想对她说，上课的时候，不要直接拿手擦黑板上的粉笔字，更不能拿沾满粉笔灰的手抹脸抹鼻子。不过，他没有说，说了或许过于莽撞，自己不合适说或还轮不上自己说。

当天晚上，牛雄写了一张纸条，趁没人的时候，悄悄地从门缝里塞进了张莲的寝室。

第二天，牛雄又走过那间教室，瞥见张莲正在教室里上课，便走上去，从那个窗口往里瞧，见张莲已经改掉了昨天课堂上的那些毛病，不再用手背抹鼻子。他就猜想，她一定是看了自己写的那张纸条了，自己的话还是很管用的。这样一想，就有些小得意，还有些兴奋，觉得自己悄悄帮了别人，帮别人改变了不好的习惯，做了一件有意义的事。

二

吃过早餐，牛雄开始准备柴火。怎么做，婶娘昨晚已经交代过。

伙房后面的场地上积存一层厚厚的木屑和柴皮碎片，新旧不一，有些早已腐败。场地中间，有一个很大的柴火堆，里面的烧火柴已经锯成短截，但大小不一，小的可以直接烧，大的则要用斧头劈开劈小，才会适合灶膛的尺寸。牛雄劈了大约半个时辰，虽然有些毛手毛脚，但还是在身后又垒起了一个小的柴火堆。伙房上那个烟囱又开始冒起灰白的炊烟，牛雄看了一眼他准备出来的柴火堆，觉得差不多够一天烧的了，便扔下笨重的斧头，用衣摆擦了一把脸上淌下的汗，然后开始将柴火一趟一趟地抱到伙房里。

球场那边传来喧闹声，牛雄看过去，见球场上有一拨十个八个人跑来跑去在打篮球。他知道那是某个班的同学在上体育课，他还知道，这个时候，老师大都不会在场。老师将球往球场上一扔，就会觉得那是在向学生施恩赐福一般，往往就不怎么管了。兴许球场上那些人他大都认识，说不定以前还一起玩过呢。他想到那边去看热闹。他甚至觉得，到了那边，要是自己愿意的话便可以加入其中，和他们一起玩个够。

牛雄心里痒痒的，抬腿便往那边走去。可还没走几步，婶娘就把他叫住了。

"你又要去哪？"

"到那边走走。"

"有好多菜还没择没洗呢！"

"我一会儿就回来。"

"不行！总是这样偷懒。你要是不想干了，就卷铺盖回你家去。"

牛雄站住了，慢慢地转过身来。他突然意识到，这不是在家里，这是在给叔叔婶娘帮工，由不得自己任性。

为了让他到这里来帮工，父亲觍着那张瘦长的老脸乞求叔叔婶娘。叔叔倒没有说什么，可婶娘有异议，她说："还那么小，他能干什么？"父亲说："就让他干些粗活吧。"婶娘说："我还不如另外雇个人呢。"父亲说："他婶娘，别的就不用说了，你们给他碗饭吃就行。"婶娘不再说什么。末了，这件事就这么成了。

事后父亲对他说，你就跟着叔叔，好好干活，多学些不碍事，以后长本事了，要是也像叔叔那样承包个学校饭堂，或者在墟镇街上开个饭店，那才叫有出息呢！

其实，牛雄见到，叔叔承包学校的饭堂之后，家里的日子就好了起来。挣多挣少，牛雄不清楚，但他亲眼看到，自从承包了学校的饭堂之后，他们家的山墙就抹上了厚厚的水泥砂浆，瓦楞用白石灰严丝合缝，风不进雨不进，刮台风时一点都不用担心。还有就是过年的时候，叔叔和婶娘大包小包地往家里拿东西，有烟有酒也有肉，叔叔牛得像看空世道的样子。他虽然看不惯，却是乡下人家非常羡慕的。

牛雄没有选择，当然听父亲的。元宵节一过就来到这里，现在才干不到出正月，如果就这样卷铺盖回家，那太没面子了，与婶娘的情分也说不过去。

前些天，校长领着那三个年轻人走过来的时候，牛雄远远看见他就躲开了，待到校长走后，他才像老鼠出洞钻了出来。他不想见到校长。每次遇见校长，校长总是问："牛雄，你怎么不来上学了？"这让他感到很尴尬，不知道该如何回答。若是旁边还有别人，他们就会附和，说什么"叫你读书你不读，偏要回家放牛，以后你就知道对错啦"。他知道别人这是在嘲讽，就好像自己是个不懂事的大傻瓜，放着香喷喷的肉不吃而要吃山芋梗叶一样。他心里窝火，有时，他真想豁出去，把那些人劈头盖脸骂一通，非叫他们闭嘴不可，但还是忍住了，因为要是那样的话，他们会更加起劲，最后总是把他弄得灰溜溜的，还不如不理睬他们呢。他不高兴别人总拿他来说事，觉得那些人太无聊了，心里想：对也好错也罢，我愿意，有你们什么事呢！

不过，眼下牛雄却有些后悔了。

三

每次放学的铃声才响起，牛雄就会看见大拨的学生争先恐后地拥进饭堂，就好像来慢了饭菜会被抢光了似的。在最初的那十几二十分钟内，食堂里人满为患，挤挤挨挨的，排起了小长龙，往往是前面的同学还没离开，后面的同学就已经把自己的饭碗塞进窗口里了。牛雄忙得喘不过气来，连汗水都顾不上擦一把。"急什么呢？一个个都跟饿死鬼投胎似的！"有时，他会在心里暗暗地这样骂那些学生。待到半个小时之后，人就少了，散了，他以为再也不会有人来了。可就算是这样，他也要守着窗口。时间不到，就有可能来人，他就得候着，不能走。这种时候，他又觉得最后那些来吃饭的学生耽误了自己的工夫，心里有怨气，背地里常说，吃饭都抢不过别人，读书能好到哪去！

那天早上，都快要到关门的时间了，有两个学生才姗姗来迟。牛雄已经候得不耐烦，故意把头偏向一边，不大搭理，有些怠慢。"六斤六。"他听见有个学生这么说，一愣，抬起头来，见两个同学互视着都在坏笑。他不明白是什么意思，就说："什么六斤六？"一个同学往饭堂窗边那里努了努嘴，说："喏，那就是六斤六。"窗边那里已经没什么人了，只有张莲一个人在用早餐。牛雄明白了，他们并不是在作弄自己，而是给老师起外号。"不要这样说老师，这是对老师的不尊重。"他说。其实，给老师起外号，这种事他以前没少干过，今天不知道是怎么啦，就是觉得这样做不应该，好像自己突然就长大了，连自己都有些惊讶，是不是有点做作了。想想又觉得，凡事总有个缘由，于是便问："为什么要叫张老师六斤六？"第二个同学说："她上课时总是六呀六的，五元她说五元六，六斤她

太平年关

说六斤六，所以班里的同学就叫她'六斤六'。"他说："是这样吗？不会吧！我不相信，是你们编出来的吧？"第一个同学说："你要不相信，去问问别的同学就知道了。"他说："就算是这样也不能给老师起外号。"

兴许，真实的情况就像那两个同学所说的那样，但张莲老师为什么要把"六斤"说成"六斤六"呢？是计算有误还是因为紧张而言语不搭，或者别的什么原因，他实在闹不明白。

"牛雄，今天的午餐我们三个不在这里吃了。"张莲已经用完早餐，她走过来对牛雄说。

"只是午餐吗？"牛雄说。

"是溜！"张莲说。

果然如此！她又说"六"了。

这时，叔叔凑过来，笑嘻嘻地说："是生也溜熟也溜吗？你家就是说这方言。"张莲笑笑，说"是溜"。

牛雄听着也感到有些好笑，但他忍住了。

张莲走后，牛雄问："'生也溜熟也溜'是什么意思？"叔叔说："开个玩笑而已。我听出来了，她是琼海乐会人。乐会那边的人就是这样，说话话尾总是带个'溜'，地方口音，没别的意思。"

牛雄大概明白了，不是五六那个六，而是与六谐音，没别的什么。既然是地方口音，其实也不算是什么毛病，牛雄忽然觉得，课堂上"溜""六"不分，容易引起误会，应该给她提个醒了。

牛雄又写了张纸条，找个合适时机，又悄悄从门缝塞进张莲的寝室里。

在这之后，张莲变得快乐变得开朗了，与同来的那两个实习生有说有笑的。牛雄观察到，张莲说话时，话尾还是常捎带个溜字，这也没什么，地方口音嘛，不是那么容易改变的。问题是，上课的时候，她注意到了没有？改了没有？他打算还到教室那里趴在窗口边听听，又担心给别人看见了说不清楚，要是别人说他扰乱学校的教学秩序，那跳到泥潭里都洗不清了。但他还是急切地想知道结果究竟怎么样了，就像在地里播下种子之后总想知道是否长出嫩芽了没有一样。终于，他找到那天买饭的那个同学，他问："张老师上课还说'溜'吗？"那同学说："开始改了，很少说了，有时候整节课她都不说了。"他说："那你们还叫她'六斤六'吗？"那同学说："不敢了，不敢了，再那样叫要挨批评的。"

牛雄心里一阵狂喜，他感到了什么是快慰。他发现，自己好像喜欢上了这个叫张莲的实习生，喜欢听到她的笑声；喜欢看她将长发撩到耳后的利落动作；喜欢她穿那件镶边的蓝裙子，走路的时候，裙摆便像潮水一般摇滚流动。

张莲他们三个实习生在饭堂吃饭，菜肴是单独给他们做的，一人一份，分好舀到小盘子里。在这当中，牛雄用了点心机。若是猪肉，给张莲的那份要精瘦一些；若是鱼干，给张莲的那一块煎的火候是最好的。表面看起来一样，实际上是有所偏爱，但不太计较的话是看不出的。张莲有没有看出来呢？这不重要，牛雄也不想让她知道。他不是要讨好她，只是想让她吃得好一些。只要她能吃好了，牛雄心里就高兴，这就足够了。他甚至一点也没有意识到这样做有失公平，是对那两个男生的伤害。

四

有一次中午开饭的时光，牛雄看到有三个同学跟在张莲身后，其中的一个把手举起来，冲着空中扬了扬，晃了又晃，其他的同学看了又跟着掩口窃笑。待张莲走远之后，牛雄一把将那个同学拽过去，很不客气地说："你要干什么？又是什么恶作剧？好像想……打老师？"那同学说："没……没有，只是模仿一下。"牛雄问："模仿什么？"那同学说："她戴块手表，常常把手抬起来，晃来晃去的，很显摆的样子，班里的同学说是'镶金牙，笑咧嘴；戴手表，撸衣袖'。看不惯呢。""有什么看不惯的？"牛雄说，放了那同学，又说，"今后不准这样了！知道吗？"

牛雄发现，张莲果然是有那么一个习惯动作。他还注意到，她之所以常常抬起手来晃啊晃的，主要是因为手腕上的那条表链过于松垮了，而且还有些显旧。

周六，学生都回家了，校园里空荡荡的。牛雄说他要去逛街，问叔叔要钱。叔叔说要多少？他说十块。叔叔说你要那么多钱干什么？说着，从口袋里掏出两块钱。牛雄不肯接，说两块钱够做什么？吃根冰棍就没了！叔叔想了想，又加上三块。牛雄还是不肯接。叔叔说，要便要，不要拉倒！说着就把钱收回去了。

最终，牛雄也只从叔叔那里要到了五元。这显然不够，却毫无办法。后来他想起，自己那里压岁钱还有八块，加在一起应该可以买下一条表链了。

从学校到墟镇街上，有五里多的路程。牛雄是徒步去的。刚走出校门口，就有人开着三轮摩托驶近，问他要不要坐车？他摇摇头，说不坐。一路上，先后有不下十个人问他要不要坐车，他都拒绝了。他不是不想坐车，可要是坐了车，钱就不够用了。

牛雄抄近路，穿过一条熙熙攘攘的小街。小街虽小，但两边有很多小摊，卖各色各样的小吃，粿子煎堆、面包油条、饮料冰淇淋……都有。牛雄一心要拒绝那些吃食的诱惑，像一个满肚子委屈的男孩，头低低地往前走，对两边的景物瞅都不敢瞅一眼，可小街上充斥着的各种诱人的香味还是没有障碍地直往他鼻子里钻，让他口腮生津。源源不断冒上来的口津又令他有了那么一种感觉，仿佛正吃着一个香喷喷的煎堆，仿佛这一路的辛苦和坚忍都在这一口享受中得到了满足。他在一个卖煎堆的小摊前停了下来。煎堆刚出锅不久，表层金黄，哧哧地冒着油花，香喷喷。旁边是一个卖豆腐花的，两只桶，一边是豆腐花，一边是糖浆。他想，一个煎堆、一碗豆腐花，这一天就饿不着了。以前他逛街的时候就是这样解决的。可是，他

太平年关

手里攥着钱，只是看了一会儿，就离开了。才走几步，又被一个卖肠粉的叫住。牛雄知道肠粉里裹着肉末，还有花生、芝麻，也是他最爱吃的。卖肠粉的大妈慈眉善目，恍惚间牛雄认为那就是自己的奶奶，当然，他很快就清楚，那不是真的。奶奶做的肠粉可以随便吃，而这位大妈的肠粉是要拿钱来买的。他只是咽了一下口水，然后又离开了。

出了那条热闹的马路，便是一条宽阔的大街，行人少了，但街道整洁，两边店铺的门面装点得花花绿绿，很好看。一家商店门前有幅巨大图片，画面上有个时髦女郎，旁边是一块穿着表链的巨大手表。牛雄抬头看了看，走进店里。店里金碧辉煌，镶着玻璃的货柜隔板上，各式手表错落有致地排列，十分精美。牛雄两手搭在货柜玻璃上，看了又看。一个年轻女人走过来，问他是不是要买手表。他摇摇头。他看清楚了，东西很贵，他连一条表链都买不起。女人拿起鸡毛掸子掸了掸柜玻璃，然后走回去与另一个女人继续闲聊，却不时拿眼睛瞟向他这边。牛雄受不了她那种提防小偷一样的眼神，心里极其不爽快，愤愤不平地走了。

牛雄在街上逛来逛去，最后，在一间楼梯口的小货摊位上，终于买了一条印花的女式表链。

晚间，牛雄将表链连同一张纸条，再一次悄悄塞进了张莲的寝室。

牛雄忍不住，第二天又趴到那间教室后面的窗口上。教室里的讲台上，张莲镇定自若，完全没有了刚开始时的那种慌乱和不知所措，悠扬的声音清晰流畅，举止大方，和蔼可亲，手腕上那条表链也扣得紧紧的，再没有无端抬手晃动的动作。他不由得又得意起来。可是，仔细端详之后，他发现那表链是扣紧了，却不是他新买的那一条印花表链。她一定是看不上那条新表链！这让他感到沮丧。一转念又觉得，也许是她稀罕，舍不得，要留着自己做纪念呢。这样一想，他又感到很欣慰，同时也恨起自己来，觉得那条表链太轻微太随便了，配不上，要是手头有钱，还可以买条更好的。其实一开始他是看上另一条的，那一条更好看，但太贵了，他买不起。

正在他想入非非的时候，有只大手从后面揪住他的衣领，一回头，是校长！这一下把他吓得不轻。校长把他领到办公室。"你想干什么？"校长很严厉，"是不是要捣乱？"他说："不是。我没有。"这时，办公室里的其他老师都用异样的目光看向他。之前，他还是个学生的时候，调皮捣蛋在学校里是出了名的，很多老师都知道他。他想，他们一定是以为自己做了什么坏事，而且在撒谎。也许校长早就站在后面盯他半天了，没看见他捣乱，所以训了几句，就将他晾在一边。他很担心，担心校长会将这件事告诉叔叔，更担心因为他影响了叔叔对学校饭堂的承包。好在校长不再追究，反倒变得亲切起来，问他还想不想继续上学？他点点头，紧接着又摇了摇头。过了一会儿，校长说："这样吧，回去跟你父亲说，就说是我说的，你要是想继续上学，就来办个手续，学校欢迎，学费也减免了。"

五

天渐渐转热了，木棉花期过后就是凤凰花开的季节。当学校东边的木棉一树火红的花朵谢幕后，满树的绿叶又长满枝头。校园里那棵凤凰树上的叶子也已经长齐，牛雄知道，用不了多久，树上又是花瓣缤纷花丝乱颤了。

转眼间，张莲来学校里实习就快要满四个月了，牛雄和三个实习生已经混得很熟。有一天，牛雄叫张老师的时候，张莲说："你以后不要叫我张老师了，要是你不嫌弃，就叫我姐吧，好不好？"牛雄说："好啊，那我以后就叫你姐好了。姐——"张莲说："牛雄，姐问你一个问题哈，不久前，你是不是还在这里上学？"牛雄说："姐，你听谁说的？"张莲说："先别管姐听谁说的，你就告诉姐，是不是？"牛雄点点头。张莲说："那后来为什么就不来上学了呢？"牛雄不作声了，不知道该怎么说才好。他是逃过学，但不上学主要不是自己的原因。那次父亲骂他，说你要是这样的话就不用再上学了。他跟父亲顶嘴，说不上就不上！从此就赖在家里。其实他那是在赌气，如果父亲再劝一劝他，哪怕打他骂他都行，那也算给他个台阶下，他会继续上学的。可父亲不再管他。父亲还当着他的面，唉声叹气地对别人说，由他去吧。谁知道他是不是那块料？就算他是那块料，恐怕也难供成菩萨。读了中学还要读大学，那得花多少钱啊！去哪要？既然父亲都那样说了，他还有什么可想的呢！从此，他就不再上学。他想把这些情况跟张莲说说，又觉得都不是什么光彩的事，想想就算了。

牛雄不说，张莲也不再追问，只是说："牛雄，听姐的话不会错。你还小，要继续上学，不然以后会吃亏的。"牛雄看着张莲，不点头也不摇头，有一会儿才说："姐，听说你们的实习很快就要结束了，实习一结束就回去了吗？"张莲说："是的，回学校等待毕业分配。"牛雄说："姐，你能不能留下来？"张莲说："你为什么希望我留下来？"牛雄说："如果姐能留下来，我就回来上学。"张莲说："你这话当真？"牛雄说："当真。"张莲说："那我们拉钩。"说着伸出手来。牛雄说："拉钩是小孩子闹着玩的。姐，我给你写保证书。"他找来纸和笔，又说："以前做了什么错事，老师都是要我们写保证书的。"

牛雄很快就写好了保证书。张莲拿过去一看，"啊——"她喊了一声，然后拉住牛雄的手，"是你！那些纸条是不是你写的？"他不想说谎，便点点头。张莲说："我还以为是哪个老师在暗中帮助我呢！原来是你。我果然没看错人，你这个弟弟我认定了。"

那天夜里，牛雄梦见自己长大了，与张莲一样，当上了小学老师，站在讲台上做自我介绍。"我叫牛雄，水牛的牛，英雄的雄。"说完也在黑板上写，写了"牛"字，"雄"字却不记得怎么写了，无论如何也想不起来了。他不停地抓耳挠腮，心里一急，就恍然醒了。

太平年关

牛雄一骨碌起身，有一股醉人的香味袭进窗口，他凭窗一望，是凤凰花开了，好似一把又一把火把聚在一起，形成一座火红的火山。一束花紧挨着一束相互依偎，在晨光的照耀下显得亮丽夺目，花瓣上点点的亮光，仿佛夜里星星停留的印迹。每一朵花都是艳红的，只有花的底端是淡淡的浅红色，好像被雨水冲刷过一样，将色彩染得四散开来，花儿的香甜味飘满整个校园。牛雄想起刚上学那会儿，这里只有小学没有初中，教学楼也还没盖起来，只有几排平房教室，他跟几个同学常在凤凰树下玩耍。凤凰花的花蕊边有几条花丝，顶着花药，雄起起气昂昂的样子，他们用手指捏着花丝，以花药互勾，看谁的会被勾掉，以定胜负。一想起这些，他心里就泛起一阵温馨，艳红的凤凰花也像一团火焰在他的心底燃烧，他不由想起跟班上同学常在凤凰树下玩耍嬉戏的时光。这是他可堪怀念的惬意日子。

牛雄决计，周末就回家去，一定让父亲到学校来办手续，他还要上学。

实习生在小学实习期结束了。校长在饭堂办了一桌酒席送行。校长说，年轻人是学校的新鲜血液，欢迎你们毕业后来我们学校工作。张莲说，感谢校长和学校的老师在实习期间对我们的指导和帮助。这里的环境好，有人情味，今后要是能有机会来这里参加工作，那是我们的福气。牛雄听叔叔的吩咐在一旁酒水伺候，他觉得，他们的话都很真诚。

第二天一大早，那两个男实习生走了，张莲没有同行。

中午张莲来饭堂吃饭前，牛雄去到张莲的住处，递上两个红石榴，说是家里拿来的，尝口鲜吧。张莲说谢谢。他说："姐，你不走了吧。"张莲说："过两天也走。"他就问："姐你不是答应留下来的吗？"张莲笑了，说："傻孩子，要留下也要等毕业分配后啊！"他好像明白了，又好像不太明白，心里不踏实。张莲稍一迟疑，又说："就是毕业分配我也不一定分到这里，你也知道姐方言口音重，那个尾声溜音，半月前学校教导组来听课，说这是上课的大忌，或者说我不具备当老师的天分。"牛雄忽然抢过话说："不，姐，你会改好的。"张莲像忽然记起什么，说："哦，差点忘了，有一样东西要还给你。"然后从包里翻出一条表链。他一眼认出来，不就是那条印花表链吗？就说："姐，那是我送你的啊！"张莲说："这多不好，你的东西我不能要。你还是留着自己用吧。"她把那条花表链塞还给他。他还想推回去，要再次表示诚意，可在瞬间，一阵自卑、失望和羞耻汹涌而至，他脑子一片空白，接过表链，夺门而出，两条腿像踩在一团弥漫的浓雾上。

张莲走的那天，学校里来了一辆半旧不新的吉普车，从车上跳下一个俊俏帅气的小伙子，张莲一下子就扑了上去。

"四个多月不见，你想我了没有？"张莲娇嗔地说。

"怎么不想？想死我了！"小伙子动情地答道。

"哄我吧！想我为什么不早点来？这里环境差，孩子们都欺负我，饭堂条件更不好，我巴不得早日离开！"

"还不是为了你的事！你又要留城里又不想当老师，我爸

太平年关

通过关系托了许多人，你以为那么容易吗？"

"究竟定了没？"

"没问题，如你愿了。"

当时，牛雄就躲在他们身后的大树后，一字不漏地听着他们的对话，愣看着张莲裙子一撩跃上吉普车，然后车子一溜烟远去。他想起张莲最初脸上的粉笔灰，曾经说话尾音的"溜"字，以及那条在墟镇上买下的印花表链，心里觉得一阵从未有过的委屈，鼻子倏地酸起来，眼眶里一下子涌满了泪水……

原载《安徽文学》（月刊）2022年第2期

姐姐的酸杨桃

一

牛雄第一次看见菊兰的时候，他半躺在蔗园坡的看瓜棚里正津津有味地读着一本书。

牛雄在县城中学读高中。每到一个月的那个周末，他都要从学校回到四英岭下的村庄一趟，不仅仅是想家了，要见见爹娘，更重要的是回来取下一个月的伙食费。每一趟，他都听见爹和娘在背地里嘀嘀咕咕，斟酌着这一次又该向哪个亲戚讨口暂借，或者由哪户人家张口凑数更合适，其实就是担心借不到，互相推诿。牛雄心里烦，不愿意看到爹娘满面焦虑的愁容，就想找时机躲开，要找点别的事情做做。于是他匆匆吃过午饭后，便溜到离得不远的蔗园坡来西瓜园里看瓜。

太平年关

　　正午的阳光炙热，四下里静悄悄的，只有杨桃树上的夏蝉燥热地叫闹着。牛雄深陷在书里行间，可翻来覆去地就只看那么一两页的内容，希望能看出更多的花花绿绿来，那焦躁的神情就像一个小男孩隔着一道高高的院墙，走来兜去，踮起脚尖要看清院墙内的景物秀色而不得进去。

　　酷热难耐，牛雄坐起身来，除了一条旧皱的小裤头，赤着胳膊，浑身光溜溜的。就在这时，牛雄看见有个人影出现在看瓜棚前，他欠身伸长脖子往外一看，原来是个大姑娘，吓得他赶紧穿好带有汗渍的背心和鼓鼓囊囊的长裤，这才倏地起身迎了出去。

　　姑娘很俊秀，在村里却从来没见过，大热天里连顶稻草帽也不戴，一张瓜子脸被当午的太阳晒得通红，正抬头朝那棵长在看瓜棚边上的杨桃树上张望，见他走出来，便朝他嘴唇微微一扬笑了。

　　"姐姐，你要找谁？"牛雄见状，探问说。

　　"我……不找谁。我到这里是想跟你讨要一样东西吃。"姑娘盯着牛雄说。

　　"这……什么东西？"牛雄心里一惊，狂跳起来。

　　姑娘咯咯地笑了起来，看着牛雄的窘态，大概是猜出他的心思，就说："看把你紧张的，不是要吃你的西瓜！喏，你看——"她抬手朝杨桃树上指了指，"我就想讨几个杨桃，可不可以呀？"

　　"可以，当然可以。"牛雄顺势也嘿嘿地笑了笑。他为刚才自己的误解感到有些不好意思，又说："就是西瓜也不算什么，只是还不够熟透，不尽甜。你要想吃，我这就摘去！"

"不，我就想吃杨桃，不吃西瓜。"

"可是姐姐，杨桃果还没熟，又酸又涩呢！"想了想，又说，"我想起来了，瓜园东边有棵胭脂树，胭脂果也该熟了。胭脂果又香又甜，比杨桃好吃多了，我过去看看，给你摘几个来。"

"不了，我就爱吃杨桃，不吃胭脂果。"

"那好吧。"牛雄说罢，撑起一条接了两截竹杠的长竹竿，抬头向杨桃树上瞅了瞅，凝神专挑一些长得大的果子捅，三下五除二，就有大好几个果子掉落在地上。

姑娘一边追捡一边嘴里说够了够了，牛雄这才停了下来，已有汗珠在他的额头上浮现。姑娘弯下腰去捡完散落在地上的果子，牛雄瞟眼过去，就看见有两坨粉白在太阳晒不到的领子里晃晃悠悠，直晃得他脸烧心跳。姑娘好像也意识到了什么，以手遮掩领子。牛雄一个愣怔，脸上腾地一下就变得通红，慌忙掉过头去看向远处开阔的西瓜园，那里除了未长大定型熟透的西瓜，还有疯长的藤蔓弯弯绕绕迂回纠缠在一起。

姑娘用嘴吹去杨桃表皮上的灰尘，蹲在树荫下就吃了起来，连着吃三四个，这才停下来，甩去手上的汁液，咂着嘴说："又酸又甜，味儿正好，真爽口，好吃！"然后又看着牛雄不好意思地笑了笑。

牛雄兴上心头说："你要是觉得好吃，那我就再多摘几个。"

姑娘婉拒，说："不吃了！吃了还想吃才是最好。贪吃多了，就没味了。要是想吃，我会再来的。"说罢又补上一句，"你不会不让吧？！"

牛雄再次端详起姑娘来：她乌黑的头发扎两条齐整小短辫，身穿白色短袖衫和浅蓝色短裙，多像一个高年级的中学生，两只大眼睛睫毛扑闪扑闪，很有精神活气，特别是那两个迷人小酒窝，笑起来恰到妙处。他心里喜欢，却又有些纳闷，就说：

"可是姐姐，我们好像没见过，我还不知道你叫什么呢。"

姑娘告诉他，她叫菊兰，她家在四英岭山的另一边，虽然不属同一个县辖，但翻山不远就到她的家乡。她是到村里人家来走亲戚的，村里谁谁是她的姑姑，小时候来玩过几次，但已经有好多年没来过了。这次来，村里村外都变化极大。

"说不定我们小时候还一起玩过呢，只是时间久了，就互相认不出来了。"菊兰说着，转身就进了看瓜棚。

牛雄犹豫了一下，最后还是站在了看瓜棚的门边。

"咿呀，你这书是路遥的小说《人生》！你看完了没有？可以借我看看吗？"菊兰拿起书，一边翻着一边说。

牛雄本来想说自己还没有看完哩，可话出口却是："我是跟班里的同学借的，说好了这两天要还。我先还给他，下次方便了再另借给你看。"

菊兰就抿嘴笑了，说："上高二的时候，图书馆里只有一本，许多人去登记排队，没等到，我就休学了。"牛雄心里想，怪不得她看起来像个高年级的中学生呢。他本想问她为什么休学了，但又觉得有什么不便之处，便忍住了没问。菊兰又说："下次我还来，但你要答应我，除了杨桃，还有路遥的《人生》哦。"牛雄爽朗地应声："一定的！"

"牛雄——"

牛雄听到有人喊他，扭头一看，是村里的祥运走过来了。

祥运年近四十，还未娶媳妇。年轻时是因为懒。他懒惰在村里是出了名的。牛雄听村里人说，你就是把米把肉放到他家的厨房，他也懒得烧来吃；晚上睡觉，尿水子一胀，就往窗眼子里朝外头浇，早上太阳一晒，臊气难闻。十贫九懒，人一懒，贫穷就会找上门，想甩都甩不掉。他屋里精腿子打得光床响，没个女的愿跟他过。政策放松后，祥运一改懒惰的形象，外出打工，混了几年，还当上了个小包工头，挣了些钱。这时候，上门提亲的人就多了起来。可是，他因为有了几个钱，就开始挑人，挑来挑去挑花了眼，高不成低不就，至今还打着光棍。

"跟谁说话啊，这么热闹。"祥运说着就到了瓜棚前。

这时，菊兰从瓜棚里走出来。祥运一见，两眼发亮，对牛雄说："这是谁啊？想不到你这里还藏着个大美人哦！"

牛雄说："她叫菊兰，来咱村里走亲戚，我也是刚认识的，她到我这里来是要寻杨桃吃。"

"大热天的吃什么杨桃！"祥运从裤兜里掏出一张大额的

纸币，拍到牛雄手里，"去，摘个大西瓜，我请客！"边说边拿眼睛瞟向菊兰，显得很豪爽的样子。

牛雄刚要说什么，菊兰已经先开口了，她说："人家的西瓜还未熟透，你要吃可以到墟集买。牛雄，我还有事，走了！"朝牛雄挥挥手，就离开了。

菊兰走了，牛雄看着她的背影心里不由有些空落，总觉得还有什么话没有说完。他转眼还发现，祥运一直盯着菊兰的身段，咽了一下口水。上前把钱塞还给他时，他愣是没能回过神来。

二

吃过晚饭，爹拖一把椅子在门槛边靠门坐下，一把葵扇搁在大腿上，嘴里吧嗒着水烟，两眼看向庭院的门外，牛羊陆续归舍，夜色渐渐铺盖下来。娘收拾好碗筷，打扫了伙房里的垃圾，懒得端到院外去倒，也拿一张矮凳坐过来歇息。

"过几天，我打算跟着祥运到外面去打工。"爹沉吟一下，说。

"不去不行吗？一直都这样过来了。"娘挽劝他说。

躲在厢房里的牛雄这才知道，祥运这次是从县城回来招工的，他在海岛东南那边有个外包工程的朋友，要他回乡下来招一些青壮劳力去沿着东线海口至三亚线修筑高速公路。

"不去又咋办呢？牛雄要上学，现在是读高中，将来还要进大学，还是早打算、早积攒为好。待在家里兜转没什么好处哩！"爹像在盘算，又似自言自语。

娘听了仿佛有话要说，却不知从哪里说起，只是长长地叹了口气。

一方水土养一方人。四英岭坐落在两县三镇交界处，山峰海拔有多高，山下村里人从不知晓，只知道山上的树林茂密，藤萝葳蕤。山上还修了个水库，叫加乐潭。村里人农忙时种稻种谷，交足国家的粮食之外，自己也能填饱肚子；农闲时则上山砍藤伐木，编箩筐浅筐、箍木桶木盆、劈做犁辕牛轭……这些东西拿到集市上，也能换几个钱，补贴家用，一直以来，日子就这样将就着过下来。每次村里人结伴进山都搞得热热闹闹的。进山前搞个仪式，一起吃个饭；十天半个月后返回，多多少少都会带回些野物，办个晚宴，请来村里德高望重的老人，一起喝酒庆贺。牛雄刚读小学四年级那年，随爹进过山，觉得挺好玩的，那些情景至今记忆犹新。可这些年来，年年乱砍滥伐，开荒种橡胶、种槟榔，山里的植被资源就少了，加上时代变迁，原来那些抢手的箩筐浅筐、木桶木盆现在不再时兴，再勤奋也换不来买油盐酱醋的钱。牛雄隐约听说，今年开春以来，他在学校这几个月的学费伙食费，都是爹娘觍着脸向别家求借来的。

"老是窝在家里也不是个办法，你没看见吗，那些出去打工的人，春节回来一个个都是腰包鼓鼓的，有几个还往家里扛彩电呢。"爹像在开导娘。

太平年关

"你要是出去了，地里那么多的活我一个人哪干得过来？"娘却不无担忧。

"还能干就多干些，能有多少是多少，小孩还小，只要能填饱肚子就将就，为小孩长远打算，要想挣钱还得出去打工。"爹横竖说的都是理。

听爹娘这么一说，牛雄在厢房里坐不住了。像自己这种家庭条件的人要读个大学实在是负担不起，爹娘为了他上学，背地里总是省吃俭用，天一晚就灭灯上床，省去耗电费。饭桌上多是啃咸萝卜蘸盐花，最能下饭的是几只稀拉的咸鱼头。再说了，考上考不上还不一定呢！与其硬着头皮读下去，还不如现在就辍学出门打工挣钱去。他觉得祥运那样曾经懒惰的人在外都能挣到钱，自己潜心打拼绝不会比他差，今后肯定也能出人头地。他又想起今天中午在蔗园坡看瓜棚边见到的菊兰。菊兰高中为什么就辍学呢？不太清楚，这就是总觉还有什么话没有说完的缘故。她大概也是因为家里穷，生活条件困难吧。要是能够约上菊兰她一起去出门打工，那就再好不过了。牛雄心火一热，就动了辍学打工的念头，他从厢房冲向庭院里的爹娘，说：

"我……不想读书了。爹，娘，你们好好在家待着，我出去打工挣钱好了，让我啃再多的书，也不见得长出象牙来。"

牛雄这个想法立刻受到父亲的强烈反对。"小孩子懂什么！你什么都不用多说，"父亲训斥他，"将来要有出息，读书才是唯一的出路，你懂不懂？别的事你都不要管，给我把书读好就行，爹娘就是砸锅卖铁也要供你读书。"

牛雄见到爹的态度如此强硬，就不再坚持了，他记得，前些年，村里有个人在读高中，参加高考一连补习了四年，最后终于考上了中专学校，那可是父母乡亲一辈子的夙愿，村里家家户户随份子摆大宴，凑钱买的上万头鞭炮，有人拿到高高瓦房屋顶去燃放，时长达半个多小时，烧亮了半边天。牛雄从小不服输，他也想读书，他也要把这份荣耀带给勤劳的爹。牛雄的骨子里内生着读书人耿直的秉性，其实，他还是很留恋校园里的生活的。

第二天一早，娘要送他出村，牛雄婉谢了，他不想见亲人落泪。娘往他衣兜了塞了些钱，千叮咛万嘱咐，要他争口气好好读书。他嗯嗯啊啊地应允，向母亲摆摆手，然后走出了家门。

走到村边，牛雄抬头向远处四英岭迷蒙的轮廓眺望，最后目光在两山交界的坳口逗停，祖辈人留下话说，那是山里人走出去的必经之路。他不由加紧了脚步。

三

牛雄没有想到菊兰会跑到县城中学来寻他。

那天周末，天空瓦蓝瓦蓝的，没有一丝云彩。学校大门外面的那段公路上静悄悄的，上午的阳光透过椰子树叶，斑驳摇曳。

太平年关

牛雄手拿一本书，头微微仰起，脚下走着却不看路，两片嘴唇翕动不停，念念有词，如和尚念经一般，突然就有个人一下子面对面地站到他眼前，手用力一比画，然后喊了一声："嘿——"

牛雄抬眼一看，脱口而出："菊兰，是你！"

菊兰有些失落，说："刚才我唤你你也不应，是不是不愿理我了？"

牛雄否认，说："不是。我刚才没听见。"

菊兰揶揄说："你走路头抬得那么高，骄傲得很！怕是爹娘来了都看不见哩。"

牛雄的脸刷地就红了，连忙说："没有没有，刚才在背书，确实没注意。"菊兰就"嘻嘻"地笑了起来。

牛雄问："你来……有什么事吗？"

菊兰疑问，说："嗯。你要干什么去哩？"

牛雄解释说："想到外头背书去哩！"

菊兰闹不明白就问："学校教室里好，为什么到外头去？"

牛雄又说："外头寻个僻静处，好背得下。"

菊兰夸起牛雄说："你这么用功，将来肯定能考上大学！"

牛雄似乎没有信心，说："哪有那么容易！我一点把握都没有。"

说到考大学，牛雄满脸愁容。他告诉菊兰，时间很紧，高考的内容还没复习完。高考之前是预考，预考是高考资格选拔赛，既有公平之处又残酷无情。很多本来可以考上大学的人，因为预考发挥失常，就被挡在大学门外。预考在高考前一个月左右举行，由县教委统一命题，全县统考。预考过关，不少人喜极而泣，如果预考失常，那就只能黯然离校，直接背书包回家了，连参加高考的资格都没有。菊兰就勉励他，那你还要再加把劲哦！然后菊兰说：

"你知道我今天为什么找你吗？"

牛雄摇头说："不知道！"

菊兰叹了一口气，流露出失意，说："我就知道你没有把答应我的事放在心上……"

牛雄倏地好像记起什么，"我想起来了，你是不是来找我借书的？"

菊兰说："你说呢？"脸色由阴转晴。

牛雄告诉菊兰："书已借出来了，放在宿舍里，我带你去拿吧。"

牛雄就带着菊兰往学校里走。进了大门，是一条很大的校道，校道两旁也全是椰子树，伞形的椰叶撒下一片阴影。走了大约一百米后，是一幢三层混合结构教学大楼，校道在教学楼前向两边分开，路旁种着九里香。

走到教学楼一角，一阵浓郁的花香袭来，菊兰："啊——是玉兰花！"

牛雄说："昨晚下了一场雨，所以今天的玉兰花就显得特别香。"菊兰忽然说："真想摘一朵。"没说完，牛雄就爬到旁边的大石头上，又踮起脚尖扒拉树叶，摘下一朵来。

太平年关

　　菊兰将花朵戴在头上，问牛雄："好看吗？好不好看？"

　　没等牛雄回答，菊兰说："还是取下来吧，别人见了会笑话的。"她把花拿下来，捧在手心里嗅了又嗅，然后小心翼翼地装进衣兜里。牛雄忽然从菊兰的忸怩状看出妩媚来。

　　进了学生宿舍，屋里面有两个同学在看书，都斜眼看向秀色的菊兰。牛雄连忙解释："村里的亲戚，找我借书来的。"其中的一个说："是表妹吧。"另一个则说："你们两个好好聊。"又向另一个挤眉弄眼，"我们去教室吧，免得妨碍了人家。"然后两个人嘻嘻哈哈地就走了。

　　菊兰看见墙壁上、上铺的床板下贴着好多小纸张，上面是文言文课文和各种理科公式，就笑了，说："都一样哩，我以前在宿舍也是这样用功的。"

　　牛雄紧接着说："对了，好像你说过你读了高二的。"

　　菊兰说："是啊，如果不是辍学，我现在也读高三，和你一样。"

　　牛雄又说："那你为什么就不读了呢？"

　　菊兰听了，欲言又止，过一会儿才说："又不是什么值得自豪的事，不提了。"牛雄大概也猜出是什么原因，不想伤了她的自尊，就不再追问。

　　牛雄给菊兰递了一杯水，俩人一时都不说话。牛雄将了一下头发，他的头发已经显长，面容消瘦，嘴唇上面短髭凌乱邋遢。

　　菊兰说："有时间上街去理个头发，胡子也该刮一刮了，看你那模样，像什么样了！"

牛雄就手摸下巴笑了，笑完之后却不说话，两只眼睛只顾盯着墙上贴着的那几张纸看。

菊兰三口两口喝完了那杯水，然后说："你时间紧，不打扰你，我走了。"

牛雄就从枕头下面翻出那本路遥的《人生》交给菊兰，说："那我送送你。"俩人走出学校大门口，然后挥手告别。

牛雄往回走，才走两步，却被叫住，便又折回，不知还有什么事。只见菊兰从衣兜里掏出一张两寸大的头像，举到牛雄眼前。"照片上的人是不是你？"菊兰问。

牛雄一看，正是自己，就问："你去哪里要来的？"

菊兰说："你先不要管我从哪要来的，就说是不是你嘛。"

牛雄点点头。菊兰就把照片收起来装入衣兜，笑眯眯的什么也不说，再次挥挥手，就走了。

望着菊兰远去的背影，牛雄愣怔了半天。他看清楚了，那张照片上的人正是他本人，那是两个月前为高考报名去照相馆拍的，但他实在想不明白，菊兰手里怎么会有这么一张照片？她给他看这张照片又是什么意思？

四

两天半的高考终于结束了。

牛雄最后一科英语的卷子交上去后，他像走完长途减去

太平年关

了重担，从内心深处长长地呼了一口气，考得好也罢，不好也罢，尽心尽力的一件事总算做完了。他想，回家之后要先睡它几天，再玩几天，好好放松舒展一下被压抑的心绪。

然而，后面的情况与他原来设想的相去甚远。一回到家，娘就问，考得怎么样呀？出门遇见村里人，人家也问考得怎么样。他说不怎么样，或者说还不清楚。一开始还不觉得什么，问得多了，他就烦了。他想考上，又怕考不上，情况不明，尚在等待，本来就焦虑，架不住别人那样不停地问，就像一堆被扒拉架空的柴火，火势更旺了。娘问过两次，他懒得回应，娘就知趣不再问了。但村里人不好应付，人家好心相问，怎能拒人于千里之外，无端去跟人急赤白脸？没办法，他只好选择躲开，见人就背地避见，实在躲不开就选择沉默，或抢着岔开话题。久而久之这样也还是不妥，别人就说了，还没上大学就这样地骄傲，要是上了大学那还得了！他哭笑不得，心里想，要有处可躲避，情愿躲得远远的。

祥运又回村里来了，有几个想到外面打工的人跑去找他，才知道他这次回来不是为了招工，而是要操办婚礼。祥运要结婚了，村里人都为他感到高兴，毕竟他已经是将近四十岁的人了，再不成家恐怕就是一辈子光棍。新娘是村里桂芬婶娘家的侄女，名叫菊兰，牛雄一听，心里瞬间刀割一般，但也仅仅是瞬间，就像梦幻中的事，菊兰与自己是什么关系呢？梦里虚晃一下，菊兰跟自己半毛钱关系都没有，梦醒马上回到现实来，他知道自己挚爱和眷恋并不是那么回事，只不过心底泛起的余波未了，酸涩地掠过一丝惋惜和遗憾。

牛雄又来到村边蔗园坡的西瓜园，瓜园里的西瓜已经摘完，枯萎的瓜藤留在地里，等干了聚到一堆一把火烧掉。看瓜棚还在，牛雄没事时喜欢到那里待着，看看从同学手里借来的书，打发时间，图个清静。其实，他在看瓜棚里书看不下去，心也静不下来。他觉得自己高考应该能考上，他想离开这个沉闷压抑的村庄。可一打听，全国有几百万人参加高考，可录取人数不过几十万，十分之一不到，难度太大了，一想到这一点，他又感到悲观。他越想上大学，就越担心会考不上，自我折磨，人就焦虑起来，吃不香睡不好，变得更加消瘦，比高考复习没日没夜地用功时更显疲惫不堪。

"牛雄——"

门外有人喊了一声，牛雄能听得出来是菊兰来了。此时日头快落山了，远处传来黄牛归栏的哞叫声。菊兰说她是来还书的，手里拿着路遥的《人生》，她钻进了看瓜棚里，牛雄忙往边上躲闪，给她腾出地方。菊兰坐下，她让牛雄也坐下来，没话找话地向牛雄问这问那，牛雄嗯嗯啊啊地应付着。

"牛雄，你是不是不情愿搭理姐了？"菊兰说。

牛雄说："你都快嫁给祥运了，论起来，我叫祥运叔，应该叫你婶娘才是。"菊兰就叹了口气，牛雄不知道她为什么叹气，俩人一时都不说话，干坐着。

有一会儿，菊兰说："牛雄，还记得你问我怎么会有你的照片吗？"牛雄像想起了什么，点点头。

菊兰说:"媒婆拿着这张照片上我家说媒,我心里疑惑,拿着这张照片到县城中学找你落实,就答应了媒婆。后来随媒婆去见真人,才发现是你们联手欺骗了我。"

牛雄说:"我没有骗你,我根本就不知道事情的内理。既然是不情愿,你可以反悔呀,提出退婚,哪个还强迫你!"

菊兰显得很平静,说:"我是想反悔,可是,家里修造房子,我弟又恰好大病一场,我妈已花了他一大笔钱,你说我该怎么办?"

牛雄愣住了,老实说,他也没有更好的办法。

俩人又陷入了沉默。夜幕降临,看瓜棚不远处的水田里蛙声一片;远处,村子那边传来几声疲惫的犬吠。

"读高二时,医生说我心律不齐……我现在心跳得厉害,你摸摸看。"说着就抓过牛雄的一只手,按在自己的手腕上。

"有没有反常?总觉得心要从胸口蹦出来!"菊兰红着脸问。

牛雄忙说:"这个我……但我也说不准。"

话音刚落,菊兰一下子扑到了牛雄的怀里,嘴里呢喃:"叫姐,叫我姐……我只大你两个月呢。"然后就拼命地吸吮牛雄的嘴唇,双手在牛雄的脊背上摸过来抚过去。牛雄往外作势推着菊兰,却又触到了菊兰胸前丰软的乳房,顷刻间电击一般,身子不由得向后仰去,把菊兰一下子带倒在床上……

瓜棚外有一只什么东西突然"噗——"的一声飞起,牛雄一下子清醒了过来,对菊兰说:"婶娘,这不好。"

菊兰不说话。

牛雄又说："让祥运叔知道了，可不好。"

菊兰说："别提他！他骗我，他以你的名义跟我提亲，我把身子交给你，是正当的，一点都不过分。"

牛雄没有接话，他站起身来，看向瓜棚外。过了一会儿，才蹦出一句："今后日子或许会好起来的。"

菊兰也不再说什么，整理好衣服，低头出了瓜棚，然后逃也似的走了。

……

<h1 style="text-align:center">五</h1>

牛雄再次知道菊兰的消息是两年之后，是他从大学回家过年。

有人告诉牛雄，菊兰已经死了，她是自己跳溪潭死的。

菊兰和祥运成婚两年，胸前一双乳子调皮地拱着，可小腹却还是干瘪的，总是不开怀。有个草医开偏方：猪鞭炖鸡花。祥运连吃了半个月三个疗程，菊兰每月来事的日子还来事。后又听外村媒婆说，偷南瓜抱着睡，也能怀。偷瓜要偷扁的，扁的生男。每年南瓜收园尾季，祥运差不多跑遍了乡里百几十户人家，才让人留下一只扁瓜，夜里就让菊兰去偷，回来后抱着睡了七夜，祥运就照例行事，可她的肚子就是隆不起来。祥运在乡中，见着成亲比他晚的人家都抱上娃了，就自愧得抬不起头来。

　　村里人开始议论了。上了年纪的说，当初菊兰过门时，眉目就很野水，果真是石女不开花；刚娶亲的人家警告媳妇，少与她来往，生怕染上了晦气断子断孙。祥运对她的态度也变了，喂鸡时，就冲着鸡说："我养鸡，还生蛋，你会吗？白吃还占窝！"喂猪时，见猪食欲不振，又吼道："你光吃不长，挨刀的，我宰了你！"祥运的脾气越来越坏了，常常喝闷酒，去聚赌，有时输得多了，回家来就拿菊兰出气，满口污言秽语，有些辱骂的话连他也觉得不占理。不时，还动了拳脚，菊兰被揍得胳膊、腿脚上青一块紫一块的，就忍不住跑回娘家去。可爹挖苦她，娘也不护她，还说："得忍着点，哪个男人不指望生男生女……"她从娘家回来，又挨祥运的打，还摔了碗，骂道："你怎不死，还回来！"她也曾想到过死，去到溪边的深潭边，犹豫地伫立了许久，又转回家去。她听说，镇上有个医治不孕症的神道医，很灵验呢。她想去看看。祥运的赌运越来越差，债务陷得好深，正好有人牵线去打工，祥运就报名了。

　　祥运外出打工回来，他见着菊兰的身子光鲜了许多，脸色红润，久别生出温情来，夜里冲动地缠着上床，菊兰却挣扎不让。祥运正要动气，菊兰悄声说："人家有了。"许几个月，她身子每月来事的日子消失了，小腹里蠕痒痒的，背地里还常常吐酸水。祥运喜不自抑，出门回家，逢上婶妯婆媳，总是说："菊兰终于有了，我也要当爹哩。"

此后，村里人的目光开始在菊兰的小腹上移动，锈钝的脸孔又爬上久违的笑影。原先议论过菊兰的改口说，她积德呢，常回娘家去烧香修行。祥运变得百般殷勤，不再外出打工，外出打工挣的钱全用在菊兰的身上。菊兰跳溪潭的那天早上，祥运并没发现她有什么异常，菊兰端着衣服出了门，只留下声："我走了，有样东西，你回头再看。"祥运根本没当回事，菊兰被人从溪中捞上来时，已没了气息。有人翻开她端来的换洗衣服，在洗衣盆底发现一封没有封口的信。信中写道：

> 这些年来，不生孩子的不是我，而是你。我怀的孩子不是你的，是你外出打工时，我回娘家去求神医，被诱骗验身怀上的。我本可瞒着你，生下孩子，但我办不到，自你知道我怀上后，对我那样好，可孩子不是你的……

菊兰死后，埋在村边的蔗园坡，靠近牛雄家的西瓜园，就在那棵杨桃树下。那块地是祥运丢荒的耕种地，别人捡来种压草豆，只是压草豆长得还没有杂草高。

一个云遮月暗的夜晚，牛雄去到西瓜园那棵杨桃树下，瓜园里已一片枯萎，杨桃树也开始落叶，牛雄遥对菊兰已长满萋萋青草的坟茔，拜了三拜。他好后悔上大学两年间，利用假期参加勤工俭学没有回家，一丝都没有菊兰的消息。

太平年关

夜风吹来，蔗园坡荒野发出阵阵低微的呜咽。牛雄鼻子一酸，泪水就漾了出来，心里轻轻地叫了一声："姐，下辈子你等我！"

原载《青少年文学》(月刊) 2022 年第 8 期

回故乡

　　长途汽车在晌午时刻抵达新北镇。车上没有跟车的售票员，没有人预告抵达信息，司机播放着《运动员进行曲》，欢快的旋律，遮掩了车厢里此起彼伏地响起的一片焦躁，或者气愤的声音。

　　这已经是农历大年初八了，林江桦因为单位的事未能回家过年。这时候回来，他便不和别人争先，就落到最后一个下车。他提着行李箱走到车门口时，看见他的小学同学张敞好穿着皮大衣，耸着肩，头缩在衣领里，眼睛盯着车子扫过来。林江桦赶紧转过脸，侧着身子下了车。

　　林江桦是乡下人嘴里所说的那种读书人，读书人普遍被认为对人缺乏热情，与几声信口而来的寒暄相比较，他们往往选择装作没看见。林江桦就是这样，他做贼似的绕过汽车一圈，企图躲开张敞好走，可是张敞好的声音却在后面追他，林

太平年关

江桦，林江桦，你回来了？

林江桦不好再装聋子，就很不情愿地回过头，他发现张啟好脑袋上突然多了一顶绿帽子。林江桦笑起来，说，你怎么戴了绿帽子，我都认不出来你了？

张啟好摘下帽子，现出一个半秃的脑袋，几缕头发被压得紧贴在脑门上。他自嘲地笑了笑，说，我哪有那个福气，这帽子是人家给我的。我有话对你说。

林江桦站在那里，看张啟好的表情，以为他要说什么特别的事情，结果却不是。他突然提高声音说，大货，你还记得他吗？大货说要请你喝酒，他节前关照我好几次了，打听到你年后才回来，说是你一回来就通知他，我没有你电话，我在这等两天了，他要请你喝酒。

林江桦说，谁，大货？什么货色嘛？张啟好诡秘地一笑，说，就是肥统嘛，肥统你都不记得了？林江桦愣了好一会儿，搜寻了一下库存，还是没记起哪个是肥统或者大货。最后他低声嘀咕道，怎么会不记得他，喝就喝嘛。

出门在外，回家过年，本来也是寻常事。对于林江桦来说，回乡过年已经成为一种神圣的仪式了，不回来会落个不孝之名，回来去应酬拜年也是个麻烦。过去父亲还健在的时候，父亲就会跑到小镇汽车站等他。他不忍心，就不告诉父亲他回来的准确归期，但不告诉，父亲也总来等。从年前廿五起开始，父亲一天天地等，一个瘦高枯长的身影，迎着晨雾站在凛冽的风中，气管炎发作了，不停地咳嗽，这让林江桦想起来就心疼，他不能不回来，回来过年就是世道孝心。

　　林江桦其实对新北镇没有多少牵挂，父亲过世后，乡下还有年迈多病的母亲，她却硬是不愿跟着他进城去，说是躺在乡下的热土，她不忍丢下父亲。林江桦每逢过年大多是自己一个人回来。母亲也清楚这一点，她对儿媳妇及孙辈近年来的缺席并不埋怨，母亲曾在电话里直率地对他说过，我没几年活头了，别让别人说你不孝，老话说：不孝的人在城里也不会出息的。

　　长途汽车一溜烟开走了，林江桦挣脱了张启好邀请吃饭的死缠，就沿着濡湿的街边走。忽然，就看见有个穿紫色呢子大衣的女人，闯进眼帘来。他起初没在意去看她的脸，是一种在城里大商场里弥漫的香水味道扑进他的鼻子，一抬头，他看见了一个似曾相识的女人风情万种地站着，斜着眼睛看他。林江桦一眼认出了，她叫过山楂花的外号，就是想不起她的名字来，以前镇上的男孩子都叫她山楂花。

　　林江桦习惯性地伸出手去，见对方没有那个意思，又缩回了手，盯着她呢子大衣上的一颗扣子，说，好多年没见面了，你还在村小学吗？

　　山楂花说，哪儿还有什么村小学呀？早早就散了，我现在在私营企业做。没办法，瞎混，没你那么聪明的脑子，做不了你那么大的事业。

　　林江桦说，我也没做什么大事业。山楂花忽然说，我是王丽红，可是你都忘了！你应该记得我家伯爹吧？他可是经常

太 平 年 关

说你打小就聪明过人！啪地在林江桦胳膊上打了一下，你就别谦虚了，新北镇这么小个地方，谁几斤谁几两，谁家贫富贵贱，大家都知道。我在电视上看见过你的。

林江桦摆摆手，母亲给他打电话也说过这事，此刻他说，那叫什么上电视，我只有一次在会议上帮人家念一个报告，被记者抓了一个镜头。

王丽红说，你还谦虚，这倒不容易，很有出息了。我伯爹说过，一个人从小到大都谦虚不容易，那不是装得出来的。王丽红说着想起了什么，扑哧一声，掩着嘴笑了。

林江桦尴尬起来，他猜得到她在笑他的过去，只是不知道具体是哪件事情。这时候，林江桦完全记起来，王丽红是镇中学王佐老师的侄女，心里庆幸刚才问的"你还在村小学吗"也没离远。他感到王丽红在他背上又轻轻地拍了一下，然后他听见她说，大货，你还记得他吗？大货说要请你喝酒呢，说你架子大，前两年都让你推掉了，这次你可不能跑啦。

顺着王丽红的话，林江桦努力在记忆里搜寻了一阵，还是记不起大货是谁。他知道，大货的称呼在这乡下统称有声势、有威望的人物，在某个方面或领域是能牵头领面的角色。这个大货是谁呢？眼下，他不好直接刨根究底，以免王丽红笑自己孤陋寡闻。但这时他却记起了王丽红的伯爹镇中学的王佐老师，脑海里一下子就涌上了一个长瘦的身影。

哦，在记忆里最深的还是他的家门前曾撑起一片简陋的零售小摊。其实，那是王佐老师的家不幸被盗贼偷窃后的事。

至今，林江桦仍然记得王佐老师携着师母回到学校知悉家里被偷盗时的神情：老花眼镜后，他两只灼灼的眼睛闪了闪，嘴巴还喃喃地反问，是真的吗？尔后，王佐老师进屋去，又踅出来，对着围看的人，摊开两手说，没什么，没什么，书没被偷就好！

大致一周以后，王佐老师在家门前撑起了一爿零售小摊。后来林江桦才听别人说，王佐老师在学校图书室读到著名作家朱士奇写的一篇名为《神奇的绳子》的短篇小说，写的是一对大学教授夫妇家里被洗盗了，警察交给他们一条绳子，节日去街上照看自行车，只一天就换回被偷去的损失。因此，王佐老师受到启发，以两条木棒交叉钉紧，铺钉一个面积两平方米左右大的豆腐布，用竹竿顶着，就撑起了一爿零售小摊，让清居寡淡的师母去料理，显然是指望日子能够有所好转。

小摊里摆卖着各式各样的笔簿、糖果、瓜子等。毕业班的同学总是鼓动不论高年级还是低年级的同学都蜂拥去买，并常常说，王佐老师摆卖的瓜子比其他小摊摆卖的多出一种奇特的香味。师母那皱着多日的眉脸总算舒展了许多。据说，小摊每天赚的钱比他的日均工资还高出三倍多。有时见到王佐老师总是摇着头笑。

然而，王佐老师的零售小摊摆不到一个月就消失了。

缘起一个夜自修。那个晚上，同学们都在漫不经心地嗑瓜子。但按规定，上课时间是不能吃东西的。

王佐老师忽然进来教室了，嗑瓜子的声音才零星地散淡下去。他紧紧地盯着每一个学生，半晌，他扶了扶老花眼镜，轮看着每个同学的脸，说，你们从什么时候起，上课时间也嗑起了瓜子？！他莫非是听到其他班级的议论，或者是他已明白同学们为他零售小摊的销路纵然白天嗑不完天天也要买瓜子的秘密。谁也来不及考虑周详应酬王佐老师的问话，不少人低下头去，他背着手来回地踱了几步，再没有多说什么就出去了。

次日，王佐老师家的零售小摊便消失了。记得第一节课就是语文。王佐老师来了，那神色是多日来从未有过的轻松。他挺挺地站在讲台上，望着端坐着鸦雀无声的同学们，像讲述别人的事一样，说，谁允许上课时间能吃东西了，这在学校影响多不好，难道就因为老师、因为我的家被盗？……要记着，世界上任何东西都可以被盗，但学到的知识，是永远也盗不走的……你们快毕业了，要多学些知识……

林江桦深深地记下了王佐老师的话，也记下了他的过早就消失的那一爿零售小摊……

街上洒起了毛毛细雨，新北镇正在铺设光缆的道路一片泥泞。林江桦打着伞，带着三条中华烟和三瓶汾酒奔波在街上的亲戚家中拜年。

在舅舅那里，林江桦再次听见大货要宴请他的事。舅舅还嘱咐他说，大货，你还记得他吧？大货要请你的话，你就跟他提提，能不能让你表弟进镇上橡胶加工厂，要不？去长途汽车上跟车也行。你身份高，见识广，没准他会给你面子的。

　　林江桦一听心里就不耐烦，脸上又不好发作，对舅舅说，我哪儿有时间吃他的饭，年前镇长就约的饭局我都推掉了，我明天就走了，去县里我还有其他事呢。

　　林江桦从舅舅家出来，雨忽然下得大了，他就抄近路往一条小巷子里走，出了小巷子，路一下子开阔了，路见他从前上学的新北中学的时候，他习惯性地朝校门那里看了一眼，看到的却不再是熟悉的中学建筑，已改为一家橡胶加工厂。

　　厂门口悬挂着四个红灯笼，贴着"欢渡春节"的字样，那个"渡"明显错了，是没人认得，还是认得的人不说出来。围墙两侧刷了醒目的标语：向管理要质量，向质量要效益。

　　林江桦撑着雨伞站在那里，听见雨点响亮地滴打在红砖楼的漏雨管上，还有宣传栏的塑料棚上，声声透出清冷，林江桦不由打了一个寒战，然后他莫名地愤懑起来，心里说，谁买了学校做厂房，大货当了暴发户？！

　　林江桦离开镇上回到林家村前那段陡坡时，已是正午时分。

　　林江桦刚从车上走下，就有一个年纪同他相仿身子却显得瘦薄的小伙子奔上来，对他巴结地笑笑。林江桦也回应着笑，却挤不出一句话来，他是谁？同村的这一辈人，林江桦应该是认识的，或者还认得出来的。但从他的相貌和微笑上看，却很陌生。等在那里的母亲也没有说什么，上来拎过林江桦的行装，带他回家。

太平年关

林江桦将心里的疑惑告诉了母亲。母亲叹了一口气，说，那小伙子不是本村人，是来要账催债的，已在村头边站上三天了，等林家堂上的二叔回来。还说，小伙子是邻县新村山人，少说也有大几十里，往返就得赶大半天的路。新村山地贱人穷，去年冬修水利时，搞硬化工程，小伙子带着一帮年轻人来筑水沟，辗转多手获得包工的是堂上二叔。年关的时候，小伙子就来催账，拿不到钱，二叔开年就出门去催账了。小伙子就每天守在村头，死等二叔回来，等着拿钱过了元宵节后给小孩交学费。林江桦想，晌午时分，小伙子见他回村时刚燃起的希望，一定在他下车的瞬间倏然褪去了。

午后，太阳出来了，天空晴朗了许多。于是，林江桦出于好奇向村头走去。林江桦刚同外乡小伙子几声寒暄说笑，忽见一辆四轮小货车向村里开过来了。林江桦发现小伙子的脸孔一下子轻松了许多，仿佛有点喜形于色。

果然，二叔从车上跳了下来，先见着林江桦，脸上绽开了他期待中的微笑，但看见外乡小伙子，笑容又一瞬间僵住了，僵硬的笑容又立刻传染给小伙子。

二叔的手在衣袋里摸了半天，终于摸出一根价钱低廉的香烟，掷给小伙子，小伙子敏捷地在空中接住了，掏出火柴在寒风中连划三根，才燃上。他狠狠地吸了一口，呼出浓浓的烟雾，才挤出一缕不易觉察的苦笑。

林江桦看着僵局，深知二叔催账没要到钱。或许，他等到现在才回来就是为了躲避小伙子，却没有想到躲不过去呢。

林江桦堆着笑，上前拉着他说，快回家去，暖和暖和身子。二叔不丢下小伙子，想拉他一同回家。

小伙子忽地显得局促不安，不住地抽着二叔再次递给他的烟，似乎他觉得对不起二叔了，似乎是他让二叔为难不好退场了。

林江桦心里一热，掏出皱巴巴的五百多元，递给小伙子，说，你就将就些吧。小伙子拿着烟的手僵住了，嘴上却说，这，这怎能行？……

二叔示意小伙子收下钱后，小伙子就跨身匆匆赶路，不再回头。他得在天黑前，赶回家去。

大货的宴请对于林江桦来说几乎是他这次回乡探亲日程中的一个阴影，他准备用天气作借口，推掉大货的酒宴。母亲也不主张他去，母亲就挪了几步坐下来，说，他有钱，有钱怎么的？山珍海味怎么的？谁爱吃谁吃去。

傍晚，一家人在餐桌前坐下来，正待上菜，堂上二叔告诉林江桦，大包工头是大货，大货，你还记得他吧？我去找他三次了，每次都约好见面，他不是推说忙不见，就是见着了又推着手头紧，过年用钱处多，钱不凑手。据说他要请你吃饭，你就帮二叔说说！

这时，门外响起了一阵摩托尖利的刹车声。有人在外面敲门。林江桦的姐姐出去开门，回来告诉林江桦是张启好，说张启好不肯进门，要林江桦出去说话。

太平年关

　　林江桦一出去就看见张啟好僵硬而笔直地站在雨中。张啟好摘下了头盔，还在滴着水。张啟好就那样站在雨中，他的表情看上去有几分惶恐，有几分不安，也有几分神秘。江桦，你的架子太大了吧，人家老同学跟你喝杯酒聚一聚，又不是请你上刀山下火海，怎么就这么难请不赏脸呀？

　　张啟好果然是替大货来接林江桦的，看来他已经知道了林江桦的态度，因此准备了一套逼人就范的措辞。林江桦，你今天不给这个面子，我就站这儿等。张啟好抬头看看天，说，我豁出去了，不怕淋雨，反正没听说雨能把人淋死的。

　　是林江桦的母亲首先过意不去了，二叔出门来给林江桦拿伞，说，人家这么诚心，不去就是你不对了，人家会说闲话，说我们家林江桦地位高了摆架子，传出去影响不好。林江桦只好坐上了张啟好的摩托。

　　林江桦不知道王丽红也是大货邀请的宾客之一。一进富利华饭店，林江桦先看见的是花枝招展的王丽红。王丽红站在通往二楼包厢的地方对镜补妆，她打扮得过分认真，看上去像舞台上的民间歌手，看见林江桦她慌忙把口红往包里一扔，嘴里尖叫起来，说，你怎么肯来的，都以为你不会来了，你怎么也赏脸来了？

　　林江桦不说话，只是不自然地微笑着。他对王丽红说，你打扮得很漂亮呀。王丽红说，漂亮个鬼。你心里怎么想的我知道！

　　穿红旗袍斜佩着金色欢迎条幅的引座小姐迎上来，把他们带到了一个叫加乐潭厅的包间。林江桦看见一个肥胖的穿着西装的男人从椅子上慢慢地站起来。

那人上前来要和林江桦拥抱的，由于林江桦不由自主地退缩，改成了握手。

那人温热的手紧紧地抓着林江桦，不肯放松。他说，林江桦呀，你摸我的心，跳得多厉害。他拉着林江桦的手贴在他的西装胸前，林江桦，我不骗你，我一辈子没有这么紧张过。

林江桦笑起来，把手抽出来。那人说，要是在路上见面，肯定认不出你来了。我帮大货说句抱歉的话，他以为你不会来，他刚接到县公安局富哥的电话就匆匆走了！转就对张啟好说，还是好哥有办法，大货办不到的事你却办成了，我算服了，我和你打的赌，我输了，愿赌服输！今晚由我买单，可以上菜了！

林江桦没有想到，自己成了大货手里的赌注。但他并不懊恼大货的缺席，而且庆幸自己省去了一场胡侃海喝的糊涂宴，但他记得那个穿红旗袍斜佩着金色欢迎条幅的引座小姐买单时，那个肥胖的穿着西装的男人付了两千多元。

夜幕还未黑透，林江桦就回到家。刚进门，母亲就说，这么早就回来了？见到了哪些人呀？你没有喝多吧？

林江桦迟疑了一下，说，我没喝多少……见到了小学时的山桧花，我还说起了他伯爹——我们中学毕业班的王佐老师，印象最深的还是他家的那一个零售小摊……

太平年关

母亲又说，大货没为难你吧？这个人不地道，太重私利，仗着他一个远房亲戚在县公安局当领导，多方设法霸了村小学，又占了镇中学……说什么集中办学资源，可苦了孩子们……母亲这时突然变得唠叨起来。

林江桦长长地叹了一口气，准备结束这一话题，可母亲忽然说，说起村小学，你可抽个空，去探看一下陆老师，你还记着他吧？

好。林江桦应了声，脑海里浮现一个身板瘦弱却精神矍铄的小老头。

母亲继续说，小时候读书，他可为你操了不少心，你进城去读中学了，他还总是以你为榜样，教育小孩，……还有你去海那边读大学时，你打信回来催钱，你爹捏不出，找了不少人都说不宽裕，你爹硬着头皮奔他去借……结果借到了，你说那时一个民办老师能存几个钱呀？

听了母亲这些话，林江桦脱口问，陆老师现在到……到哪个村小学了？

母亲还真唠叨，叹了一口气，说，早不是老师了，都许多年啦！当了二十多年民办的，上头说不让干就不让干了。说他干了这么多年都不转正，都知道每次机会他总是让给了别人呀，人家说是集中办学，不需要那么多人了，要持证上岗，他自然就被淘汰了。前年修村前那条泥泞道，由大货承包施工，镇上给的钱不够，还要集资一半，就村里家家户户摊派。陆老师上山打柴筹款，不慎扭了脚筋，起初谁也不在意，待到肿成篓筐才焦急，后来吃了草药消肿，以为没事了，没想一拖，错过了医治的最好时日，眼下时好时坏的，瘸脚了。林江桦记起了那时为修那条路，悄悄给承包基建账户捐了一万元。

趁着母亲收拾洗刷家什，林江桦说，那，我今夜就去看他一下。他磨蹭了一下鞋底，接过母亲塞过来的一只半新不旧的手电筒，出门了。

夜幕降临了。林江桦捏亮了手电，却只是发出一丝朦胧的暗红。过了片刻，眼睛渐渐适应四周广阔的空漠与寂静。天上露头的星星显得很亮，依稀可辨脚下发白的路面。

拐过了村道巷尾的一个转折弯，又踅过了一片黑魆魆的乡间田野，就到了村委会的会议堂。

林江桦去县城读中学时，陆老师还在村小学当孩子王。可是他一辈子没寻上媳妇。听人说，曾有个外乡寡妇来投他，共同起居生活两个月余，后来那女人落上思乡情绪，夜里背地还哭泣，再后来才知道她还有个未离婚的丈夫和女儿，陆老师没有犹疑就让她走了。

走近了陆老师的家门，庭院里生长一棵苦楝树，树下搭起一个瓜棚，瓜棚下一张圆板木桌，桌上撂着五本破旧的连环画，山里人将连环画叫公仔册。曾几何时，学校放假了，村里的孩子还常常来到这里，缠着陆老讲公仔册上神神怪怪的故事，有时夜深了，还仿佛感到背后有阵阵阴森的气息。

林江桦停下脚步，关了手电，叫道：陆老师，陆老师！可屋里没人应声。停了片刻，林江桦打开手电往门缝照一照，去拍门：陆老师——陆老师——屋里仍没人应声。

过了好一阵，屋里有了响动，林江桦凑近门边，门里却又静下去了。又过了一阵，屋里浮起了鼾声……林江桦终于失去了耐心，只好往回走，他实在闹不懂陆老师是否就在屋里？那响动？那鼾声？转念又想，见了陆老师，我又该说什么呢？……

夜风起了阵阵凉意，吹来了谁家啼夜的孩子哭闹声，刺耳得像杀猪一样尖利，间或，又飘来女人厉声的叱骂。空中不知何时挂上了一弯上弦月。远处，还隐约浮动着三两声疲惫的狗吠。

林江桦回到家，母亲还未睡下。屋里隔着窗户的灯还依稀亮着，大致听到了他的脚步声，母亲问，见着陆老师了？林江桦觉得不能实说，那样母亲又会唠叨的，他撒了谎，见着了。母亲又问，他的腿还灵顺吧？

哦，还好。林江桦回答母亲时打了一个长长的呵欠，进入卧室去。

不想母亲又说了，你今晚前脚一走，大货和山楂花就来了。他说，今明后三天，他都忙着了。谁不知道他是个酒桶？要陪乡长去县城和那个在县公安局工作的亲戚应酬；他还捎来两条烟，说还有红包二百元。我推让不接，他说，修村前那条泥泞路你捐过款，当初筹款剩下些钱……他等了一会儿，寻思你不知何时能回来，就走了。母亲说话时就熄灭了灯，一阵窸窸窣窣响过之后，母亲屋里很快平静了下来。

林江桦躺在床上，钻进被窝。被子是母亲年前在日光下晒过的，有一种暖和的气息。但他却没法入睡，思绪在飘荡着，眼前总是晃动着大货不停地把盏劝杯、王佐那爿远去的零售小摊、外乡小伙子催款归去蹒跚的脚步和陆老师干瘦如柴的瘸脚……

夜渐渐深了，林江桦又翻了一回疲乏的身躯，他终于决计了，天一亮就赶回城里去。窗外，天边还挂着那弯瘦削的残月。

原载《短篇小说》（月刊）2023 年第 4 期

红木棉与母生树

去看红木棉

昌化江畔，漫山遍野的红木棉一过元宵节就开了，比往年提前了半个月，吸引着许多有闲情逸趣的游客去观赏。

就是在这个时候，退休后的吴老师接到他的得意门生吴宏强的电话，说他从省城调到昌化江畔那个县当副县长了，让吴老师去他那里看看盛开绽放的木棉花。他是吴老师由代课老师转正后逢着恢复高考带的第一个毕业班第一个考上名牌大学的学生。

像往日一样反对他跟学生交往的儿子，笑他天真，说："别激动呀，听我的，千万不能去！"女儿也说："这些年他都没来看过你了，人家就那么顺口一说，你就当真啊？你一个退休老师，一个副县长哪有工夫陪你？"

他又给镇上的当副镇长的外舅打电话，说："我要去昌化江看看你的校友，他让我过去看看红木棉。"外舅参加过吴宏强组织的同学会。外舅带着镇长等人过来了。镇长说，一是来给老师送送行，二是想让老师给副县长捎几句话。说了半天闲话，请求晚上设宴饯行。吴老师婉谢了。

吴老师拒绝家人送他，坚持自己去动车站乘车。路上，遇到跟他打招呼的人，他都是一笑而过，而与他特别熟络的，他就停下来说上几句，最后总是会捎带上"我去昌化江看看红木棉，顺便看看我的学生"。镇子不大，吴老师也算头面人物，很快，整个小城都知道吴老师要去昌化江的行程了。

其实，他已约好坐他的学生罗海的车去动车站。罗海嗜酒，说："等您回来我组织同学们给您接风啊！"

吴老师在昌化江动车站刚下车，就被县政府胡秘书接上，安排在政府招待所住下。胡秘书很热情，安排得也很周到，这让他得到了莫大的安慰。

吴老师见到吴宏强，师生一番寒暄后，吴宏强忽然说："有一件事，我至今难忘。"

吴老师一愣："什么事呀？"

"那时班上发生一起手表丢失的事。当时您叫全班同学站起来，面向墙壁，再用手帕蒙上自己的眼睛，然后您一个个搜查我们的口袋。当您从我口袋里搜出手表时，我想我一定会受到您的谴责和处罚，一定会遭到班上同学的鄙视，也将在我人生中留下不能磨灭的耻辱和创伤。但是事情并不是如我想象的，您把手表归还给失主后，就叫我们坐回原位继续上课。一直到我毕业离开学校那一天，偷手表的事情从来没被提起过。老师，现在您应该记得我吧？"

吴老师忽有所悟，笑了起来："我怎么会记得你呢？为了同学之间能保持良好关系，为了不影响我对班上同学的印象，当时我也蒙上自己眼睛来搜查学生的口袋。"

忽然，吴宏强的手机响了，他小声说了几句话，就匆匆忙忙地走了。

晚饭前，吴老师接到胡秘书打来电话，让他在房间等着，他想着肯定是吴宏强要过来见他。快八点的时候，胡秘书拎着大包小包进了房间把东西放下，也没解释什么，吴老师问："县长几点能到？"胡秘书尴尬地笑了笑，说："吴老师，领导临时接到任务，要去省外谈一个招商项目。一周后再回来。他让我安排好您的一切活动，让您在这里多住些日子。"

吴老师心里掠过一丝不快，但他没有表现出来。既然送那么多东西，意思不就是下逐客令吗？他觉得心里堵得慌。吴宏强要去招商一个星期，他完全可以过来告诉我，至少可以打个电话跟我说叨一下吧！

当晚，吴老师和胡秘书在招待所用了晚饭，胡秘书再说什么，他都没认真听，只是不胜酒力的他喝得酩酊烂醉。等内心平静些了，他才决然地说："我知道了，我明天就走，家里还有很多事等着我。"

显然胡秘书越喝越清醒，不忘领导给他的任务："领导临走前特别交代我，你们师生早上谈的那个两个人的秘密就永远让它成为秘密吧！"胡秘书显出一脸的真诚。

在第三日中午，吴老师就回到小城动车站。他一出站，一辆车飞奔而来，走到他面前突然停下了。罗海的大嗓门响了起来："您不是去住一段吗？怎么这么快就回来了？"

吴老师说："还不是跟你一样！热情过分啊，顿顿都让喝酒，我身体受不了。"

"那是应该的！您对学生那么好，尤其是对他吴宏强，亲爹也不过如此。他对您好点儿，才叫世道良心。"

吴老师上车坐稳，嗔怪道："昨晚我喝多了，你让我休息会儿吧。"说完，他闭上了眼睛，心里却想着昨天不好提前返程而独自搭车去看红木棉的窘境，想起他临行前儿子女儿揶揄他的话，心里感到一种从未有过的失落和孤独。此刻一路无话，他依稀听到罗海在电话里召集人吃饭，说是给他接风什么的。他想制止，但那种松弛下来后一泻千里的疲倦袭击而来，他睡着了。

罗海喊醒他的时候，车子已经开到了饭店门口。他看到车下站着外舅和镇长。

"吴县长在那里还好吧？"吃饭的时候，镇长问道。

"那还用说，干得不错！"吴老师寻找着合适的词句，但心里却记得他们师生的那个秘密。他想转移这个话题，但是根本绕不过去，大家关心的还是吴副县长。上了一道一道的菜，酒也是好酒，都是他平时喜欢的，但他没有胃口，他站了起来，两手支在桌子上，仿佛又回到了课堂上，不由得心里一阵热动。

寻找母生树

他被空姐委婉动听的广播声惊醒，飞机正在向琼州海峡南岸俯冲，机舱里开始骚动起来，他下意识地去摸裤袋，却什么也没有摸到，于是又摸遍身上所有的口袋，仍是一无所获，手机到哪里去了，难道真的丢失了？他第一反应是急忙从机舱行李架拿下背包，打开翻找起来。他翻检过好多次，包里没有任何发现，还是细细地又翻了一遍，仿佛翻检本身就能给他带来一些安慰。然后，他又想，手机或许是放在行李箱托运了，他并没有拿或带手机登机的记忆，所以他确信手机不至于在飞机上被盗。

五天前他因公派参加了一次保密工作会议。今天是归程。本来他可以等到明天才回来的，但机票只有下午的。今晚九点是最后一趟航班，他决定了提前返程。因为是临时决定，下午会议一结束，他顾不上吃晚餐，就急忙收拾行李，匆匆告别师友，便乘上网约车前往机场，穿越长长的队阵，办理托运和登机手续，过了安检，就直接到登机口登机。他在机舱找到座位坐下，就顿感疲惫袭来，累松了骨架。他闭上眼睛前，对陌生的邻座说，机上用餐时让空姐别打扰他，他想享用旅途三个多小时的睡觉时间。如今一觉醒来，飞机已靠近终点，他的手机却不翼而飞。

他脑海里迅速泛起与手机最后接触的记忆。这次他参加的是保密工作会议，议程除了安排一个上午听领导作报告提要求，其他时间均安排讨论，与会期间都不准带手机，要么关机放到住处或放置会议室外屏蔽设备里。与会者总是等到散会才能拿到手机，很多人都收到单位或家人的未接电话，而他却不多。是两天前还是三天前了，他刚开完会，有一通陌生的却是海岛区号的固定电话打了进来。他按下接听键：是一个年纪不小的女声。

能帮我个忙吗？女人说，仿佛风吹过沙子的沙沙声。他不喜欢直接问对方是谁，就问，有什么事吗？那女的好像迟疑了一下，低声说，我迷路了。他愣了一下，还是问了一下对方的位置。女人说，我不知道，知道就不麻烦你了。他有点儿气闷，说那你在哪个区，旁边有什么高的建筑？女人无声。他又说，路牌呢？女人明显焦躁了，说我不知道啊，我找不到路牌，我手机和钱包丢了，我就在这儿等你！他有些恼了，说什么都不知道，那你让我怎么找？！手机里传来女人的喘息声，说，我在一家烟杂店，店前有一棵母生树，很远你就能看到！他不禁又好气又好笑，女人忽然又说，那就算是我拨错了吧。他听得出女人声音里的失望。那你，还来不来？女人怯生生地说。女人说打错了电话，看来是脑子有些问题。他挂上电话，脑海里却浮现出另一个画面，那是在他的乡下村口边一棵粗壮葳蕤的母生树。

他下了飞机，拿到行李箱，把箱里搜罗了一遍，没有；又习惯性摸了摸背包，没有；又摸了一遍裤兜，确实没有。他再一次在心里确认丢手机的事实。来接他的朋友说，我帮你拨一下手机吧，他把自己的手机号码说了一遍，朋友终于拨过去了，他的手机竟正在通话中。朋友按掉，又拨了一次，这次，干脆成了关机。他反倒有些平静了，说掉在外地还好，一部手机不值多少钱，但里面的信息太重要了。

瞬间，他忽然想起那个打电话给自己的女人，他竟然把她扔在了一个陌生的地方：夜色四垂，渐渐笼罩住了几间疏疏落落的房子，一家低矮的烟杂店前，一棵粗壮的母生树下，一个女人在等待中心急火燎。

他想给那女人打个电话，却发现忘记了那个座机号码。他开始有些理解那个女人了。她虽然没说出名字，但显然她是认识他的，且把他当成了可以托付的人，是他忘记了她，从而让她失落，不愿说出名字。他竟然忘记了一个如此看重自己的人。他心里烦乱得厉害，他还忘记了什么？……

夜里，他翻覆在床上，那个丢失了的座机号码忽然从记忆里浮了上来。他连忙按下新买的手机拨了过去。电话拨通了，传来一个沙哑的男声，你找谁？他愣住了，他根本不知道找谁！迟疑道，我找个女人。对方不耐烦起来，你谁啊？他说，你那是不是一家烟杂店？门前是不是有一棵母生树？三天前有个女人在你那儿给我打过电话，她还在吗？对方很警惕，说，你什么意思？没这人！挂了电话。

夜深了，他杂乱无章地做了一夜梦，梦见了给他打电话的那个女人。那个女人站在一棵母生树下，她还在等他。他赶到时，突然，母生树倒下了，地上枝叶狼藉。他发疯似的扒开枝叶，没有找到女人，却找到了自己丢失的手机。

次日一早，他匆匆踏上回乡的班车，一路上，他靠窗望出去，公路两边的高楼渐渐少了，树木倒是多起来了。路边有绿的夹竹桃，还有红的美人蕉……他醒来时，车子就快进村了，村前有一大片农田。田里是快要收割的稻子，乡亲们三三两两地正忙着收割，偶尔会惊起一些飞鸟，迅速散落在蔚蓝的天边，他们见到有人回村了，就会停下来。他抬头望向那些飞鸟，它们忽然之间坠落，斜刺向一棵枝叶繁茂的母生树上。

哦，那就是村口边的母生树！他不由脚步飞跑起来，远远地，他就看到了仿佛早已熟稔的村子。

原载《山西文学》（月刊）2021年第12期

走出荒漠

　　天色露现出一缕微白的时候，一阵铺天盖地的沙浪涌起，迷茫的沙漠里顿然风走沙飞，远方朦胧的地平线一点一点地浮出晨光，泛着红鲤般的波浪。终于熬到天亮了，他已在大漠的荒滩里整整跋涉了一个通宵夜。

　　他惊魂未定，不敢怠懒松下一口气。他回望身后，那两粒一整夜闪动的绿光，随着夜幕退去，赫然变成了一只大野狼。那是一只饿急了的野狼，整整一夜，他一直被它撵着四处乱跑，鬼魂一般始终不能摆脱。眼下，天已渐亮，远远望去，野狼也并没有要放弃的意思，还在亦步亦趋地尾随不弃，他心里不由得又掠过一阵慌乱的恐惧和无助的绝望。

　　昨天晌午，他为了寻找沙漠里那片传说中神奇的绿洲，离开了地质勘探驼队。有人说那是可遇不可求的海市蜃楼，也有人说有前行跋涉者参悟海市蜃楼寻找到绿洲缥缈的踪迹。他酷爱摄影，太需要一张好作品了。一路上，他随地质勘探驼队深入沙漠荒丘，一连走过了几块绿茵绿洲，拍了不少旖旎独到的照片，可他觉得都很俗套，没有出现能够穿透他心底的震撼。那些叠进他的摄影机的风光底片似曾相识，其构筑的所谓创意都是别人吃过的残羹剩饭，没什么特别能够捉人魂魄的亮点，这样的作品很难拿得出手，更遑论能够在全国大奖赛上拿一等奖了。随着深入沙漠渐现荒凉的景境，他有种直觉冲动：或许就在离此地不远的地方，也许是一道沙梁的背面，隐藏着那一块传说中神奇的绿洲，风光无限旖旎，从没有足迹涉入。他早已决计冒一次险，而且把仅剩的冒险希望寄托在此次沙漠之行上。于是他提出，自己绕道独行，傍晚时再赶回预定的宿营地与大伙儿会合。有好几个人都劝他，说那样太危险了，要出人命，不是闹着玩的；那个带队的大胡子还正告他，说那简直就是拿生命作赌注，想都不要想，我坚决不同意，但他主意已定，蓄念孤行，没人能拗得过他。最后，他脸上带着自信，还藏着那么一点私心，趁着一个静寂的中午，也不与大伙儿作别，独自一个人离开了驼队。

　　一个个沙丘一道道沙梁，虽说大小高低有别，可连绵不绝，没有尽头，看上去好像又没有什么不同，找不到一丁点儿标的物，稍一不慎就会迷失方向，但他一点也不担心。他在部队当过兵，在陆战旅待过五年，在野外生存的本事还是有的，这时候正好有用武之地呢。他拿出指南针，定好空间方位。驼队走的是延绵外直线，他打算依照驼队的路线游走一个弯曲的小半圆。他想，只要自己的腿脚够勤快，傍晚时分，他就能赶回宿营地，正好能吃上大伙儿刚刚做好的热腾腾的晚餐。

每攀爬一道沙梁，他心里都怀着小小的激动，总以为一站到沙脊上，那块传说中迷人的绿洲就会扑入眼帘，但每次都让他兀自失望。不过，他有足够的耐性，提醒自己不能气馁，又把新的希望寄托在下一道沙梁之后。放眼望去，沙丘连绵起伏，如天上滚落的大块云朵；沙梁脊线清晰、流畅而明快，简直是鬼斧神匠，巧夺天工。但他的目的不是来观赏景致，而是来寻找海市蜃楼般迷人的绿洲。寻宝人的脚步总是走向可能藏宝的地方，他的目光自然是一直追寻可能藏匿绿洲的方向。从晌午开始，他就这样拼力地走啊走，一直没有停下脚步，有些焦急，满脑子里都是点线面的交错，等到觉得肚子有些饿了，才蓦然发现，自己已经远离了预定的路线，前路迷茫，归途无辙。

当他意识到走回宿营地与大伙儿会合是不可能的时候，太阳快要下山了，西天现出大片火烧云，红霞似火，烧得他心里焦躁不已。他只好准备着独自一个人在沙漠里过夜，摸向腰间，那块馕还在；水壶呢，却是轻飘飘的，这简直要命，他骤然心慌起来。记得晌午的时候与驼队分别前可是把水壶灌得满满的，这一趟走过来好像也不怎么喝，水壶里的水怎么就没了呢！他觉得不可思议，又使劲地将水壶摇了摇，这才从壶底传出几声轻轻响动，沙啦沙啦啦，如管弦幽咽，似奄奄一息，那是最后的一口水了。

　　天色渐渐灰暗下来了。他知道最要紧的是尽快做起一个火堆，沙漠里昼夜温差大，夜里气温偏低，若没有一堆火取暖，恐怕很难熬得过去，眼下最重要的是保存体能。他很快就找到了一些枯萎的干草。不过，干草除了用于生火，对火堆的作用不大，他又到更远的地方去，想办法寻找枯枝干木。东拢一点，西凑一点，枯枝干木还能搜集到一小堆的模样，但还不够，可他在不经意中翻出一根白骨，十分惊悚，心里浮上了一层阴影，便停下了脚步。

　　火堆架起来后，夜幕随即降临，一抹浓黑压低下来，天空如一张黑色的网，笼罩着失却边际的茫茫沙漠，笼罩着他的孤独寂寞的心。他明白眼下还不能生火，那堆干枯的柴火不多，不可能烧个通宵。他大概估算一下，能够烧上两三个小时就不错了，只能等到差不多半夜的时候，气温变得更低、实在坚持不下去了才能生火。他看着没有点燃的柴堆，一时没事伸了个懒腰，对广漠的荒漠长长地呼了一口气，随后便掏出烟盒，静静地坐着抽烟。四周黑黢黢的，天空零碎的星光闪烁，风从远方像飞絮吹来，时不时有细碎沙子飞起来打在他的脸上。

　　还是想点愉快的事情吧，这个宽旷的夜晚或许很难熬。退役后，他进了一家广告创意设计公司，认识了做文案的姑娘杨柳。杨柳清新靓丽，开朗活泼，睁着大大的眼睛听着他讲陆战队的训练故事，新鲜好奇让她一惊一乍，咯咯咯笑起来像清脆的风铃，叮叮当当地就敲开了他的心门。他印象最深的事就是杨柳过生日。那次在绚烂的丽都酒吧，他和杨柳两个人拼歌，输了就喝一罐啤酒。他满肚子的军歌，杨柳哪里是对手，喝得酩酊大醉。他送杨柳回住处，杨柳不让打车，非要他背她回家。杨柳的脸贴在他的脖后，呼出的气息暖暖地痒痒地在他脸前漫游。开心的日子总是很短暂。公司里一个搞摄影的小白脸喜欢上了杨柳，穷追不舍，纠缠不休。小白脸有自己的特长，摄影拿过全国的奖项，给杨柳拍出的照片就是和别人的不一样。小白脸带着杨柳去采风，在一次采风中，小白脸钻进了杨柳的帐篷。他得知后结结实实地给了小白脸一拳，毅然离开了公司。小白脸捂住红肿的脸哭着喊：杨柳喜欢我，有本事，你也拿一个全国的奖！他还真的就背起了相机，他不服气，他当过陆战队员的双眼还能寻找不到大自然灵动美丽的画面？

离开了创意设计公司，他摄影的技术提高很快，他的摄影作品也大大小小得过几个奖，可就是没有拿到全国的奖。他不服气，为了这次全国的摄影大赛，为了自己的那么点自尊、虚荣，竟然将自己陷入了命悬一线的窘境。如今自己像野人一样在沙漠里出没行走，是不是有点过于意气用事了呢？说自己处事不够成熟，现在想来，别人的话没有错。可是，一想到这事大概与那张粉红小脸有关的那些猜测，他心里一百个不愿意承认，他宁可归结于自己的性格使然，是因为对艺术过于执着的追求而忽略了世俗的感受。

杨柳那张小脸确实长得好看，特别是那两只迷人的大眼睛，眨眼之间，能放出电光石火，勾魂摄魄。现在不同了，他讨厌那张小脸，不愿意看见那张小脸，可那张粉红的小脸总是在眼前晃来晃去，挥之不去。咦——她这是怎么啦？脸皮也真够抹开了的，竟然冲着他笑，还扮起鬼脸来呢。鬼脸嘟了一下又瞬间消失，但那两只眼睛勾勾地还闪着绿光。他打了一下自己的脸，以为那是幻觉，可那两点绿光依然闪现。他好像意识到了什么，蓦然一惊，呼地一下站起身来，拿起手电筒照过去，果然没错，真是一只沙漠里生存的苍狼！就在离他不远的沙脊下陷线的地方坐着，昂起头死死地盯过来。这简直是要命！自己怎么会被野狼盯上了呢？只想到夜间沙漠里风大，气温低，却一点也没想到会遇上野狼。一种比黑暗更加不祥的恐怖袭上心头。他环顾四野之下，还好，那只是一只孤独的野狼，他望着漆黑无边的夜空，失落失意让他叹气，心里恐慌到几近绝望。

他两眼紧盯着那两粒在暗夜里浮动的绿光，从身上掏出锐利的刀子，紧紧地握在手里，心想，如果孤狼冲过来，那就拼了，有着陆战野外生存经验的他不至于拼不过一只孤狼，大不了就是拼个你死我活！有了向死而生的决心，对峙之下，他陡然记起，野狼惧火，为什么不把火堆点燃起来呢？可伸手摸进口袋，却找不着打火机；他把身上的口袋都摸遍了，还是找不着，他顿然惊出了一身冷汗。没了打火机，就意味着这堆柴火没有任何意义，就等于野狼在明处，自己却在暗处，沙漠里漫漫长夜，自己无处躲身，防不胜防，随险受敌。可是，什么时候把打火机弄丢了呢？是在路上，还是找那些干枯的枝丫柴火的时候？他在记忆里搜索了一遍，始终想不起来。就在他陷入绝望的时候，忽然记起，刚才自己还在抽烟呢！他把手电筒的灯光收回来，一低头，打火机就在脚下。那一刻，他欣喜若狂，就像抓到了救命稻草，终于可以起死回生了一样。

火堆燃烧起来了，熊熊的火光隔开黑暗，画出一个透亮的圆圈，他像唐僧一样规规矩矩地坐在孙悟空划好的那个亮圈里。不远处，那只野狼并没有逃遁离去，他知道野狼不会冲过来，只要自己守着这个火堆，暂时应该是安全的。这时，肠胃里一阵咕咕叫，这才想起，自己还没吃过晚饭呢。还是先吃点东西吧，他把那个馕摸出来，却又觉得没什么胃口，犹豫了一下又将之塞回兜里。口干得厉害，嗓子里像冒火一般，现在更需要的是解渴，但他清楚，水壶里就剩那么一两口水了，喝完就没有了，应该留到最后的紧要关头。野狼还在前面不远处坐着，不肯离去，始终是个威胁。他有些后悔了，弄不好这一生就在大漠深处了结了，真不该不听驼队大伙儿的劝告。他再次看向野狼时，那两点浮动的绿光沉下去了，但狼狗一样的形状还是依稀可辨，野狼或许在假装睡觉迷惑自己。他心里闪过一个念头，要学聊斋里那个屠夫，暴起以刀击狼首，再数刀毙之，彻底解除威胁。当然，他心里很清楚，大漠旷野，又是漆黑一片，这样做几乎没有一点胜算，徒劳无益，那不过只是心里想象过把瘾罢了。

火堆驱除了寒气，但奔波的疲倦让睡意袭来，不由一阵迷糊就打了个盹儿，其实也就那么一瞬间，猛然醒来，大吃一惊。他警告自己，一定要挺住，不能再睡，野狼还在不远处惦记着晚餐呢，一睡过去就没命了。每过一会儿，他就往火堆里添一点柴火，不能让火堆灭了，但也不能烧得过旺，希望能够坚持到天亮。可是，备用的柴火不多，原本就没有打算要让火堆烧个通宵的，而且还那么倒霉地翻出那根白骨，要不然还可以多找些柴火的。眼看着柴火一点一点地减少，却一点别的办法也没有，当最后一手抓空时，他心里咯噔一下，抬手借着火光看表，还只是过了午夜，离天亮还差得远呢！

　　火焰慢慢地熄灭，最后那一点余烬也灰飞烟灭了，那两点绿光马上变得闪亮起来。他感到心灰意冷，心想，就让这大漠深处再多一堆白骨吧。可是，野狼还是原地不动，这让他感到惊讶。它是不是还在等待机会？他猜不透，但打定主意，那就熬着吧，它不动自己也不动。寒风吹彻，气温在下降，没有了火堆，他冻得周身打起寒战。不到半个时辰，他发现双脚麻木，有些机械，像是失却了灵便的感觉；手也变得僵硬起来，伸展不听使唤，就想，这样僵持下去，自己肯定熬不过野狼的耐力。不行，得起来走动走动。可是，他刚站起来走两步，野狼也站起身子，像是要冲过来的样子，吓得他拔腿就跑。跑开有相当一段距离后，回头一看，没了那两点绿光，他估计是摆脱了，就停下来喘口气，但只一会儿，那两点绿光又撵了上来，于是他又继续往前跑。连续几次之后，他已经累得气喘吁吁，再也跑不动了，便停下来，打算与野狼决一死战，是死是活，听天由命。奇怪的是，那两点绿光也停下不动了，他就断

太平年关

定，野狼不是饿坏了，就是身上有伤痛，总之是野狼或许没力与他一搏的，否则野狼早冲上来把他撕了。它在和我较劲呢，我要倒下的那一刻，就是命绝之时。这样一想，他决计改变策略，不再没命地奔跑，而是走走停停，尽可能保持体能，希望能够坚持到天亮，等到太阳升起的时候另作打算。整整一个夜晚，他牵引着野狼的脚步，野狼撵着他的行踪，在大漠深处，在寒冷、饥饿和恐惧中，他慌不择路，四处乱窜。就在几乎要崩溃的时候，不知从何而来的沙浪铺天盖地涌起，风走沙飞过后，他终于看到了东边那片红鲤般的波浪。

天亮了。他终于看得很清楚了，野狼身躯大得吓人，却是瘦骨嶙峋，脊梁的骨节突起，干瘪的肚皮几乎贴在沙土上，长长的舌头吐在外面，步履艰难，时不时地还浑身抽搐一下，他甚至还听到它粗重的喘气声。这是一只垂死挣扎的野狼，那模样看上去已经不堪一击，他又生出了那个念头，干脆一不做二不休，彻底解决这个缠人的麻烦。可是他又发现，自己其实也是疲惫得软绵绵的，浑身上下力气全无；再说了，野狼不会束手就擒，就算最终打死了野狼，自己也难免不受伤，再受伤的话，最后肯定也是抛尸在这漫漫黄沙里。还是不要去招惹野狼，它爱跟就跟着吧，谁能坚持到最后走出荒漠谁就会胜利。

太阳很刺眼，赤热的阳光炙烤着沙漠，他没吃没喝，体力消失得很快。他蠕动着苦涩僵硬的舌头，舔了舔嘴唇上迸透的血泡，又拍打一通身上的沙粒，就好像整装待发，又要开始新的征程一样。

　　再次回头看，野狼越来越落在后面了，他估计再坚持下去，用不了多久，就可以甩掉这个悚人的威胁。脚步踩在黄沙上，软绵绵的很费力，但他还是坚定地往前走。突然，后面传来一声凄厉的狼嚎，他惊惊地回头，蓦然看到，野狼就站在离他不远的地方，仰头向天，身躯抽搐，像是马上就要凶扑过来的样子。他搞不清楚野狼什么时候会冲过来，一时手忙脚乱，来不及考虑周详怎样应对，却发现，自己不过是虚惊一场。野狼嚎叫一声后，并没有冲过来，而是掉转方向，灰溜溜地往回逃走了。他突然感到身体像垮掉一样瘫倒在沙丘上。野狼是不是要什么花招？待到野狼走远了，心里落定，便不由得挺直身躯，英雄般地傲立在沙梁上。他心里不禁嘲笑，畜生就是畜生，蠢物一个，怎能斗得过人呢，他庆幸自己终于用毅力斗胜了野狼！

　　然而，他就庆幸了那么一阵子，他心里又变得沉重起来。黄沙漫漫，沙梁起伏，沙丘连绵，目之所及，再见不到一个活物，甚至探寻不到草的踪迹，自己该往哪儿走？在哪儿才可能找到驼队？他其实已经迷失方向了。他怀念起与地质勘探驼队相伴而行的日子，大伙儿在一起，有事可以商量，有困难可以互相帮助，现在自己孤零零的，身边连个商量的人都没有。他倒没觉得有多饿，但渴得厉害，嗓子里烟熏火燎，嘴唇上的血泡粘连生疼，习惯性地抓起水壶，才想起水昨天早就喝光了。他意识到，没水才是现在最大的危险，没有了水，不出一天，自己就会虚脱，然后渴死，变成一堆尸骨，被风埋在黄沙之下。可是，在哪儿才能找到水呢？迷惘和恐惧中，野狼那一声仰天长嚎仿佛又在耳边回响。野狼为什么要放弃眼前的美餐往回走呢？这是不是昭示着一种不祥？他刚才很清楚地看到，野狼那暴起的骨节、耷拉的肚皮、吐在外面长长的舌头，还有那气喘吁吁的样子，它也渴得不行了，它也亟须喝水，它知道水在哪里！他突然醒悟，野狼退却转向不是放弃唾手可得的晚餐，而是为了寻找苟活的生机，那是另一条生路。野狼分明知道再往前走，那是一条伸向沙漠腹地渺无生命的死路。

野狼终于走远，在前面那道沙梁上剩下一个小灰点。不能让它走丢了！他来不及多想，呼地一下站起身来，急忙追去。好不容易爬到沙脊上，他已经累得筋疲力尽，一下子瘫倒在地。四处寻找目标，目标却消失了，再也找不见了。

他就像一个跟丢了父母的小孩子，在惊慌、恐惧和无助中，一下子没了方寸。他东走几步西走几步，不知该往何处去，走来走去都在绕圈子。日上三竿，气温开始回升，他很着急，再这样下去，日光竖射，自己就会像热锅里的蚂蚁，再也走不出去。看来只能赌一把了，结果如何，就交给侥幸和运气吧。回望来路，再看向前方，他估摸野狼大致的去向，犹豫了一会儿，又咬紧牙关，做了最后的决断。

翻过一道又一道沙梁，走了约一个时辰，依然不见野狼的影子。他越来越怀疑走错了方向，但同时心里也很清楚，已经没有选择的机会了，无论如何也要硬着头皮走到底，只能心存侥幸，希望眼下的失望只是命运跟自己开的一个小小的玩笑，或许自己的选择是对的。尽管如此，他的信心还是受到了影响，步履也变得更加沉重而缓慢。再次翻越一道沙梁的时候，一抹绿色映入眼帘，是芨芨草。芨芨草是大漠里跋涉者的救命圣草，他奔过去，打算嚼些草叶取湿润喉。芨芨草丛里一阵一阵地抖动，不像是风吹的样子，待到走近一看，原来是野狼，那只饿极饥渴的苍狼。它就在这里，正贪婪地咬吃草叶呢。野狼蓦然惊觉他走近而来，龇牙咧嘴就要冲过来，吓得他连连后退，但他心里只有欢喜和激动，不再害怕，野狼的行踪就是他走出荒漠的方向。

他待在一边看着野狼咀嚼草叶，待到野狼起身离去后，才探身走向草丛。草丛只是那么一点点，草叶已被野狼吃光，他只好折草茎刨草根。草茎、草根含在嘴里，嚼不出一滴汁液，嗓子得不到一丝滋润，只是勉强能打湿一下口舌。尽管如此，聊胜于无，他还是想多嚼一些，可抬头一看，野狼又走远了。这一次他不敢大意，再不能把野狼跟丢了。

他紧追不舍，野狼走到哪儿他就跟到哪儿。每次他跟得紧了，野狼就掉过头来撵他，张牙舞爪，形目恐怖，他只得又往后退回。但野狼似乎也不想跟他过多纠缠，往后稍撵上一阵，又坚定地朝前方走去。几次之后，他就谋上策略了，紧追慢赶与野狼始终保持一定的距离，不近不远，若即若离，既不能跟丢了，也不要去招惹野狼。他不是惧怕野狼，而是不再想与野狼发生意外冲突，只希望野狼带着自己顺利地走出绝境。在接下来的路程中，野狼走他走，野狼停他也停。有多少回，

太平年关

野狼在沙面上摇摆晃荡，步态踉跄，迷茫地迈步，他就像虚脱一般神情恍惚，晕晕乎乎地在后面走着；又有几次，野狼动身向前奔跑，他也随之打起精神，添紧步伐，死死地跟着不放，野狼走在前头，他则死活跟在后面。他被野狼撵着整整走了一夜，现在又追随着野狼的足迹跋涉了一天。

又是一个夕阳西下，天边的云朵像倦惰的蘑菇，绚丽的霞光染红了西天。当他又翻过一道沙梁时，眼前一亮：放眼望去，沙丘连绵起伏，沙梁脊线清晰、流畅而明快，沙梁坎下，惊现一片小小蓬勃的绿洲。绿洲里树林成荫，绿草丛生，还有一汪蓝莹莹的水在夕阳下金光闪烁，那是沙漠荒原内流河仅存的一汪生命律动的清泉。

野狼仿佛忘却了寻觅的疲惫，撒腿奋蹄飞奔而去，溶化在清泉里。他喜出望外，喉咙里一个艰难的吞咽，又狠狠地咬了一下干裂的血唇，然后从身上掏出贴身藏妥的照相机，眼前这奇幻交融的情景，让他仿佛置身于天边仙境，置身于海市蜃楼。他本能地举起相机，娴熟地聚焦，嚓嚓嚓，嚓嚓嚓，迅速地按下了快门。

忽然，一阵熟悉的驼铃声响起，昨天同行的地质勘查驼队出现在前方。这下有救了，夕照余晖透出希望的曙光。他喜极而泣，豆大的泪珠漾出眼眶。在朦胧幻影中，他看见两名地质队员端着长枪瞄准，黑洞洞的枪口对着那只正在忘情地饮水的野狼。

"不要啊——不要打它，是它救了我……"他嘶声喊道。

"没有它——我走不出这荒漠……"他心里惊呼。

"砰——"

"砰——"

他的喊声还没落下，凄厉的枪声已经响起，野狼猝然倒在碧绿的泉水边，干枯的四肢再无动弹。他倏地一个踉跄，向前扑了一个滚翻，昏倒在漫漫黄沙的荒漠上。

原载《天涯》（双月刊）2022年第4期

套当记

编者按：新吴老墟老字号当铺符邦杰老板那天在元亨茶楼见着远道而来的长衫人时，就觉得自己与他之间应该要发生点什么事。果不其然，当天符邦杰老板就真的帮了长衫人一把，还从他那里典当下久负盛名的皇家古玩夜明珠。半月下来，符邦杰老板正估摸着长衫人能否回来赎当的时候，事有变故，就是那颗他爱不释手的夜明珠几乎毁了他的一世英名……

一

新吴老墟是海岛曾口县博营龙州河边的一个靠泊埠口，虽然巴掌大的地盘，却是三县交界的重要物资集散地。据说早年附近村里有个读书人，少年得志，可中举之后，会试却屡试不中。待到中年，这个读书人便不想在科举仕进的路上继续盘桓，决然弃笔从商。他费尽家资，又大量举债，历经数年，终于在龙州河岸边建起埠头。从此，从海口经船运来的货物便在这里落水起岸，再销往邻近几个县；邻近几个县的物产山货也大都在此集中，用船运往海口，远销各地。渐渐地，新吴老墟就成了远近闻名的繁华集市。

沿埠头拾级而上，一条铺满青石板的街道向上延伸，叫埠头街。埠头街两旁货栈商铺林立，货物的交割、批发、收购，大多在这里进行，走在上面，可见街头两边货物四处堆放，空气中混杂着山珍的膻味、海产的腥味，来来往往的客商南腔北调。埠头街长约百米，另一头与一条横街交汇，成"丁"字街市格局。横街也叫临河大街，临河大街两边的房子看上去要整齐一些，也气派一些，茶楼、酒馆、饭店、客栈，还有日用百货商行，都集中于此。符邦杰老板的老字号日晟典当行就开在丁字横竖相接的街口，骑楼，三开间，三层高，一面写着"当"字的绸缎店招顶风飘扬，十分打目。

那天，符老板早起洗漱后，像往常一样，提着个鸟笼在院子里溜达一圈，然后坐到凉棚的茶座上，端起小茶壶，边品茶边想事。早上的太阳升起来，暖阳照在院子里，景物清明，鸟笼里一对八哥叽叽喳喳叫个不停。海岛上的冬天，实在比阳春三月还要舒坦。这时，账房先生王老走进来，他每天这个时候都会来陪老板，主要是要看看老板有什么吩咐。

"老板，八哥叫得欢，今天该是要有什么喜事吧。"

"饿了它就会叫，哪有什么喜事？"符老板说。他对着壶嘴啜了一小口，又说："一会儿你拿一百光洋去交给商会。"

"什么事呀要捐这么多？"

"商会要修埠头，这种事我们不好谦让。"

"哦。"王老应承下来。

符老板将鸟笼清理一下，重新投食、添水，然后抬手用根杆子挂到凉棚旁的黄皮树枝上。那两只八哥依然叽叽喳喳叫个不停。

"丝绸店最近的生意怎么样？"他问。

"不怎么样，"王老说，"听说李老板的洋货商行前不久进了不少南洋布匹，那边一兴旺，我们这边就……"

正说着，有个伙计走进来，通报说洋货商行李老板邀请咱家符老板到元亨茶楼喝茶谈事。符老板听了，眉头皱一皱，心里嘀咕，什么事呢？有事不会上门来谈吗？沉吟了一会儿，不想践约。转念一想，都是新吴老墟上有头有脸的人，各人心里各有想法，明争暗斗免不了，但表面上还是不要伤了和气。于是就说："知道了，这就去。"

元亨茶楼在新吴老墟算是最有品位的茶楼，到这里来的茶客大都是为了谈事谈生意，或是场面上交友应酬，一般人轻易不会到这里来撒钱摆阔。符老板到达时，李老板早站在门外迎迓，躬身作揖，然后闪在一旁，弯腰摆手将客人往里请。如此盛情谦卑的样子，符老板何曾见过？恍惚间自己俨然成了达官贵人，心里不禁再次嘀咕：他今天究竟要干什么？

落座之后，李老板又是递烟又是献茶，还说了很多恭维的话。符老板手一摆，直截了当地说：

"李老板让在下来喝茶谈事，我们还是先说事吧。"

"其实也没什么事，"李老板说，"就是在下最近心情抑郁，常生出时乖命蹇的沮丧，烦请符老板拨冗开导，指点迷津。"

"李老板取笑了，你的洋货商行最近买卖兴隆，何来心情抑郁？"

"符老板有所不知，这事说起来别人都不信。"李老板向符邦杰透露，说他的洋货商行前段日子高价进了不少南洋布匹，品相不错，原以为年前会大赚一笔的，却没想到根本卖不动，降价促销之后，勉强卖出一些，但卖得越多亏得越多，左右不是，有些焦头烂额，难以为继。

"做买卖嘛，这种事也寻常，挨过这一阵就好了。"符老板说。他说的也是实情。年关将近，现在他的当铺也压货过多，资金吃紧。当然，他是有城府的，这种事轻易不向外人透露。

"实不相瞒，"李老板说，"我觉得好累，不想再做商行买卖了。如果符老板不嫌弃，我想把洋货商行脱手，然后投资入股你的日晟典当行。"

"好啊！有钱大家赚嘛，我巴不得有个合作伙伴帮衬呢。"符老板说。

在新吴老墟，符邦杰是个响当当的人物。他身材魁梧，有一身拳脚功夫，又财大气粗，是墟上商会的会长，黑白两道都吃得开。李老板的一番话，正中下怀。他和李老板虽然不是患难之交、生死兄弟，但是一个墟上的熟人，也算知根知底，他一点都不担心李老板的入股会黑了他的日晟典当行，于是一拍即合。气氛变得欢快起来。李老板承诺，洋货商行脱手后，直接将资金入股日晟典当行，俩人还就股份占额、损益分红等方案进行磋商并做了敲定。当时，符邦杰只顾心里高兴，始终没有觉察，在低眉品茶之际，李老板的眼角里向他投来偷偷打量的余光。

就在这时，一个穿长衫衣的年轻人背着一个包袱走进了元亨茶楼。只见长衫人寻了一个临窗的桌位坐下，吩咐店小二泡上上等的莲花尖，叫过几样时兴点心，然后独自享用，一只白皙小手翘着兰花指捏拿茶杯，轻啜细品，极是雅致。不过，看上去他并不开心，眉宇间夹杂着愁绪，脸上似有难色，时不时地仰面叹息。不知道是什么原因，符邦杰遽然觉得，这个穿长衫的人与自己应该会发生点什么事。

符邦杰收回眼光，对李老板说："这人面生，好像不是本地的。"

李老板转过头瞥了一眼，接过话说："是很面生。陌路过客，贫困潦倒的也是常有的，不是怀才不遇，就是求财不能，还有的是求爱不得。"说罢，笑了起来。

符邦杰还是有些疑虑："或许，他是遇到什么难处了？"

李老板摆手劝话："来，来，别因为别人败了兄弟喝茶的雅兴，俗话说得好，生长在南方，就不兴替京城的冬天愁寒！"

二

别过李老板，符邦杰又去小镇上自家的丝绸店巡看一阵。此时，街上人来客往，丝绸店里却门可罗雀，生意确实像王老说的不怎么样。他记起刚才在元亨茶楼上李老板的一番话，心想，挨过这一阵子，等李老板的洋货商行关了门，少了一个重要的竞争对手，情况就会好起来的。抬头一看，可见日晟典当行的店招随风飘扬，典当行门口，客人有进有出。年关将近，典当行的生意不错，但压货多了，资金周转方面就显得不大凑手，偏偏这个时候，典当行鉴别技师张师爷又预支了一年薪水回乡下盖房去了。他又想起洋货商行，希望李老板能够尽快脱手，将资金转投日晟典当行。转念又想，谁会接手洋货商行那批货物呢？如果价钱合适，自己倒想一并吃进，这样便是一石三鸟，何乐而不为？这样想东想西，符邦杰心里便冒出一股豪气，就好像整个新吴老墟都成了他的天下。

哼着小曲，符老板走近自家的典当行，一抬头，蓦然见到刚才在元亨茶楼见过的那个长衫人正在门外徘徊，一副万分着急又心事重重的样子。他热情地迎上去，笑着招呼："年轻人，这是在下的店铺，有什么事需要我帮忙吗？进去说吧！"

长衫人抬眼看着符邦杰，神色恓惶，一脸凝重，嘴唇抿

太平年关

了抿，欲言又止。

符邦杰邀长衫人进屋，刚坐定，王老递上茶时俯耳告诉他："此人今早晌来过几回了。"

一番寒暄之后，符邦杰这才知道长衫人乃自家符姓兄弟，名从喜。他恳问再三，是不是有什么难处？长衫人默不作声，唯有叹息，最后忍不住开口，已是声泪俱下。

长衫人说，他乃南洋客商，此番回乡，实为救父。家父犯律，惹了官司，被问成死罪，押在府城大牢。前些时日，家里托人捎话到南洋，说是如果花钱打通关节或许能够免去杀身之祸。他匆匆赶回家，才得知前番因为家父的官司要四处托人，家里无奈已将家当变卖殆尽，只剩有镇宅之宝。此镇宅之宝价值连城，家父有言在先，就是倾家荡产，也不可变卖此物。他救父心切，又不好违背父亲的意愿，而且就算违背父亲意愿，此物价值不菲，一时上哪儿寻买主？所以心急如焚。后来，他经人指点，辗转来到新吴老墟，暗里打听过符邦杰老板的实力和为人，慕名上门求助，希望能以此物抵押，从典当行当些大洋以解燃眉之急……

符邦杰问道："本家兄弟，你家藏镇宅之宝为何物？可否让我过过目？"

长衫人单膝跪地，解下随身包袱，慢慢打开。包袱里是一只雕花漆木盒，盒子里是锦缎，里三层外三层，层层打开之后，便露出一颗拳头大小的珠子，通体发亮，如星光远来，又似皓月吐银，一时满屋生辉。长衫人说："此为夜明珠，便是小的家传镇宅之宝。求符老板怜惜，愿以此夜明珠在您店里典当两千大洋，让小的去救父一命，到期凑钱赎回，此大恩大德，小的没齿不忘！"

望着夜明珠，符邦杰倒抽了一口凉气，暗暗称奇。他记得家父归福前曾多次说过，前朝皇帝被北人追着打，一路南逃，最后到了南海崖山已是走投无路，皇帝和追随而来的宫里人，还有一大批达官贵人，无奈跳海身亡，便有夜明珠"悬黎"遗落此处民间。莫非此物便是传说中的"悬黎"？家父曾说，所谓"悬黎"，就是"悬明珠于四垂，昼视之如星，夜望之如月"。此宝虽遗落此处民间，但藏宝人秘不示人，也没几人有缘得见。他将盒子置于桌上，小心翼翼地捧起珠子把玩，越看越像，爱不释手，想自己玩宝半生，今日有缘遇见此稀世珍宝，实乃天赐，怪不得今早那两只八哥总是叽叽喳喳地叫个不停，原来是有这等好事。

符邦杰动起了心思。他扶起长衫人，引他坐到太师椅上。

"年轻人，你年纪轻轻便如此有孝心，日月可鉴，老朽自愧不如。只是区区两千大洋，能否让令尊免于死罪？"

"这点钱是不太够，但总要试一试，不能眼睁睁地看着父亲问斩。"

"年轻人，你我同宗，从年龄论，你的父亲便是我大哥，我愿倾力相助成全，当给你四千大洋，怎么样？"

长衫人蓦然起身便要跪倒拜谢，符邦杰一把扶住，仍坐回太师椅上。

"你先不要谢我。"符邦杰说,"我们先把话说明白。我这是破例了,你也要担些风险。当你四千大洋,三月为期,赎金八千大洋;若提前赎当,赎金不变,可否?"

长衫人沉吟片刻,表情凝重,最后点头应允。

符邦杰喊一声,吩咐上茶。他抬手捋了捋下巴,心里早乐开了花。黄金有价,此物无价。如此稀世珍宝,千古难遇,自己有缘遇见,也算有福之人了。他是打定了主意要当下这颗夜明珠的,几次拿眼角余光观察长衫人的表情,生怕他反悔了。

符邦杰吩咐王老把当票送出来。王老在他耳边悄悄提醒,说眼下店里资金吃紧,这事能否宽限些时日?他手一摆,说资金周转的事,他心里有数,自有安排。王老又说,这事重大,不是仨瓜俩枣的小玩意儿,能不能等到张师爷从乡下归来再酌定?符邦杰却说他不会看走眼,这点信心还是有的;再说了,夜长梦多,人家还急等着用钱呢,我们不当他可能就去找别家当了!说罢,拿起笔填好当票,长衫人按了手印,正式成交。

长衫人接了银票,含泪再谢,出门飘然离去。

三

一连数日,符邦杰喜不自禁,常从梦里笑醒;醒来之后,便取出夜明珠把玩,看着夜明珠荧光不断,满屋生辉,心里一乐,就再也睡不着。大白天,他也把自己关在库房里,饭也忘了吃，茶也忘了喝，捧着夜明珠，就好像看一回少一回似的，久久不能放手。库房里都是别人典当下的东西，符邦杰这才想起，三个月后，长衫人会把夜明珠赎回的，太可惜了。他不希望这样，心里就想，长衫人已是倾家荡产，不论能否救出父亲，后面要想凑足赎金，难！八千大洋，要怎样的殷实之家才能拿得出来，更何况是败落之家的失魄之人！如果不出意外，三个月后，别人的镇宅之宝妥妥地就成了自家的镇宅之宝。退一步说，长衫人三月期内能顺利凑足赎金，赎回夜明珠，但自己已经把玩数月，又能净赚四千大洋，这样称心的好事，也是百年不遇，上哪儿找去？……他心里还是乐。

回乡下盖房的张师爷提早回来了。大概是老王透露了消息，他一回来就向符老板提出要看看夜明珠。

"你一边去！我还没玩够呢！"符邦杰说。

"你就那么当真，一点没怀疑？"张师爷问。

"啥？你不相信我？你也太自大了吧！"符邦杰说，"我虽然不吃技师这碗饭，但我是开典当行的，这点本事还是有的，哪个敢拿假货来蒙骗我？"

张师爷不再作声。

"不过，好东西是要大家分享的，我也不敢独占。你是本店的技师，让你开开眼界、长长见识也好。"符邦杰说罢，从库房了捧出木盒，放到八仙桌上，"看个够吧，这样的稀世珍宝你何曾见过！"

张师爷小心翼翼地打开木盒，夜明珠通体透亮，光彩夺目，他并不惊讶，一言不发，十分平静。他一番左瞧右探，又用一把放大镜上看下看，最后大惊失色："坏了！这夜明珠是假的！老板，你上当了，被人骗了！"

"不会吧，"符邦杰说，"你怎么看出这夜明珠是假的？"

"这珠子底下有一处瑕疵，"张技师说着将放大镜递给符邦杰，"珠心碎裂处有一条穿引纹线，不仔细看，谁也瞧不出来。"

符邦杰望着张师爷，将信将疑，接过放大镜，瞪大双眼仔细一瞧，果然看到了珠心处穿过一条纹线，大惊失色，手里的放大镜"啪"的一声就掉到了地上。

"这个东西我见过。我回老家这几天，就有人拿着它要我做鉴别。我担心骗子会骗到咱典当行头上，所以将家里的事情安排好之后就赶了回来，结果还是慢了一步。"张师爷说。

符邦杰早就瘫倒在太师椅上。王老、店里的几个伙计全都慌张起来，有的说，赶紧派人通知钱庄，不给兑现；也有的说，派人出去捉拿长衫人，打断他的狗腿！他摆了摆手，有气无力地说："晚了！"又说，"这事都怨我。养了一辈子的鹰，到头来却让鹰啄了眼，丢不起人啊！要倾家荡产了啊！"

张师爷一点不慌，像早已胸有成竹的样子。他说："谁都有看走眼的时候，说不定人家还惦记着要回来赎当呢！"

"你就不要拿话安慰我了。"符邦杰气不打一处来，"这世上，还会有什么贼人得手后又回来自投罗网的吗？那贼人早躲到爪哇国去了！我无故吃了一只苍蝇，又吐不出来呀，我的失误毁了我的一世英名呀！罢了，我还不如死了算了！"

符邦杰喘着粗气，涨红着脸，气咻咻地兀自骂人八辈祖宗，谁都不敢再吱声。张师爷抿嘴一笑，大着胆子俯身在他耳边嘀咕一番，不一会儿，他那张灰脸就慢慢舒展开了，脸上展现了一丝狡诈的笑意。

有几天，日晟典当行的大门总是半开半闭，好多前来典当的客人都给挡回去了，其间只是象征性地办理了几桩小买卖。张师爷不辞劳苦把镇上有名的老中医李玉川恭恭敬敬地请上门，又客客气气地送回去。伙计将药味十足的药渣当街倒在典当行门前……很快，新吴老墟上就传开了：

"日晟典当行的符老板被人套当了，气得当场吐血半盆。"

"这回是个大骗子，吞了他半壁家业，他不死也得半残。"

……

四

几天后的一个前晌，临河大街上挤满了人，赶集的、赶脚的，熙熙攘攘，南腔北调，十分热闹。

元亨茶楼闹中取静，在二楼一间名为"祥和轩"的包厢里，符邦杰背着双手，静静地一个人踱来踱去，若有所思。他透过窗户望向大街，见着张师爷引着洋货商行李老板走进茶楼，这才正儿八经地坐到茶座上，装作若无其事的样子。

李老板走进包间时，符邦杰忙站起来拱手作揖，"哎呀，

太平年关

李老板金身玉体，难请呀，我一壶上等铁观音，泡了又泡，你要再不来茶就凉了。"

"符大老板有请，我哪敢怠慢！只是商行里有桩生意难缠，有些耽误。你看，我一脱身，不就跟着张师爷匆匆赶来了！"李老板一脸谦让。

"来，坐！请用茶！"符邦杰热情地请李老板坐上座，又说，"有句话怎么说来着？对了，叫作'来而不往非礼也'，上回是你请了我，今天是我回请你，礼数上应该的。你我一个镇上住着，都是生意人，有事没事，久不久一起叙叙，免得彼此感情淡了，你说是不是？"

"那是，那是！"李纪业点头称道。

符邦杰态度热情，言语恳切，但看上去却脸色灰暗，有气无力，一副大病初愈的样子。

"符老板，你脸色看上去不太好啊，听说最近贵体欠安，是哪儿不舒服？"

"不是哪儿不舒服，而是哪哪儿都很不舒服！"

"哎呀，那得赶紧看医生，不要耽误了啊！"

"我这病呢，就是宫里的太医都瞧不好，是心病！"

"是不是遇上什么难缠的事了？"

正说着，悦来客栈李老板来了，随后，埠头船运梁老板、日升昌钱庄林老板、粮油商胡老板，还有埠头街恒兴批发行刘老板，陆陆续续都来了，符邦杰一一起身拱手作揖，笑脸相迎。大家纷纷落座，相互寒暄，有的还窃窃私语，大概是在猜

210 ‹

测为什么符老板今天要请这么多人来喝茶。

符邦杰见所请的客人都来了，就干咳两声，清了清痰滞的嗓音，然后说："各位乡贤，今日大家拨冗光临，鄙人不胜感激。叨扰了，先说声对不起！今日把大家请来，是要通报一件事。鄙人流年不利，命遭劫难，半月之前，由于术业不精，又粗心大意，被一个大骗子套当，骗走一笔巨款，这件事想必各位都已经有所耳闻。"说着往门口那边招了招手。张师爷早端着个托盘候在那里，托盘里有个锦缎包裹，露出木盒边角，他解开锦缎，将木盒置于桌上，然后打开盒盖，一颗拳头大小的珠子便显露在眼前。珠子在大白天里依然荧光融融，璀璨夺目，众人"呼"地一下子全围了过来，啧啧称奇。

"哇——什么宝贝啊这是？怕是在皇宫里都见不到呢！"

"值不少钱吧，只怕十个新吴老墟加起来也买不起！"

符邦杰提高嗓音说："各位乡贤，就是你们眼前这个东西骗了我四千大洋！这个东西看上去贵重，像古董，其实是个假货，珠心底下有瑕疵，碎裂处有一条穿引纹线，但如果不仔细看，谁也瞧不出来。"

众人都瞪大了眼睛瞧着。悦来客栈的李老板伸出手去，倏地又缩了回来，他大概是想拿起来仔细看个究竟，但突然又害怕不小心打碎成为冤大头。

符邦杰又说："事情的经过是这样的：半个月前，也是在这个茶楼，我和李老板喝茶谈事，其间有个长衫人走进来，愁眉苦脸的样子。李老板你还记得不？"说着看向洋货商行李老板。

李老板说："记得，当时我还劝你不要多管闲事呢！"

符邦杰继续说："我从茶楼刚回到典当行里，长衫人就找上门来了。他让我看他包袱里的东西，说是家传镇宅之宝夜明珠；又说他是南洋客商，父亲惹了官司被问成死罪，这次回来是为了救父；还说他家原是世家，父亲犯了官司后家财散尽，一时凑不到钱，他愿以镇宅之宝夜明珠做抵，当些银两救急。我当时一下子就被这珠子迷住了，吃进眼里拔不出来，又以为他是大户人家，一时应急，就没有多想，接下了这单生意。结果呢，几天后，张师爷从乡下回来，一眼就看出其中有诈。一开始我还不信，经他指点，仔细瞧过，还真是！可为时已晚。四千大洋，那可是我全部的家业啊，这不是要了我的命吗！"

"赶快报官，让官府将骗子缉拿归案！"

"丧尽天良的骗子，捉到了叫他不得好死。"

……

众人纷纷谴责，表达愤慨之情。

符邦杰摆摆手。他说："各位乡贤，我谢谢大家，但现在说什么都不顶用了。我术业不精，又不够老成持重，上当受骗，本人自认倒霉。今天把大家请来，是想做个见证。这颗夜明珠是假的，留着始终是个祸害，不能让它继续祸害人了。现在我就当着大家的面毁了它。"说时，随手一抢，将珠球往地上猛然一摔，"砰"的一声，"夜明珠"碎散一地。

众人面面相觑，都有些意想不到。过去有一会儿，洋货商行李老板带头鼓起掌来，大家这才纷纷报以掌声。

大家你一言我一语，盛赞符邦杰老板诚信、仁义，又有担当，不愧是商会会长。又喝了会儿茶，众人起身告辞，相继离开。

洋货商行李老板扭扭捏捏，挨到最后，一看没人了，这才对符邦杰说："符老板，我原以为典当行是一本万利的买卖，没想到里面还会有这么大的风险。我这人胆子小，经不起折腾。上次说起的当铺入股的事就算了，我还是干我的老本行吧。"

符邦杰说："李老板，这怎么行！前面你说要入股，那么肯定，我这才放手接下这许多的当品，现在出了这么大的事，你又说不干了，你总是让我措手不及，那些钱都压在货里了，你让我怎么办？"

"再议，再议。"

李老板一边摆手一边走，张师爷怎么喊都没能叫住他。

符邦杰看着他的背影冷冷一笑，在旁的张师爷也"扑哧"一声笑了。

五

三天后，腊月二十，是日晟典当行月结的日子。

将近黄昏，符邦杰在典当行账房与王老对账，张师爷从门外跑进来："老板，来了，你看是谁、谁来了？"话音刚落，长衫人走进典当行，拱手说："符老板，别来无恙呀。"

符邦杰大吃一惊，"哎呀，这不是本家兄弟吗？……怎么，你不是上京了？这么快就回来，事情都办好了吗？令尊贵体可安康？"

"多蒙符老板挂念，可我根本就没走！"长衫人呵呵地笑了起来。

"怎么，你没走？事情不办了？"符邦杰一脸惊讶。

长衫人说："不办了，不用办了！我正要动身，家父捎来书信，说是逢凶化吉了。原来家父是蒙受冤屈，幸亏当今皇上圣明，明察秋毫，家父的冤屈得以昭雪，也应了'吉人自有天相'那句话，托符老板的福，终于没事了。今天我是来赎回夜明珠的。"

符邦杰目瞪口呆，半晌没话，最后结巴地说："您不是说三、三个月为、为限……"

长衫人掏出当票说："符老板你可记得，我们可是说好的，我可以提前赎当，当票上白纸黑字写着呢！"

符邦杰说："提前赎当？不着急，不着急，那夜明珠我还没稀罕够呢，就容我再玩赏几天吧。"

"符老板不急，可我急呀！家父捎来口信，说让我带夜明珠赶赴京城，指望靠它在礼部给我谋个前程……还说关节都打点了，就等我带夜明珠进京了。"

符邦杰沉吟片刻，然后说："你跟我说实话，你那夜明珠是稀世珍宝，到底值多少钱？"

长衫人横竖打量着典当行所有当品，眼里冒出贪婪的光，轻蔑地说："怎么算，也值你这么的三个典当行家当。"

"真的？看来我真的消受不起这颗夜明珠了。"符邦杰接过长衫人递过来的当票说，"提前赎当，赎金不变。当时说好是八千大洋的，当票上写着，是吧？"

长衫人说："是的。"

符邦杰说："银票你带来了？"

"带着呢！"长衫人掏出银票递给符邦杰，"这是琼州本号钱庄的银票，大洋八千块，请你收验。"说着向符邦杰拱拱手，颇为得意的样子。

符邦杰接过银票，瞄一眼，果真是琼州本号钱庄银票，写着八千大洋不假。他一只手在另一只手掌心里拍了三下，王老走过来。"你去下账吧。"他把银票递给王老。

长衫人陡然提高嗓门，急嚷嚷："我的夜明珠还没验货赎还呢？你着急下的什么账啊？"

符邦杰嘿嘿一笑："怎么？我的本家兄弟，别急呀！信不过我吗！"说完转身面向库房，"张师爷，既然人家赎金都交了，夜明珠就拿出来还给人家吧，人家还有急用，要进京谋个锦绣前程呢。"

张师爷从后堂端出锦缎盒，慢条斯理地打开盖子时，长衫人忽然大惊失色："你不是、不是早就——"

符邦杰冷笑一声，催促他："年轻人，你赶快验货走人，

太平年关

今天是月结，我们要关门轧账了。"

长衫人低头验货，汗珠淌满脸颊，一副窘态。

符邦杰背着手走向内堂，甩下一声："送客！"

原载《金融文坛》（双月刊）2022 年第 6 期

缘起缘散

一个埋在久远岁月里的故事。

——题记

一条加乐溪曲曲弯弯，逶迤地向北流淌。

溪边有个村子，也叫加乐。加乐村不是很大，但也不算小，有上村和下村两个生产队。离村子不远，有一处溪滩，茂密的芦草高过人头，簇拥着一片洁白的河沙；溪边几块巨石，或平展或圆融，溪水时不时地像裙摆一样拂过来又缩回去；溪滩里，五颜六色的鹅卵石在水底变幻闪烁，急遽的溪水像一群嬉闹的孩子喧哗而下，又躲猫猫似的潜入一处深不见底的溪潭。

他们俩钟情相爱是从这片美丽的溪滩上开始的。

"加乐溪这是要流到哪儿去呢？"望着北去的溪流，二姑问，像一个充满好奇心的小学生。

"流入南渡江呀。"大山说。

"南渡江又要流到哪儿呢？"

"一直流到海口呀！"

"可是，海口我还没去过呢！"

"放心吧，以后我带你去，逛大街，买好吃的。"

大山说着，拾起一块小石片抛向水面，像是在向她保证，这不是什么难事，他一定能做到。小石片掠过水面打着水漂向前飞去，二姑的心也忽闪忽闪地荡漾。她相信大山的话，心里乐开了花，又觉得脸上发烫，便低下头去偷偷笑了，手里抓着一截枯枝在沙滩上划来划去。过了一会儿，她又说，她喜欢坐在这里看小桥流水，看戏水鹭鸟。大山说，他也喜欢，他愿意天天陪她坐在这里看风景。二姑懂得大山是喜欢看自己。

三天两头，他和她就相约来到这片溪滩上会面。有时候在溪滩也洗衣服，洗着洗着，莫名地就停了下来，往水里瞧自己那张俊脸，想心事，想以后大山会不会对自己好。大山凑过来，趴在她耳边，一起往水里看，两张好看的脸儿在水里漾来漾去。她回头捧着大山的脸，问："我长得好看不？"大山说："当然好看，没人比得上你。"大山采来鲜艳的山牡丹，插在她的发鬓上，要她往水里看。二姑看见水里自己花枝招展的样子，脸就红了。大山说："你要是戴金花银花，就更好看了。"二姑说："只怕我没有戴金花银花的命。"大山说："我会去挣钱，给你买金花银花。"二姑听了，心里陶醉，笑眯眯的，心里却说，怕你只是嘴甜舌滑。

黄昏的村庄里总是忙碌而喧闹。待到牛羊归栏、鸡鸭回笼，二姑和家里人吃过晚饭，洗洗刷刷，收拾停当，月儿已上树梢头，村子里就静了下来。这时，如果屋外传来一声口哨，或是有小石子轻轻打在窗棂上，她就知道，是大山从上村下来约她了。她怕爹娘起疑心，总要过了那么一会儿，再慢悠悠地走出门。遇上坐在前厅歇息的爹娘，她就说是去找村里的姐妹玩。她以为，有大片茂密的芦草遮挡，不会有人发现他们的秘密，只有清清的溪水映照他们的身影，只有不时探出水面的鱼儿与他们分享心底的躁动。却没想到，世上没有不透风的墙，村里早有了风言风语，风言风语最后也传到爹娘的耳边。

"天一黑你就溜，干什么去了？"娘追问。

"不是已经说了吗？找村里的秋妹玩去了。"她说。

"你还嘴硬，以为我们不知道吗？伤败门风，脸都给你丢尽了。"

"我没有！"她感到很委屈，几乎是叫喊起来。

……

爹在一旁始终虎着脸，一声不吭。二姑想，爹是不会为难她的。一直以来，不论她做了什么，爹总是护着她，这让她心里有底气。可是，到最后，爹却撂下一句狠话："以后只能在家好好待着，再到处跑就打瘸你的腿！"口气很重，从没有过的。她一愣怔，然后就沉心了。

"打死了才好呢！"她哭着跑回自己的房间。

太平年关

哭过之后，二姑想，爹不过是在气头上说说罢了。要说
瘸腿，家里已经有了一个，再把她打成瘸腿，凑成扁担两头成
一担，他们能挑得动吗？再说了，爹娘平时那么疼她，总说以
后就指望她了，真要把她的腿打瘸了，那他们还能指望什么
呢？她断定，爹是不会打她的。这样一想，就不把爹娘的话当
一回事了。

几天后的一个傍晚，她又听到有小石子轻轻打在窗棂上
的声音，早把爹娘的那些话抛诸脑后，天刚落黑就悄悄地溜出
门去。

月光朦胧，轻风拂面；溪流淙淙，沙滩柔绵，夜色如此
迷人，才几天时间，二姑竟有一种久违的感觉。两人相依而
坐，无限缠绵，她盼着能够永远这样下去，大山对她说："我
去开会……还买了一个发卡。"

她一怔："什么发卡？"

大山把发卡掏出来，用手掌托着，"你看。"

她看见了，知道是给她买的了，脸上便烫起来。不过，
她却什么也没说。

大山又说："你要是喜欢，这就给你吧。"

她仍然不吭声，看着发卡。看着看着，便突然伸出手，
一把将发卡抓到了自己的手里。动作是那样快，快得像抢似
的。而且，她甚至都没再看，就迅速往头上插。

她接受了大山笨拙的拥抱，他的脸上留下温柔的唇印。
然后她却听大山说：

"我明天要走了。"

"去哪儿?"

她用一条狗尾巴草挠了挠他的手心,不经意地问了一句,以为他也就是像平时要去赶集或走亲戚那样稀松平常。可是,大山告诉她,他要参加县里的工作队,去驻村蹲点,具体要安排到哪儿,还不知道。她沉默了,过了一会儿,又一下子抱紧他,紧张得身体发抖,像是害怕要失去什么一样。

"我不要你走。"她说。

"为什么?"他问。

"我怕!"

"怕什么?"

"怕你走了,就不回来了,就不要我了。"

大山笑了起来,说:"傻丫头,你真是一个傻丫头。我去参加工作队也就半年的时间,都说了,半年后,从哪儿来回哪儿去,你的担心也是我的担心,我还担心这一走你就不要我了呢。"听大山这么一说,二姑的笑容重又回到了脸上,可还是紧紧抱着他不放。大山像是哪个地方受到了触动,两只手就不安分地在她身上乱摸起来。一开始,二姑不太介意,可当她发现那两只手最后停在她的裤腰带上,突然意识到了什么,急忙说:"不!你可不能胡来,只许你……"说着把那两只手推开。大山不顾一切地亲吻她。二姑十分不情愿,可越反抗大山就越疯狂,她不想撕破脸,又不知道该怎样拒绝他,情急之下,突然就放弃了,两眼紧闭,双手摊开,一动不动,软塌塌的,

太平年关

像一摊稀泥。大山问:"你怎么了?"她说:"人家身上不干净,不可胡为,你偏不听。"大山就放手了,像泄了气的皮球,四脚朝天地躺倒在沙地上。

有那么一会儿,俩人都不说话,只有草丛里的虫鸣,还有溪潭里鱼儿跃出水面的扑通声。大山抬头看看天上凝结的云彩,长长呼出一口气平静下来,他坐起身来,对她说:"等着我,夏天一过,我就回来娶你。"二姑整理好衣衫,也小鸟依人一样地靠过来,幽幽地说:"我等你回来,你回来,我还是你的人,我始终是你的人。"说着双眼泪流,滴落无声。

大山走后,二姑天一黑就老老实实待在家里,大门不出,二门不迈,村里的姐妹约她看电影她不去,邀她结伴闲聊她也不去。爹娘显然感到很满意。娘说,女孩子更要管教,放任不管,由着她的性子来,就真的指望不上了。二姑觉得好笑,心里想:嘁,还以为是你们骂一骂我就变乖了呢!

其实,二姑在悄悄地数着日子过呢。半年的时间有多长,她好像从来没有认真地感受过。小时候,一到腊月就盼着过年,所以就觉得腊月里的日脚好长好长。现在,大山一走,她就开始盼着他回来。日出日落,月缺月圆,循环重复,那么多的日子她数不过来,但对节日还是拎得清的。这一带的习俗,每个月都有节日,二月闹军坡,三月清明祭坟,五月初五吃粽子佩雄黄,六月初六煮椰子饭喝草鸭汤。闹军坡的时候她还没觉得什么,军坡戏她陪着爹娘去看了一个通宵。一到大热天里吃过椰子饭喝了草鸭汤，她就望眼欲穿了，吃什么都觉得不是味道，心想再有个把月，大山就该回来了。有时又想，也许他们的任务已经完成，工作队提前解散了，他明天突然就回来了也不一定呢。这样一想，心里就乐了；心里一乐，就生出了烦恼，觉得自己没一件衣服是像样的。不行，自己得赶紧去做一身新衣服。

自从上次重重地说了她一顿，爹娘对她的态度有所缓和，饭桌上往她碗里夹好吃的，她推让，爹娘却说，吃得进，才有力气干活；干活时怕她累着，劝她多休息，说休息好体力才恢复快；一出家门就叮咛，不要晒太阳，不能淋雨，好像她还是个小孩子。她不明白他们为什么要这样，是上次训斥她后的补偿，还是变乖了的奖励？就算是这样，也不至于要如此殷勤地去讨好自己的女儿呀，搞得像是有什么事要求着她似的。她不愿意爹娘那样对自己，心里想，我还是我，大山不在村里，我就老老实实待在家里；大山回来后，我还一样出去跟他见面。

娘显得很宽容，一听说她要做新衣服，就爽快地掏出平日俭下的钱，还说她确实许多年都不添新衣服了，还再三叮嘱她，到墟镇上要买好看的，不要心疼钱；没过几天，又急着问新衣服做好了没有？要她穿起来让她看看。二姑说，还没有。裁缝师傅这阵子很忙，接了太多的活，都在排队呢。其实，她已经把新衣服拿回来了，正压在箱底呢，只是不愿意拿出来，怕娘看了会说什么不好听的话。她做的是卡其裤、的确良衬衫。的确良在县城街上正流行，这种衣服薄得很，半透明，穿

太平年关

在身上隐隐约约，如雾里看花，她很稀罕。她在买面料的时候，却犹豫了，担心穿出去在村里会不会招什么闲话。转念又想，怕什么呢，在别人面前我不穿，等大山回来，我只穿给他看，别人我不管，只要他喜欢就行，脑海里就浮现大山缠人的眼睛。她痴情地偷偷笑了。

转眼就是乞巧节，大山还是没回来。望着满天星光灿烂，河汉里的牛郎织女，二姑想大山了。夏天不是过去了吗，为什么大山还没回来？难道是工作队的任务有变化了？不管是什么情况，他都应该写封信说一下呀！大山从来没有给她写过一封信，一想到这一点，她就恨大山。她倒是想过要让人代笔写信的，但心事怎么能让人知道？况且也不知道通信地址。她还动过念头，要到县里打听工作队的驻地，却不知道该找哪个部门，总不能满大街去问人吧。再说了，她还从没有去过县城呢。有好几天，她吃不香睡不实，日子一长，人就瘦了一圈。后来才突然醒悟，自己怎就那么傻呢，大山家就在上村，近在咫尺，去问一问他爹娘不就知道了！或者就问一问她的妹妹。她是在一个黄昏时分去的，这个时候正是吃晚饭的时间，一般都会有人在家。一路上，她更多的是担心他爹娘也不知道情况，问不出个子丑寅卯来。待到望见了他家的大门，一条倦慵的黄狗走出来，这才想起，见了他爹娘该怎么称呼？自己是大山的什么人呢？这样冒冒失失地不稳重，传出去在村里可就成大笑话了。她停下脚步不走了，站在路边摘了树叶又拈草尾，一再踌躇，最后还是掉转头，悻悻地往回走。

刚进家门，娘就把她叫到跟前，笑着说："莲嬷刚才来家里坐了。"

莲嬷是出了名的媒婆，到处撮合姻缘，乱点鸳鸯谱，二姑对她没好感，就说："来就来呗，关我什么事！"

娘说："莲嬷想把你说给蔡村的雄宝。"

"啊——"二姑差点没喊出来，"妈，她有没有搞错呀，乌龟宝也想娶我？"蔡村的雄宝，长得又矮又黑，背驼得像牛轭，别人都叫他乌龟宝，三十多了，还未成亲。她觉得好笑，心里想，我二姑在十里八乡可是个水秀妹子，你个莲嬷也不打听一下，有多少俊后生做梦都想娶我，除了大山，我对哪个动过心？

可娘还是说："莲嬷没有搞错，爹娘都觉得你跟雄宝很合适。"

二姑问："为什么我跟雄宝就合适？！"

娘说："因为他妹妹同意嫁给你哥呀！"二姑陡然明白了，娘这是要给她那个瘸腿的哥哥换亲呀！

二姑把自己关在房间里哭了几回，决计赌气不跟爹娘说话，可一点用处都没有。娘似乎显得很有耐心，既不发火怒骂，也不放弃追口，一逮着机会就唠唠叨叨地说起那件事。

二姑实在没什么办法了，只好如实说："我已经有人了！"

娘哼了一声，像是早就知道了一样，说："是不是上村那个大山？人家进城去工作，迟早会提干，鸟的翅膀长齐了就会远走高飞，早把你淡忘了，见了世面不稀罕你了，你还傻乎乎地蒙在鼓里，什么都不知道！"这话一下子把二姑镇住了，大山在城里提干了？她怎么没听人说过？以前，她也听说过参加工作队的人有进步的机会，提干或者招工什么的，大山临走的那个晚上她还说起过，可大山说，哪那么容易？十个人中也难得有一个，没有背景或关系不硬的话根本没有机会。她不肯相信娘的话，可大山一直没回来，又一点音信都没有，这又作何解释呢？她心存疑虑，没了底气，直憋得两眼发红。

"不！你胡说，骗人！我偏就等他！就是大山不要我了，我也不会嫁给那个乌龟宝！"二姑的口气依然很硬。虽然她总是这么斩钉截铁地回答，但心里却越来越虚，因为等待已远远超出了她的预期。她开始感到害怕，害怕自己的等待没有意义，害怕某天突然传来关于大山的坏消息。于是，她自言自语以舒缓压力，有时也跟墙壁或枕头说话，好像墙壁能听懂她的心事，枕头能录下她的声音。她心里是想拖着，等大山有朝一日回来，事情就好办了。

一开始，爹还是什么也不说，过了十天半个月，大概是觉得时机到了，就又重新拾起他那套说教，说："做人不能只想着自己，也要为别人考虑；这辈子爹娘养育你不容易，要懂得孝顺感恩，要想想我们老了怎么办、你哥以后怎么办！雄宝他不聋不哑，不缺胳膊不断腿，也就是个子矮一点，背驼一点而已，但过日子是不成问题的，你若嫁他，两家就都有了活路，值了！"二姑还是很偏，说："爹呀，婚嫁不是买卖，你怎么把我当东西卖了？"娘又劝说："你是个懂事的孩子，娘知道，大山对你有心，你也看着他可心，但为了你哥好，你应一声吧。"娘也哭了。二姑闹过一阵，渐渐地平静下来，觉得爹说得好像也在理，她没有顶撞爹，心里乱糟糟的。

中秋，月儿还是那样圆满，挂在村头的榕树梢上。二姑却无心赏月。以前，盼着大山回来，觉得日子过得很慢像蜗牛爬路；现在是怕他不回来，就觉得日子过得像鸟飞那样快。中秋过后，好像还没多久，熬过霜降越了冬至，眼看着腊月就到来了，还是没见大山的踪影。她不好意思打听，只能闷在心里，像只哑狗一样悄悄支起双耳，听风听雨。临近年关的时候，零零碎碎，还是听到了一些消息。大概是说，有人在县里的一次会议上，见到大山满脸笑容坐在第一排，或许他真的转干了，现在扑在工作上干得正欢，恐怕腊月过年也顾不上回来了。看来，娘并没骗自己。二姑又开始恨大山，他在城里有出息了她不会去拦他，又为自己感到悲哀。她在枕边偷偷地哭过几回，一咬牙，就答应了与乌龟宝的婚事。

手扶拖拉机"突突突"的叫声一停，二姑就听有人说，到了，紧接着，八音就响了起来。唢呐声声，欢快回旋，充满喜庆，她有些恍惚，像做梦一样，不相信自己真的这么快就嫁作人妇了。爹娘好像笃定有这么一天，早就把一切都准备好，她答应下这门婚事，前后也就三天的时间，他们就麻利风光地把她嫁出去了，而且一天到晚总是乐呵呵的，逢人就说，时光日月不等人啊，眼看就要过年了，还有另一场婚事要赶紧办

太平年关

啊！听到这些话，她就觉得，自己不过是家里的某件出产，鸡呀鸭呀什么的，爹娘真的急着要拿去换年货呢。

她由伴娘搀扶，一路上缓缓而行。

新郎乌龟宝头戴毡帽，披挂红毯，兀自走在前面，他好像急着要摆脱某种程式的约束，扯了扯身上那件红毯，但旁边有人马上制止了他。天空灰蒙蒙，冬日洒落村场，像长途跋涉的旅人，显得无精打采，不过倒也让人有一种暖融融的感觉。屋前的空地上摆起了二十多张桌子，酒席已经开宴，却是营盘流水席，有些人吃得正欢斗起酒令，而另一些人则在一旁吞咽口水候着，那是外村来围挤看热闹的。

二姑一抬头，发现所有的目光齐刷刷地都往她这边瞧过来，心里就有些乐，瞧吧瞧吧，好好瞧个够，别扎进眼里出不来，我二姑只怕今天比之前更漂亮呢，看不把你们羡慕死！眨眼之间，又觉得，也许他们在看笑话呢，看他们交头接耳，流露出那种幸灾乐祸的样子，不定是说一朵艳丽鲜花插在干瘪的牛粪上呢！这样一想，她心里又开始悲哀起来。她虽然答应下这门婚事，更多的是在与爹娘与自己赌气，过后冷静下来，又不好反悔，心里直怨恨爹娘。

女孩嫁人，临别爹娘家门，依地域风俗应该哭上一回的，这样娘家才能日子红火，家道兴旺。她没哭，脸苦苦却哭不出声来。在一旁的婶娘接连提醒了几次，说："不哭就是不孝，不懂爹娘生你养大的艰辛！"她才勉强干号两声，而后突然又号啕大哭起来，不是为了娘家的家道兴旺，而是为自己灰暗的前程。娘抱住她陪着哭了一会儿，百般安慰，将心比心说："天下女人一般苦，都是嫁鸡随鸡，嫁狗听吠。嫁过去后好好过，日子会越来越好的。"她这才慢慢地静了下来。这几天，她反复想过这个问题。她相信自己的才情和能耐，甚至想过，就算乌龟宝懒得什么也不干，她也能把这个家撑起来。既然事情不可挽回，就只能义无反顾了，不能让人看笑话！她转念想过，只要哥哥完婚，有了嫂子，添了孩子，齐心肯卖力气，泪水往肚里吞，一家或许就能过上好日子。她于是强作欢颜，一抬头，却看见人群中有一张熟悉的面孔，只一晃，人就飘然不见了。

是他？大山！她猛然一惊，又左右看了看，再看不到那张面孔。面对一对对火辣的目光，她觉得不好意思了，便低下头来。

真的是他吗？抑或只是自己一时的幻觉？她忍不住又一抬头，那张面孔又露出来了。这一次刚好迎着他的目光，尽管也是一晃又躲开，但她看清楚了，是他！就是他！

她不知道自己是怎么走进洞房的，心里很乱，那张面孔老是在眼前晃来晃去。

"赶紧换身新衣服吧。"莲嬷提醒她。

"孩子们看新娘来了，快给他们派糖糕呀！"莲嬷又提醒她。

她像个木偶人似的，面无表情，吩咐什么做什么。莲嬷显然心里不高兴，显然也知道这是她强扭的瓜，既然吃了人家的保媒猪头，就要把该做的事做好，她也不过是要尽一个媒婆的职责罢了。

当晚，闹洞房的后生仔一个个兴味索然，山里惯用的恶作剧派不上用场，当然也掏不了新娘子的碎银红包，众人散去，乌龟宝关门吹灯，二姑和衣而卧。洞房静悄悄，四野静悄悄，但她还是隐约听见墙外有异常声响，窸窸窣窣，心想，应该是有人心有不甘，走了又踅回来，偷偷听墙。听吧听吧，好在还有那些不依不饶的蚊蚋，不然他们会什么都得不到的。

三天过去，新嫁娘回门。二姑闷闷不乐，下晌时分，乌龟宝酒醉饭饱回去了，二姑说："我到外面走走。"娘说："散散心也好，但记得早点回来。"爹娘或许是觉得心里有愧，她说什么，都依着她。她从箱底翻出那件的确良穿上，在镜子里前后瞅了又瞅。出了家门，她既不去串门，也没有去找村里的姐妹，而是悄悄向溪滩走去，心想，他要是心里还有我二姑，会在溪滩上遇见他的。他会在那里吗？

溪边，那几块巨石与流水相伴，亘古不变；芦草一年一度，为人砍割，编织器物，但老茬新苗，拔节长叶后，一样繁茂；沙滩上除了一些凌乱的脚印，什么也看不到。二姑很失望，伫立良久，黯然神伤，正要往回走，突然从芦草丛的另一侧传来一阵急速的咳嗽声，像是被什么呛到了一样。她循声走过去，见大山一人独坐，地上扔满烟头。大山也看见了她，缓缓地站起来，俩人相顾无言，只有千年不变的夕阳洒下的余晖一如从前。过了好一会儿，还是她先打破沉默：

"回来了？"

"嗯。"

"回来干什么？"

她听到自己跳荡的心跳，想让自己表现得平静，可话语中却掩饰不住一股怨气。

大山说："鸟儿飞远飞累了总会回到起飞的地方，总是会归巢的。我是山村里的人，我还回村里当我爹的儿子；工作队原来说好是半年的，但任务几经变化，又划成分，又是丈量田园，时间一拖再拖，前几天刚一结束，我就急匆匆地赶回来了，可你已经做了别人的新娘。"

她知道自己误会了，心里很难受，就说："为什么就不能早一天回来？要是早一天回来，我也不至于嫁给他，我哥他……我爹娘……我、我没办法了啊！"

大山说："我知道你家的境况，你有你的难处，我不怪你。"

她眼眶一红，嘴唇一抖，泪水禁不住簌簌地掉下来。

"我对不住你。"她说，"我说过，等你回来，我还是你的人，可我等不到你，来——"她拉过大山温暖的手，衣襟早敞开，露出一片晃眼的雪白。

"不、不！"大山大概也意识到了什么，连忙把手抽回来。

她拽住大山的手，说："你别嫌弃，我过门也没几天，他……缠我，我死活不让，身子还是干净的。"

大山就抓住她的手，像憨厚的兄长对她说："你嫁了别人，我心里也不好受，这辈子咱俩有缘无分。可你既过了门，就是他的人了，我不能伤风败俗。我总盼想，你以后少受点委屈，日子越过越好——"她早哭成个泪人，没等大山把话说完，一扭头就跑开了。

日出日落，月亮缺了又圆。冬去春来，加乐溪边的芦草枯了又长，长了又枯，转眼就是二十个寒暑。在乡下，当家的窝囊，女人就多了辛劳。二姑的日子少不了憋屈，这些年她都想不起来是怎么走过来的，说起来，不免多了许多怨叹。

"二姑姐，你比我好多了。我们家那个瘫子，在床上多少年了，都是我端屎端尿呢！"

"兰妹，你的命也苦。"

一个村里的姐妹，兰妹家里的情况，二姑很清楚。兰妹老公当年是水利工地上的先进典型，当年修建加乐潭大坝堤，他挑起六只装满红土的畚箕，边喊口号边往坝堤高处冲，全公社响当当的人物，报纸上都说是顶天立地的硬汉子，没想到正当壮年却染上了胃病，医院诊断，胃壁已像椰壳了，开始并不在意一拖就成了瘫子。世事无常，人生莫测，料不定的，谁能保证一辈子都过得顺畅？嫁给一个窝囊的乌龟宝，二姑就自觉放低姿态，不敢跟别的人家比，她羡慕别人，想不到还有人羡慕自己。类似的闲聊，只当解闷，无意中却像是为她开了一扇窗，让她的灰暗生活也见到阳光，见到风景，之前的很多伤心事慢慢地就想开了。她现在有儿有女，虽然不像别人家的孩子那样读书做官，成龙成凤，但身体健康，不缺心眼，今后的日子会好起来的。

但有一件，二姑始终无法放下，搁上一桩沉沉的心事。

自从那次婚礼上大山一露面，她就后悔了，觉得她没有等他就是辜负了他，甚至欺侮了他，一辈子对不住他，但事情已经不可挽回，只想他能早点成家，把日子过好了，事情也就过去了。可大山偏不。她听说他回来后变了个人，有好几年，再不肯谈婚；别人好心提亲，他也总是一口回绝，像是铁了心要打一辈子光棍。

后来，她听到一个消息，本来，大山从工作队回村时，上面有意留下他，但他未等征求完意见就拒绝了。他一定是心里有她才回来的。这事让她心里备受折磨。后来，年近四十时他才娶了个二婚女人，但第二年就生了个小男孩，她这才宽下心来。可不久又听说，他的婚姻很凑合，那女人是个泼妇，眼里容不得一粒沙，总是无理取闹，闹得鸡犬不宁。更不幸的是孩子天生有眼疾，弱视，比瞎子好不到哪去，她心里又开始感到不安。要命的是，这孩子二十多了，因为眼疾，还说不上亲事，转眼已到了着紧完婚的年岁，长舌的媒婆踩断了许多户人家的门槛，人家不是东辞西舍，推说他人的借口或理由，就是出口好大一笔彩礼，据说大山因此发愁花白了头发。唉，这样拖下去，大山家离断子绝孙就不远了。一想到是自己当初许身于他和他儿子正着紧着办婚事，她心里就特别难受，像大火烧心一样。有时她想，要是当初在溪滩上答应把自己给了他，或者回门的时候他肯要了自己，事情会怎么样呢？她知道这是在胡思乱想，一点用处都没有，现在要紧的是想想有什么办法可以弥补。

月深日久，一个想法从她心底里冒了出来，这辈子不能总欠他的。二姑在心里终于有了一个决断。

一个残阳如血的傍晚，二姑在路上截住大山，说有话要问。两个曾经花前月下的男女，现在已是花白了头发，一脸的沧桑。俩人默默地向溪滩走去。沿溪岸边的芦草，经人砍割，风雨揉搓，但还是齐刷刷地拔茎长叶，充满生机。

"听说你家春儿还未成亲？"

"嗯。他的眼睛有毛病，难呀！"

"我家的三女儿，可以嫁给他，你不嫌吧？"

他盯着她，没有吭声。

"你好歹也吱个声呀。"她催他。

"你家三女儿她愿意吗？"

"她敢不愿，我打瘸她的腿！下个墟集日，听我的回音好了。"

三女儿叫冬梅。在几个儿女中，二姑最疼冬梅。冬梅最勤快，也最懂事、听话。听老师说，她学习成绩还不错，却初三还没读完就辍学了，说是厌学，读不下去。二姑知道不是那么回事，她是因为体谅家里的困难，就不读了。可不管怎么劝说，她就是不肯再继续上学。这几年，也多亏有冬梅里里外外的帮衬，二姑感觉轻松了不少。虽然做了决断，可事到临头，真的就要这样把冬梅嫁出去，她心里还是很不舍，觉得委屈了孩子。

"我……"二姑吞吞吐吐，不知道该怎么对大山说。

"你不用再说了。"大山说，"不要太难为孩子，顺其自然吧。"

二姑觉得大山误解了，就说："我没诳你。我只是没想好该怎么向孩子说。放心吧，她会听话的。"

回家进了门，二姑心肠一硬，直来直去就把事情跟冬梅说了。冬梅不答应，说她已经有相好的了。二姑说，婚姻大事，爹娘做主，你说的不算！娘也是过来人。那几天，接二连三地，二姑又说了几次，举例子，打比方，变着法子开导。她认为三女儿懂事，耳根软，多说几次，把道理讲透，她会答应的，却没想到冬梅始终不肯松口。二姑恼了，心里一急，脱口就说，我已答应人家，后天上门提亲，你看着办吧！冬梅把头低下去，幽幽地说，妈，您别逼我。都什么时代了，还让父母指婚，你不能让我来弥补你曾经的错误！说着双手掩面，哭泣着跑进了房间。

连着两个晚上，二姑翻来覆去睡不着，以女儿的态度，这事十有八九要黄。她感到很对不住大山，心想，这辈子亏欠他的，只能下辈子还了。早上起来，又是一个圩日，好歹也要见一下大山，不能再拖了。她想再问问女儿的态度，屋里屋外找遍了，没找到她的踪迹。

村子离镇上也就四五里路，二姑出了村口，还没想好怎

太平年关

么面对大山，突然看见有好几个人匆匆往溪滩那边跑去，说是有人投河了。"这是谁呀？怎么就想不开呢！"她也想去看个究竟。

沙滩上，围成一圈的人七嘴八舌地在议论，见到二姑来了，依次让开一个缺口。她猛然间看到，三女儿软塌塌地趴在沙滩上，像一条失血的死鱼。天啊——她扑上去，猝然倒地，大叫一声"是娘害了你——"然后晕了过去。她的叫声凄厉，惊起一只白鹭，哀哀地叫一声，扑棱翅膀，向远天飞去。

一条加乐溪依旧水流潺潺，一路蜿蜒向北流去……

原载《草原》（月刊）2023 年第 12 期

获奖作品

　　小说家方桦与人说起，他去琼南市作协作文学讲座，就是一场尴尬的开始，只不过那时他并不知道。

　　方桦以短篇小说创作著称，在国家及省市文学期刊发表六十余篇，曾获得过省内外不少奖项。鉴于他的文学成就和声望，琼南市趁着市作协成立之际，邀请他为参会会员作一次文学辅导。他也欣然应邀，在会上做了题目为《短篇小说创作艺术简论》的辅导报告。

　　有一个业余作者的笔记本上记下了方桦的小说创作主张：一是长篇小说是露天阳台上的仙人掌，中篇小说是屋檐下的盆栽，短篇小说是客厅里的白玉兰。二是短篇小说不在于你写什么，而在于怎么写，也不在于你怎么写，而在于能让人感受到什么。好的短篇小说写的是社会现实是这样的，而读者却能感受到时代生活应该是怎样的。三是短篇小说讲究结构，而结构

太平年关

的关键在于叙述视角，最好的视角是小说故事中的人物作为叙述人，而这样一定是为结尾的艺术而设计。设计是一种无形的技巧，写作的最高境界是无技巧。

那次文学辅导课人气爆满，座无虚席。方桦口若悬河，侃侃而谈，物我两忘；听众屏气凝神，却在云里雾里，最后全场还是报以热烈的掌声。一散场，一个作者就缠住他，说听了课很有收获。他说，说来听听。那作者说，有意会却难以言传。方桦说，小说创作重在创作实践，多写多思，必有收获。

但他不知道，文学辅导讲座带来的尴尬正向他走来。

新成立的琼南市作协为鼓励创作，推出新人新作品，决定举办小说征文，发布了征文启事：短篇小说以传播迅速、传播范围广和影响巨大的特点，已成为一个有着广泛群众基础、符合现代媒体传播规律的文学品种。市作协为彰显时代风貌，弘扬主旋律，与地方日报副刊举办小说《过客》续尾征文，要求应征者紧扣《过客》原文推进发展部分，对接文本故事的呼应承转，发挥合理的逻辑想象，续接一个合适的结尾。要求不超过五百字（含）。

征文启事后面附小说《过客》全文：

老猴爹没有想到，过海仔没有等到他巡山归来就走了。

女儿二杏把消息告诉他时，他的心里一沉，喃喃地说："不是说，不走了吗？"满脸却怅怅然，丢了魂似的。

老猴爹站在屋前土坪上，挺着疲惫的身躯，手搭凉棚，向黎母山弯弯仄仄的山道望去。山峦起伏，林海茫茫，过海仔不断远去的身影变小了、变小了，成了一个小黑点，像茫茫大海上的一叶孤舟，最后在大山的坳口凝固了很久很久，未知是太远了看不到他身影的移动，还是他停下来向山上打望……

二杏对爹说："他说，他还会回来的。"

"等我回来再走，就嫌晚了吗？"老猴爹像受到屈辱一般，咕哝，"我说过，他要走，我也不会拦他的。"

二杏接过爹扛在肩上的猎枪，挂到屋前的墙壁上。老猴爹用毛巾抹了抹额前的臭汗，从水缸里舀出一瓢凉水，咕咕地喝下去，然后摸出烟叶，裹了好粗大的一锅烟叶，点燃后，又长长地叹了一声……

多半年前，过海仔是被老猴爹从山上背驮回来的。

老猴爹在黎母山里曾是出了名的猎手，没有人知道大山里留下了他多少重重叠叠的脚印，可屋场的墙壁上挂着的猎物头骨的残骸，就是可昭示他昔日赶山围猎辉煌的见证。禁猎之前，在野藤莽萝间，他能辨出猎物活动的踪迹，然后截路挂枪，用一条柔韧的麻线，跨过猎物活动的路面，一头系定在钉紧的木桩上，另一头是填好枪药的猎铳，连着猎铳的扳机，只要猎物扫过麻线，

太平年关

就会牵动猎铳的扳机，打到猎物便十拿九稳了。猎物被打着要害的，当场毙命，打偏的伤着了，也跑不出几十米。他常常是夜间挂枪，白天收猎。大夏夜，他睡得不踏实，后半夜常被依稀的猎铳声惊醒，一清早就上山去，果然拖着猎物归来。禁止狩猎后，被林业公安部门聘为巡山护林员，仍允许他保留祖传的猎铳，默许他在野峪禁区夜间挂枪，为的是防控偷盗游猎。

那一夜，老猴爹从山上巡山回来，好晚才躺下了，刚迷糊了一阵，就被铳声惊醒，天刚蒙蒙亮，他一骨碌从床上爬起，捎上猎铳，就朝山上走去。

在密密匝匝的草莽挂枪处，并没有发现猎物，可附近有一片乱莽茅藤被什么压倒了，他握紧猎刀，循迹而寻。倒地的茅莽上淌着血，山风吹过，空气里浮起一股血腥气，一种不祥的预感浮上他心头，莫非猎铳伤着人了？果然，在一片乱莽处，发现一个人歪倒在地。他丢下刀，奔上去，扶起那人，凭脸孔看，是一个三十岁左右的青年人。他脸色苍白，嘴唇发紫，手臂腿脚上血迹斑斑，可身上寻不到猎枪的伤口，或许是他走动牵动了枪响，吓昏了。他把手伸到青年人的鼻下，还有一丝热气，便将他扶起来，背驮下山。这个青年人就是过海仔。

山里湿气重，春寒比冬天还冷。下山来，老猴爹顾不上女儿二杏的害臊，三下五去二便剥去过海仔脏污而破烂的衣服，找出药水涂擦伤痕，揉搓穴位。渐渐地，过海仔苍白的面色有了血气，呻吟出声音来。喝了二杏端过来的水，他才睁开眼睛来，凝视着老猴爹和二杏，老猴爹慈祥地对他笑笑，他也不吱声，眼眸里却很亮，就有泪水漾了出来。

老猴爹又问他，家住哪里，咋一个人进山来了？

过海仔没有回答，眼眶里仍漾着泪。老猴爹便不再问了，嘱二杏给他煮食，二杏就忙去了。

二杏煮好粥，端给过海仔。他吃得狼吞虎咽，老猴爹看着点点头就笑笑，过海仔也咧开嘴笑笑，终于拘谨地说话了。老猴爹听不懂他说的大陆话，二杏读过小学，懂得话的大意，转告爹：过海仔是湖南衡阳人，是随人来黎母山下收购槟榔的，不料被人骗了，身上的钱遭劫不说，还被揍昏，不明不白被丢到山上。老猴爹听了，脸露怒色，连连说："作孽呀，哪个黑心的，被我碰上了，非宰了他不可！"

巡山护林备着一种专治外伤的云南白药。十天后，过海仔的伤情就有所好转，可以拄着拐下地行走了。老猴爹问他要到哪里去，他告知二杏转告，他举目无亲，老爹救了他，知恩不报非君子呀，他愿意留下来做帮手，积攒了些钱再走。老猴爹爽朗地答应了："我还怕大山留不住你呢，就住下吧，不过是多了一双筷子、一只碗！"

　　过海仔在大山下住下了，三个月过去，他成了老猴爹的好帮手，烧火、劈柴的活全包了，二杏腾空收拾家什有条有理。老猴爹夜里上山挂枪，总是乐意带上过海仔一同去；白天里收山不能捕属于保护动物的山禽走兽，但可捉野沟里靠吃青苔的石鲮鱼，盐焗石鲮鱼是二杏的拿手好菜，做法是：在砂锅里备好粗盐，撒上姜丝和蒜苗段，点上山里香椒，小火炒香，捞出少许备用。然后再铺上擦干的鱼条，鱼条忌破肚伤脂，再覆盖炒热的粗盐，盖锅升火蒸时砂锅留个小口，十分钟可出锅，香味扑鼻，原汁原味。老猴爹这时候，吃着盐焗的石鲮鱼就夸起是托了过海仔远道而来的福分，过海仔谦让不及满脸愧色地笑笑；背地里，他却是满腹心事地叹气。

　　转眼，半年过去，到了秋天，过海仔似乎已经喜欢上了大山。清晨，远方，山上云雾缥缈，站在这山看不清那山，就是近在咫尺的景物也是变幻飘忽，犹如仙境。到了前晌，山上的云雾才渐渐散去，像少女揭开了神秘的面纱，露出真容。山峦起伏，林海茫茫，热带雨林生机勃勃郁郁葱葱。近处，胭脂树上的青果转黄变红，不知名的山鸟聚结而来啄吃，山野里浮动着醉人的果香。夏季里疯长的茅草一夜之间满甸子染成金黄，像铺上灿烂的阳光。野峪里那条夏日一泻千里的瀑布变成潺潺涓流，乘着竹筏顺势而下那条溪流，可见野生的鱼虾浅翔水底，倒映着斑斓的山色，山是那样青，水是那样绿，花是那样香，鸟语是那样动听。

老猴爹每次巡山归来，都不会空着手，既有野物，也有山珍。"这是野灵芝，城里人特稀罕，可治肿瘤癌症。""这是牛大力，泡酒很神奇。"老猴爹一边从背篓里往外掏一边如数家珍。山上生长着各种各样的野菜，味道鲜美。二杏也很勤快，在房前屋后点豆种茄子，花开花落，青豆荚、紫茄子，餐餐有时鲜。山下有条河，雨后涨水，鱼上梁，老猴爹只是在沟口下个鱼笱，静待水退，便能逮到几条大鱼。过海仔从没吃过这么好吃的鱼。老猴爹慈祥，二杏善解人意，他们待过海仔都很好，似乎也都怀着某种期待。过海仔同老猴爹和二杏生活在一起，找到了家的温暖，渐渐地竟有些乐不思蜀了，老猴爹看在眼里，脸上就多了笑容。

过海仔也有些让人不解的地方。有许几趟，老猴爹挑着山货翻山进城去卖，邀着过海仔一同去，过海仔总是借口婉谢，老猴爹也不强求他，只带上二杏去。渐渐地，老猴爹有了发现，过海仔除了问话作答外，很少主动问话。有时，他进城归来，见着过海仔孑然一身伫站着，对着苍莽的黎母山发愣。二杏有时喊过海仔吃饭，唤着许几声，他才陡然回过神来。更多的时候，过海仔埋头在老猴爹从城里买来的簿记上写下密密麻麻的文字……

老猴爹问过海仔："想家了？想家就回去看看，这

太平年关

大山待客不强留。"说时，还掏出皱巴巴的几百元，递上去。

过海仔满脸惶恐，谦让不收："老爹，你说哪里话，我怎么好拿钱，我留下来，不走了。"说时将目光转向二杏，二杏脸热了，望向远方。

老猴爹却说："话不能这样说，你要走，我也不拦你，你来了大半年了，帮此做那，论工钱，也凑够这个数了。"见过海仔不肯接，就唤过二杏，嘱道："钱让二杏收着，哪一天你想定了，要走，就让二杏给。"

然而，老猴爹压根也没想到，过海仔会在他巡山不在的时光走了……

过海仔走后，一连数日，老猴爹魂不守舍的，也不去围山护林，常常独自对着深山愣着发呆，痴痴地打望着那条弯弯仄仄的山道。

不时，老猴爹摇头叹气："大山留不住他，山里没有他留恋的东西，他不会回来了！"熬红的眼睛里仿佛预感到什么。

二杏知道过海仔在爹心中的分量，宽慰道："爹，他说过，他会回来的！"

山里的月亮圆了又缺，缺了又圆，转眼，又半年过去了，过海仔始终没有回来，老猴爹就搁了半年的猎枪，渐渐地，老猴爹深深的眷恋变成一种受骗的失落，二杏憋不住了，就恨恨地骂起过海仔："爹，他欺骗了我们！……"

　　老猴爹没有说什么，只是长长地叹了一声。

　　转眼又到了春天，老猴爹淡忘了过海仔，又操起猎枪。巡山护林的时候，过海仔突然有了消息。

　　征文历时半年，反响很大，收到省内外应征稿件四百多件，地方日报记者作了跟踪报道。

　　临近征文尾声，听过方桦文学讲座的三名作者拿出应征续尾去找方桦。方桦热情接待了他们，三言两语之后就扯到短篇小说结尾的艺术的议题上去。

　　方桦说，短篇小说的魅力在于逆向反转，并不主张都学美国欧·亨利式的结局出人意料，但初学创作者在选择故事叙述视角时，可以尝试用故事中每一个人物作叙述视角，那样你就可能让故事走向几个迥异的结局，他自己的小说的叙述人常常在故事快抵达高潮的时候设置几个不同的结局。最后还说，他在读世界经典名篇，甚至是现当代获奖作品时都在思考，这故事或许还可以有别样的结局。

　　写作者的盛情之下，方桦不便婉拒，他详读了三个作者的应征续尾，看到了三个迥异的结尾。送走三个业余作者，他又忽然自我尴尬起来：如果他指导的应征续尾都没获奖，人家会怎么看他？……

　　三个应征续尾如下：

太平年关

续尾一：

过海仔是在一个午天时分回来的，春日当空，云淡天高，高山流云。

过海仔跪伏在老猴爹的脚下，哭道："老爹，原谅我不辞而别，如今才回来，一年前，我失手杀了人，是一个逃犯，是你收留我，救了我，我才有勇气去投案，我杀的人没有死……昨天，我被提前释放了……"

老猴爹俯身扶起过海仔，看着他明亮的深眸，欣慰地说："不枉你待在山上一年，你缠在心头的愁结终得解开……"

过海仔抬起头，透过泪眼，望向苍莽的黎母山，山还是那样青，水还是那样绿，花还是那样香，鸟语还是那样动听。

二杏鼻子酸酸地泪流满面……

续尾二：

过海仔是在一个夜里回来的。那晚，夜黑星隐，暗风袭人。

过海仔跪伏在老猴爹的脚下，哭道："老爹，原谅我不辞而别，如今才回来，一年前，我失手杀了人，是一个逃犯，多亏你收留了我，才躲过了追捕……可这趟下山去，我发现我杀的人，没有死，他还好好地活着……"

老猴爹欣慰地对过海仔说："不枉你待在山上一年，你缠在心头的愁结终得解开……"

"不！"过海仔露出狰狞的面目，咬牙切齿地说，"我为自己无辜困在山上而愤恨，我寻机又杀了他，我昨天又逃出来了，请您收留我，这辈子，我再也不下山了……"

二杏在一旁愣着不敢相信，老猴爹听着连连退了几步，倏地拿起猎枪，枪口对准了他……

续尾三：

黄昏时分，老猴爹从山上回来，二杏早已等在门前，帮爹卸下猎枪，让进屋去。

屋里不大的空间，一张扁形饭桌上放着一瓶埋在地下多年的山兰酒，还有飘着清鲜香味的盐焗石鲮鱼，沿桌摆着三个座位，老猴爹机警地问："还有谁？"

二杏抖出一张发皱的旧报纸，神情异样，说："爹，还记得过海仔，过海仔不是收槟榔的，他是国家地质队员，勘探时损伤了记忆，他平时在纸上记录的是他恢复记忆后的发现，我们这山上有珍稀的矿藏……他没有骗我们，他是进城报告新发现后，不幸过劳猝死的……这报上还写了爹，还有他的消息……"

二杏没有说那张旧报纸的来历，也没说盐焗石鲮鱼已成了山外一味美食的报道。那一晚，老猴爹和二杏都

太平年关

显得相当海量，喝得酩酊大醉……

征文结束，在获奖公示中，三个作者的应征续尾都获奖了，一名作者荣获二等奖，一名作者荣获三等奖，一名作者荣获优秀奖。亲爱的读者，读到这里，你一定关心是哪一个结尾获了哪个奖呢？

小说家方桦关心的是获一等奖的豹尾是怎样写的。他向一位同辈作家评委打听消息，人家闪烁其辞，并没有直接告诉他：你去找原作的结尾看看吧！他好不尴尬的是，评委们压根就不知道《过客》的作者就是方桦！

征文公示期结束，获奖结果揭晓：一等奖空缺。

……

原载《厦门文学》（月刊）2023 年第 5 期

寂寞如意

一

天刚蒙蒙亮，窗外的亮光渐渐地冲淡屋里的灯光。林莹不敢贪睡，她起床了，打算吃好早餐就上学去。

餐厅里静悄悄的。林莹揭开塑料盖子，餐桌上有明火粥、煮鸡蛋，还有几片面包。这些早点是母亲早起做好的，她做好早点后又回房间去收拾被褥了。父亲显然已经吃过早餐走了。他这么早出门是要出差吧，林莹不太在意。这几个月，父亲总是早出晚归，她早上起床时父亲已经出门，他晚上归来时她已入睡。这样的日子，林莹进入毕业季后，就已经有些习惯了。

其实，高中二年级后，功课就变得紧张起来了。今天，林莹打算到学校后，在校园里找个没人的地方，把必背的课文背熟。老师把重点课文全都罗列出来，要他们逐篇过关，滚瓜烂熟，能做到倒背如流最好；他还告诉他们，要及早规划，按进度走，不能把任务都往后推，到了最后才搞突击，指望"突突突"一梭子就能解决问题，那是要吃亏的。

房间里传出咳嗽声，林莹心里为之一紧。母亲的身体让她担心。母亲本来身体就不够硬朗，旧病久拖成了顽疾、慢性气管炎，但不至于像现在这样，她现在一干点什么，就会显得疲惫不堪的样子，有时候还会咳个不停。据说这是新冠后遗症，可林莹弄不明白，她和父亲也都阳过，没几天就恢复了，感觉跟一次普通的感冒差不多，不知道母亲为什么会这样。也可能是各人的身体素质不一样的缘故吧，母亲有慢性基础病，阳后恢复的时间要长一些，但拖了快一个月了，林莹多么希望母亲能早日康复。

吃过早餐，林莹背起书包，就要出门时，一眼瞥见厨房灶台上零落地摆着两个碗碟和几块蜷皱的纸团，那一定是父亲匆忙出门前留下的。她想，母亲身体不好，有些家务活，自己能做的，应该尽量替她分担一点。林莹抬头瞄一眼墙上的挂钟，时间还足够，就把书包重又放下来。

"嘟——"书包里传出手机微信的响声，林莹从里面掏出手机，划开看了一眼。"这个'大头鱼'。"她轻声说了一句。

"大头鱼"是林莹同班同学，本名徐坤，他那颗头颅是显得有些硕大，班里有同学叫他"大头"，也有的叫他"大头坤"，但从没有人叫他"大头鱼"。说起来，"大头鱼"这个外号还是林莹给他取的。那天上语文课，胡老先生悬着老花镜，眼眉低垂，摇头晃脑在讲庄子的《逍遥游》。林莹觉得有些无聊，见另一组前面座位上的徐坤正听得入迷，那颗硕大的头颅也随着胡老先生抑扬顿挫的节奏晃来晃去，就想捉弄他一下，给班上带来生气也给自己添点乐趣。她从练习本里撕下半张纸片，写上"大头鱼"，然后揉做一团，瞄准徐坤的头猛地一掷。纸团击中徐坤的后脑勺，而后滚落在旁边的过道里。林莹见徐坤先是愣了一下，接着扭头看向过道里的纸团，低下身去想捡起来，心里暗自发笑。就在这时，突然听见胡老先生一声闷吼："不许动！"林莹抬头一看，见胡老先生怒鼓两腮，圆睁双眼，又听见胡老先生指名道姓要她把纸团捡起来。显然，胡老先生什么都看见了，只是不知道他那两个眼珠子是什么时候翻上去的。林莹能感觉到教室里无数双眼睛齐刷刷都朝她这边射过来，脸上顿时火辣辣地烧，心也在扑扑地跳，不敢有半点暌违，只得顺从地捡起纸团，毕恭毕敬递上去。胡老先生打开纸团，皱了一下眉头。"'大头鱼'，什么意思？"他显然佯装疑惑地说。林莹说："本来就没有意思，开个玩笑。"胡老先生却笑了，说："那你说说，为什么把徐坤叫大头鱼？讲通了可不批评你！"林莹不慌不忙地说："'北冥有鱼，其名为鲲'。"教室里轰然笑了起来。胡老先生也宽怀地说："笑归笑，你们好像也很久没笑了，睁大你们的双眼看清楚了，此'坤'非彼'鲲'！"还好，他只是训了她几句，不做追究。

"大头鱼"这个外号就这样在班里叫开了。她是始作俑者，可"大头鱼"却不恼她。林莹还觉得，他好像对自己有点好感，有事没事总爱找点缘由搭话套近乎，而这种时候，林莹总是爱搭不理，让他有多尴尬就多尴尬。班里有同学说她和"大头鱼"好上了，林莹不仅坚决否认，还恼，谁说恼谁，她还跟人家翻白眼。

"我在歪脖子树下等你。"大头鱼在微信里说。

歪脖子树在上学的半路上，树冠很大，枝繁叶茂，遮蔽起半亩地面，树下有几张石板搭起的条凳，常有些路人在那里逗留，冬天歇脚，夏天乘凉。现在，大头鱼又要在榄仁树那里等她。

"等我干什么？你先走，我还有事。"

林莹回了个微信，然后将发皱的纸团掷进垃圾篓，手脚麻利地收拾碗筷，放到水龙头下冲刷，哐当声响起，很快房间里传出母亲催她的声音："莹莹，你还磨蹭什么呀？再不走就迟到了！"

"妈，我马上就走。"她这才拎起书包，飘身出门。

二

风一软，天就冷了。屋外的风大，风打在脸上有些疼。林莹穿一件套头衫，将自己的头脸包裹起来，埋头骑车赶路。从家里到学校，骑自行车也就十几分钟，可因为刚才耽误了一下，时间还是比较紧。就在与歪脖子树擦身而过时，林莹突然听见有人喊她，回头一看，是"大头鱼"，他像兔子一样从树后蹦了出来。

歪脖子树也是个岔路口，另外的一条路通往"大头鱼"家。有好几次，林莹一到树下，"大头鱼"刚好也从另一个路口突然冒出来，每次都故作惊讶，说"哎哟，碰巧了"，然后便和林莹结伴一起上学。林莹其实早就看破，他是蓄意的，哪有那么多凑巧的事情？但看破没有说破，可三番五次之后他还那样说，林莹就受不了，就嘲讽他，谎言说一遍能蒙混过关是智慧，而重复说谎还有受骗者那受骗者就是傻瓜了。我可不是傻瓜，你等我就说等我，连这一点都没有勇气说出来，你还是一个男子汉呢！说得他满脸通红，像只小公鸡。从那以后，"大头鱼"就不再掩饰了。

"不是让你先走的吗？为什么还待在这？"林莹说。

"有件事想跟你说一下。""大头鱼"说。

"什么事？"林莹说。

"可我又改变主意了，""大头鱼"说，"我觉得这事还是等典礼结束后再说比较合适。"

典礼？林莹一愣，这才想起，今天上午学校要举行成人典礼。昨天下午，学校操场那里已经布置好了彩门、横幅、花篮，彩旗飘飘，彩球飞扬，气氛喜庆热烈；学校还要求，要通知家长准时到场陪伴，见证青春成长。不过，林莹没有通知家长。父亲的工作总是那么忙，母亲又病殃殃的，她不想劳烦他们。再说了，她觉得成人典礼是别人的事，跟她没关系，"我还差个把月才满十八周岁呢！"她说。所以她并不当回事，也就不放心上，只是她这么一忽略，就把这事给忘了。

林莹以为，"大头鱼"并不是真有什么事，他还是老一套，只是换了花招，不过是为自己的死皮赖脸而找说辞。没想到下午放学后，在经过歪脖子树边时，"大头鱼"真的把她叫住，还把她领到街道旁的一堵围墙边。那里空荡荡的一个人都没有，可"大头鱼"还是左右张望，像做贼一样地心虚。林莹说："我怎么觉得你这人有点怪怪的，什么事？有话就说！""大头鱼"说："我有件礼物要送给你。"

"不要！"林莹一听说"礼物"，就一口回绝。说归说，笑归笑，她还从来没有接受过男孩子的礼物呢！

"为什么？""大头鱼"说，"你还不知道是什么东西，就急着回绝呢？"

"不为什么，不要就是不要。"林莹的口气不容置疑，"我不想要你的东西，你也没存什么好心。"

"这……可我没有任何恶意。""大头鱼"赶忙说。

"大头鱼"显得很沮丧，灰头土脸，像个死人。林莹不想跟他纠缠，正打算走开。可她心里又浮起那么一点好奇，于是就问："你要送我什么礼物？""大头鱼"像是又活过来了一样，故作神秘，笑嘻嘻地说："你猜猜看。"林莹说："我不猜，也不想猜，不说就算了。"转身要走。"大头鱼"连忙拉住林莹，"你一看就知道了。"他说着从口袋里掏出一个精美的盒子，打开了，盒子里是一支女式口红。

"啊，你真无聊！你怎么会送我这种东西！"林莹失声喊道。

林莹不敢相信这是真的，因为几天前，林莹在父亲的口袋里也发现一支像这样的口红。

那天林莹给家里洗衣服。衣服在泡水前先要分拣，同时还要看一下口袋里有没有存留什么东西，若有的话就要取出来。这是母亲多年叮咛她的。母亲多次告诫她，做这事情不能马虎。有一次林莹洗衣服时疏忽了，她那件衣服的口袋里有几张纸巾没掏出来，就匆忙扔进洗衣机，结果弄得全家人的衣服上都沾满了纸屑。林莹自然是不敢再犯这样的低级错误。她在掏父亲衣服的口袋时特别细心，生怕会有什么重要的东西不小心给洗坏了，结果还真有，她的手触撞到了什么，她掏出来一看，是一支精致的口红。

"他口袋里怎么会有这么一件东西？"林莹颇为惊讶。

这是一支很流行的女式口红。没吃过猪肉不等于没见过猪跑，林莹虽然没用过口红，但也有关注，她见过几个高考复读生在偷偷地用口红。显然，这女式口红不是父亲自己用的，他一定是买来送人的。那么，会是送给谁呢？林莹很快就想到，一定是要送给母亲的！这样一想，林莹就觉得，那是父亲母亲两个人之间的恩爱，自己作为女儿，最好是装作看不见，不要掺和其中，于是就悄悄地将那支口红放在父亲书桌的抽屉里。

"你把我当成什么了？竟然要送我口红！"林莹把"大头

鱼"一顿臭骂，"大头鱼"灰溜溜地走了。

不过，因为"大头鱼"闹的这么一出，林莹倒是惦记起父亲的那支口红了。

三

下午放学的钟声一响，林莹就急速骑车回家，她要寻找那支精致的口红的下落。

进门后，林莹趁母亲在厨房忙碌，张罗着饭菜，直奔父亲的书房，迅速地拉开书桌的抽屉，怔住了，她发现，那支口红已不在那里了。

"大概是已经拿给母亲了。"林莹先是这么以为，然后又觉得不对，不是还没到母亲的生日或他们的结婚纪念日吗？她清楚地记得他们结婚的纪念日。半个月前，在饭桌上，母亲有些感慨，说起有人邀请她去参加高中同学会，她征求父亲的意见，父亲很有感慨地说，10年的同学聚会比谁有钱，20年的同学聚会比谁的地位高，30年的同学聚会，名和利那都是虚的，比谁更年轻。母亲幽幽地说："一转眼，莹莹都这么大了，很快就要高中毕业了。"父亲说："是啊，时间过得真快！"母亲又说："我们结婚也快有二十年了。"父亲不吭声，母亲也不再说什么，各自埋头吃饭。看来，父亲虽然嘴上不说什么，但心里还是当作一回事的，这支口红一定是他买来送给母亲的礼物。这些年，父亲母亲喜欢谈起他们结婚时的那些事，林莹觉得那也是她最快乐的日子。不是还没到纪念日吗？怎么就送出去了？父亲这样随意行事，太缺乏仪式感了。林莹觉得他最好是摆个小家宴，买些好吃的，蛋糕呀水果呀，一家人一起热热闹闹地庆祝一下。可是父亲没有，他已经把礼物送出去了，这让林莹感到有些失望。过了一会儿，林莹又觉得好像不应该是那样。父亲是一个成熟稳重的人，思维缜密，处事严谨，他不会这样率性而为的，也许是他收起来放到一个更稳妥的地方了，他要给母亲一个意外的惊喜。

林莹把目光看向书柜，那个搬家时父亲不忍丢弃的旧书柜。

父亲的书柜很大，里面摆满了书，有好多都是大部头。林莹发现，以前父亲书柜里大部分的书都是专业技术类，少部分是文学名著，如《三国演义》《水浒传》《西游记》和《红楼梦》，还有一些获得茅盾文学奖的长篇小说，如《白鹿原》《人世间》等。现在添了好些杂书，不过也不是随随便便的什么杂书，而是一些关于职场经验、思想道德、管理科学方面的书籍，而且这一类的书籍占据着书柜里最显眼、最趁手的位置。这也是与时俱进吧，她想。父亲的角色变了，以前他在单位里是技术骨干，现在已被提拔为公司的副总了。既是副总，就应该懂管理，父亲是个爱读书学习的人。书柜里还有许多证书，学历证书、资格证书、荣誉证书等一大堆。证书的旁边是一些奖状、奖章、奖品。另外还有几本相册，几帧大幅合影。看父亲年轻时的照片，那才叫帅气！如父亲母亲在她未出生前

太平年关

在北京天安门城楼的合影，小学时带她去亚洲博鳌论坛所在地拍的照片，父亲总是气宇轩昂、挺拔刚立，母亲却小鸟依人、温柔文静。当然，现在父亲也很帅气。现在他的帅气更有内涵，有一种成熟、干练、富有成就的魅力。

翻了一通，旧书柜里没有找到精致的口红。林莹又翻了另外两个新买的抽屉，也没有口红的蛛丝马迹。林莹想，不要乱翻了，干脆还是问母亲吧。这时，母亲在外边喊她出去吃饭了。

"妈，我爸最近有没有送什么礼物给你？"林莹在试探。

母亲听了，猛然一愣："平白无故的，你爸送礼物给我干什么？"

"妈，你装的吧？"林莹边说边提示，"我记得你说过，再过半个月就是你和我爸的结婚纪念日，他难道没有送点什么礼物给你，比如保健品、护肤品之类的？"她不敢直接说出口红这一品名。

母亲笑了，摇头说："没有，我跟你爸都老夫老妻了，什么结婚纪念日心里记着就行，哪里还兴这一套？看你爸整天那么忙！"

"他忙什么忙呀？"林莹忽然说，"不过，或许是你怕我和你分享吧？"

母亲说："哎呀，傻丫头，你真是人不小了鬼也见大，说什么话！我还怕你分享？就是我能用的你也用不了！我现在已是人老珠黄，也用不上什么护肤品了！真要有，你能用的，我情愿都送给你。"

这么说，母亲没有骗自己，母亲没有收到那支精致的口红。如果真是这样，它怎么会不翼而飞了？会不会是父亲拿去送人了？如果是拿去送人了，他会送给谁呀？究竟是什么样的女人呢？林莹心里乱极了，她看过那些写婚外情的电视剧，偷偷读过时下流行的网络言情小说，连情窦初开的"大头鱼"都在私送口红，而在商海摸爬滚打的父亲，他守得住寂寞抵抗得了诱惑吗？她忽然意识到所有美好正在破碎，心中充满恐惧，自己却束手无策。

大概是看出林莹神色不对，母亲说："你这丫头，今天是怎么啦？竟然莫名地关心起这些？你的心应该扑在学业上，马上就是高考前的冲刺阶段了！"

"没什么，我只是好奇而已。"林莹不敢声张，刻意轻描淡写，一掩而过，心里却是满怀愁绪。

四

父亲还是每天早出晚归，好像有使不完的劲，满怀信心扑在他的职业生涯上。

父亲是半年前从总工程师提拔到副总的位置上的，之后请家里的亲戚吃了顿饭，可是许多人不请自来。来者都是客，客人都会客套恭维，夸他那么有才华，又那么勤奋，是个能干一番事业的人，再过一两年，那个"副"字肯定可以去掉。

太平年关

林莹曾为父亲感到骄傲。不过，现在林莹不这样想了。早上，林莹看到父亲穿着光鲜笔挺的西装，头发梳得柔顺闪亮，春风得意地出门，禁不住就想，他这是去上班呢，还是要去干什么？也许除了上班，间或也带着某个女人逛街吧。林莹脑海里甚至闪过这样的画面：繁华的大街上人来人往，热闹非凡，那个女人身材高挑，长发飘飘，足蹬高跟鞋，身穿一件抹胸吊带裙，笑盈盈地挽着父亲的手，郎才女貌，十分般配，格外引人注目。

林莹甚至想，父亲既然送那女人口红，肯定也送好看的衣服，还会送名贵的坤包……恐怕以后就不只是送东西了。那女人是谁呢？他的秘书，或者同事，说不定还是刚入职的小女孩呢！听说现在有些女人，仗着自己年轻漂亮，为了过上富足安逸的生活，抄近道、走捷径，什么事都做得出来。像父亲这样成熟稳重而又事业有成，打他主意的女人自然不会少。

林莹都快要义愤填膺了，可她发现母亲却安静得很，整天只关心这个汤、那个药，吃什么补气、吃什么补血。在林莹的思维里，天都快塌下来了，而母亲她一点都没觉察事情的发展变化，她不能让母亲大难来临还蒙在鼓里。

"不行，我得吹一下哨子。"林莹决定提醒一下母亲。

"妈，我爸成天早出晚归，他有那么忙吗？你知道他在忙什么吗？"林莹说。

"怎么了？"母亲却说，"你父亲在忙什么？我有必要知道吗？小丫头，你怎么会这样说？"

"我是说，你都病成这样了，他却整天不着家，他只知道忙自己的事业，也不知道多抽点时间陪陪你。"林莹说。

"你不要担心我的病，我不需要陪伴，我自己的事自己能处理好，"母亲说，"你看，我这不是比前几天好多了吗？你也不要责怪你爸，他刚走上领导岗位，我不能拖他的后腿！领导就有领导的责任和担当，压力都是无形的，看不到的，让他忙他的，不要去烦他。倒是你，都高三了，也不知道要用功，还是那样嘻嘻哈哈的。要是考不上大学，你要我们怎么办？我们想帮也帮不上你呀！"

母亲的反应这样迟钝！林莹不由急了，心想我本来好心要关心她提醒她的，她倒说起我来了，她是不是病傻了？可是，这事不能再说了，再说具体的，话就难听了，而且自己很可能不过是捕风捉影呢。

"大头鱼"那天要送口红，被林莹骂得狗血淋头，事后曾找过林莹，想要解释什么，可是林莹不理他。打这以后，已经有好几天了，他再也没找过林莹。林莹见"大头鱼"不理自己了，心里觉得有些空落落的。

"'大头鱼'，为什么不理我了？"林莹说。

"没心情。""大头鱼"说。

"哟，才说你两句你就往心里去了，太小气了吧！"林莹说。

"不关你事。""大头鱼"拒她于千里之外。

"大头鱼"说完就要走。林莹觉得伤了自尊，她不想被忽

略，就把他拦下，要他把话讲清楚。"大头鱼"说他大姑离婚
了。林莹说人家离婚关你什么事！他说他大姑离婚了没地方
住，就搬来他家住了。他们家房子小，他的作息受了很大影
响，心里烦。

"其实我大姑和姑丈早两年已经离婚了，只是他们两个瞒
得死死的。""大头鱼"说。

"为什么？"林莹说。

"大头鱼"说："怕影响我表姐呗！今年我表姐上了大学
后，他们才把事情公开。"

"有这样的事？"林莹感到惊讶。

"大头鱼"走后，林莹还愣在原地，他的话让她产生联
想。细心想来，她发现这一两年来，父亲和母亲两人之间，话
越来越少，表面上该说的说该做的做，有时忽然间感觉到他们
客客气气，父亲总借故工作忙碌，他工资收入不低，却对家人
一毛不拔，出差去远门或者节假日都不给母亲捎带礼物。

林莹不敢往深里想，父亲母亲的共同愿望只是盼望她如
愿地考上心仪的大学。"莫非他们两个也早就离婚了，而我却
一直蒙在鼓里？或者说，他们的婚姻早已名存实亡，等我一考
上大学，他们就去办手续？……"

一连数日，林莹心里乱糟糟的，读书学习，看题解答，
根本学不进去，老师在课堂上讲什么，也根本听不进去。年级
里组织月考，这是高考开始冲刺了。林莹考得一塌糊涂，老师
说她的成绩是断崖式下降。她也不想这样，心里苦恼，可是，

又能有什么办法呢？十八岁女孩的心思被搅乱了。

<h1 style="text-align:center">五</h1>

星期三这天是林莹的生日。

年年都有一个生日，今年的生日意义不同，林莹已经满十八周岁了。

林莹记得那天在学校举行成年典礼时，校长说，年满十八周岁就意味着已经成年，要对自己的选择负责，包括选读公共科目，包括高考入学填写志愿等。校长还慷慨激昂，说了很多勉励大家的话。她在心里对自己说："校长说得对！我也要对自己负责，不能再这样下去了。"她想，造成这一切的缘由都是那支可恶的口红，那支鲜艳无比，能让苍白的嘴唇滴溜溜闪烁的神来之物。它究竟去哪儿了？

在自己生日之前，林莹决定要向父亲问个明白，问一问那支精致的口红的下落。她还要告诉父亲，他也要对自己的选择负责。

下午一放学，林莹骑车就直接回家。她进门时，母亲不在，却看见父亲一个人坐在客厅的沙发上刷手机，像在看什么时政新闻，这让她感到有些意外，父亲平时不会这么早就回家的呀！

"爸，我妈呢？"林莹说。

"你外婆病了，她去看望一下，刚出门，说是要晚些才回来。"父亲抬头盯着她说。

"爸，你为什么不送妈一程？"她疑惑。

父亲却说："是你舅来接她的，她还嘱我一定要在家等你，你妈什么时候都不忘关心你。"

林莹听后有些遗憾。本想当着他们两个的面把事情捅开的，可母亲偏偏不在，她就有些犹豫了。转念又觉得，或许是天赐良机，母亲不在也好，这件事主要由父亲引起，单独跟他谈更好，不用扯上母亲。再说了，要是母亲在场，她肯定会责怪我拦着我的。

"爸，我妈不在家，我们不用做饭了，后天是我生日，我们去外面吃好不好？预热一下，我还有件事要跟您说说。"

"好啊，我也有这个意思。我也有话要对你说。"父亲表示赞同，又说，"你想吃什么，尽管说。"

林莹最想吃的当然是麦当劳。她把父亲领到那条著名的商业步行街，那里有一家很有名的麦当劳餐厅。此时正是饭点，餐厅里顾客盈门，几乎是年轻人和小孩的天下，他们好不容易才觅到一处空位。放下拎包，林莹去买了冰可乐、薯条、汉堡包、炸鸡块等一大堆好吃的，回来之后埋头便吃，像饿死鬼托生，风卷残云，不一会儿就吃得差不多了。这时，她突然放慢了速度。吃饱之后，她就要说那件事了。可是，怎样说呢？尽管要说的话之前都想好了，可临了却一句话都说不出口。

父亲端坐在对面，他光洁的前额有些逼人。他的前面摆着几样食品，但都不怎么动，只是端着一杯热咖啡，时不时品一下，看着林莹吃，脸上带着微笑，眼神里透着慈祥，还有暖人的爱意。林莹有些感动。她一向敬重父亲，在她眼里，他甚至是天底下最好的父亲。她不忍心毁了这一刚健挺拔的形象。

"够不够？不够的话再去拿点什么吧。"父亲说。

林莹嗯嗯应声，起身走向那边的柜台。其实她不想再吃了，这么做是为了迎合父亲，同时也为了拖延时间。她开始怀疑自己在这件事上的考虑是否恰当，也许是自己想多了，父亲不是那样的人。退一步说，就算父亲在外面有什么出格的地方，他可能还是会回心转意的，自己要是那么一问，很可能适得其反，把他的退路封死了。换一句话说，就是自己很可能耿直变成鲁莽，再也没有回旋的余地了。

在柜台前，林莹徘徊了一会儿，最后随便又买了一块炸鸡块。

那块炸鸡块一点儿都不好吃，不仅没什么鲜滑味道，还特别地干涩难以下咽，林莹觉得自己已经嚼得很烂了，可吞咽了几次，愣是还卡在喉咙里，憋得她出了一身的虚汗。

父亲慈爱地笑了，"小姑娘，差不多就行，别吃撑了。"父亲把平时挂在嘴上的小丫头改为小姑娘，他说着拿过一张餐巾纸，为林莹擦去额头上的汗珠，又说："后天，后天是你十八岁的生日，父亲有件礼物要送给你。"他拉起林莹的一只手，见手上有点油腻，又细心地用餐巾纸擦了擦，说时让女儿伸出手掌，然后掏出礼物，轻轻放在林莹的手心里。

"啊！口红？"林莹眼前一亮，正是那支精美的口红！

父亲说："你行过成人礼，是成人了，可以用口红了！转眼就要参加高考，如果在北方读大学，口红可以润唇，就更离不开了！你不是有事要跟爸爸说吗？什么事？快说吧，我都会满足你的。"

"爸，我……我没事。那是我骗你的，你这么忙，我不说这个美丽的谎言，你才不会跟我一起出来吃麦当劳呢。"

父亲笑了，拍了拍林莹的肩，说："小姑娘，你把你爸想成什么了！小姑娘，你终于长大了。"

林莹强忍着泪水，眼眸模糊，心里却一下子亮堂起来。

原载《百花洲》（双月刊）2024 年第 1 期

你独自怎可温暖

继父从老家小镇打来电话，他说："宏儿，你妈妈病了，你如有空，就回来看看她！"依旧是轻描淡写的语气。可我还是意识到，这次母亲一定是病得不轻。

母亲年届七旬，身体大不如从前，这样病那样痛，在所难免。可家里从来没有给我打电话。上一次是国庆节，我回家去，见她身体明显虚弱，行动有些力不从心，就说："妈，您这是怎么啦，神气不够好？"母亲说："没什么，我没什么。"继父却说："她肚子痛有些许日子了，打针吃药，最近才开始好转。"我忽生愠意，说："怎么不打我电话？有事要记得给我打电话！"继父看了母亲一眼，似乎想说什么，却低下头去不说话。母亲见状说："不要责怪你爸，旧病老症了也没有什么，是我不让你爸打的。"我自然不会怪罪继父，他什么都听母亲的，就像外人说的，母亲当家里外一把手，这么多年来，生活恰以一溪春水，水波不惊，没有涟漪，我有些忧虑，说："还是上医院看一下吧。"母亲说："人老了身体都会这样，没有那么金贵，添些衣，吃点药，拖一拖，挺一挺，就好了。谁也不保准一年四季都平安！"她的话意，还是不肯上医院。我坚持说："妈，有病就要治，病是治好的，不是拖好的，病治好了还要巩固。以后有什么事，一定要给我打电话。"母亲才说："那好吧，我明白你的孝心，有事我会打电话的。"

然而，说归说做归做，母亲还是有意抵触，不会给我打电话，也不让继父给我打电话。我知道她是怕我在城里分心，影响工作。所以，冷不丁接到继父打来的电话，我就知道事情不妙。其实，人到中年，最怕的就是，远方亲人深更半夜打来长途电话，那保不准就是家里出事了。

简单收拾，打点行装，我就驾着车往家里赶。二十多公里的路上，阴雨下个不停，淋在我心上。秋末冬初的时节就是这样，连阴雨会时断时续，欲罢不休，到处都是湿漉漉的。路边草不枯，树也不怎么掉叶，看不出明显的季节流动，但年轮并没有半点懈怠，照样是一年又一年。看天气预报，气温不低，可我还是感到身上冷，连着打了几个喷嚏，便将车靠停在路边，添了一件外套，再开车赶路。

回到家，母亲躺在床上骨瘦如柴，我扶起她时，明显能触到她的骨架。这一次，我没有顺着她老人家，当天我和继父就让母亲住进了嘈杂的县人民医院。

快半夜了，医院里也变得十分诡秘和安静，偶尔有救护车拉长警笛到达或离开，"唔哩——唔哩——"的响声划破了夜空，让人揪心。傍晚时母亲就是在这样的警笛声中来到医院的。这会儿，母亲躺在病床上。挂过两瓶针水后，她睡得很安静，不像来时那么凄苦，那么惶然，但脸色依旧苍白，人瘦削得脱了形。我不由很自责：一定要把她的病彻底治好了，如县医院不行就上省城的医院，出院后，一定要接她到城里住。小时候听母亲和别人聊天，别人说你儿子那么聪明听话，在学校那样勤奋上进，以后会有大出息，你就可享福了。母亲笑得很欣慰也很期待。可她这辈子总是那么奔忙那么劳累，我还没有真正尽过孝心呢。早些年，她在城里住过几年，那是带小孙子，就时常流露出回乡的念头，偶有的节假日，孩子缠在我们身边了，她就往老家小镇跑。待到孙子上了小学，可以轻松一点了，她却不肯再待了，执意要回小镇上的老家，那里有继父劳作的田园。这一次病愈后，说什么我都不能由着她了。

　　然而，母亲不给我这样的机会，我压根没有想到她的病情急转直下。

　　住院的第三天，母亲的病好像就有了起色，人一下子精神了好多，忽然间谈兴很浓，问起了我城里的工作忙不忙、累不累，问她的孙子乖不乖，成绩好与孬。还说起我小时候顽皮的一些事，又说起她小时候交往的一些人，一些多年不曾走动的老亲戚，这时也一个个从她嘴里蹦出来。我从没见过她一下子扯出这么多的人和事，就好像戏剧里元帅或总兵沙场将台点兵，千军万马一下子全奔走到她眼皮底下。我怕她累着，想让她歇一会儿，便倒了杯水，我说："妈，你也累了，喝点水吧，医生说，你要多休息。"她却说："不碍事，好不容易聚在一起，你就让我多说几句，你把杯子放那儿吧，过一会儿我就喝。"我把水放床头柜上，回头见她看向继父。继父很快就过来喂她水喝，又用温水弄湿毛巾，为她擦脸擦手。母亲很受用的神情，就像她打开窗户呼吸新鲜空气，又像她蹲到南墙根前晒太阳，似乎有些心安理得。我以为用不了几天就可以出院了。

没想到第五天黄昏时分，母亲的病情突然加重，躺在病床上奄奄一息，用上了氧气还昏迷不醒。我疑惑地去找医生。主管医生无奈地说："我们尽力了，她能吃什么就给她吃什么。打上肾上腺素，就可以回家了！"

医院里骤然紧张的氛围及医生无奈走动的会诊，让我产生不祥的预感，意识到最坏的事情将要发生，我急问："这是怎么回事呀？"

医生笼统说了些这两天的化验和检查结果，然后说："我们会诊过，早已是晚期，癌细胞严重扩散，具有弥漫性，乐观的话还有……"医生仿佛知道我不愿听后面的话就停住了。

可医生的束手无措，让我情绪几乎失控，我不敢相信这是真的："怎么会突然就这样了？几天之间变化这么大？"

医生显得城府很深，又面露难色，说："这个病，不是一天两天了，平日里一定是染病了，又憋到反复才来医院的，你母亲的病你不清楚吗？"这话让我哑口无言。默默地接受这个意外而来的事实。

我永远记得与母亲这辈子的最后对话，我忍住心里的痛，对母亲说："妈，没有办法！医生让我带你回家去！"母亲戴着氧气罩，目光紧盯着我，却平静地点头说："好！"我心里滴血，却不敢哭："回家去，我们母子这辈子就……就别过了。"母亲显然听懂了我的话，点头"嗯"了一声。

母亲坐着医院救护车上医院，又坐着医院救护车回家，先后不过五天时间。救护车静悄悄地回到家门口，警笛不鸣，警灯也不闪烁，我一脸凝重，默默地和继父一起轻捷地将母亲从救护车上抬下来。左邻右舍见状，大概已猜出了是怎么回事，没有凑上来嘘寒问暖，只默然投来疑虑的目光。家里那只大黄狗似乎也通人性，不吠不叫，不吵不闹。

进了厅堂，我等待不到母亲的回光返照，不出医生所料，从救护车上搬下来的那瓶氧气还没用完，母亲就撒手人寰，我摸着她的胸口是热热的，但热气转瞬就传给了我。我顿时感到一种沉重的失落与孤独。

平日里，我遇见他人的送葬白事，总是退避三舍，心有余悸。而面对母亲渐渐冰冷的躯体，我毫无顾忌地扑在母亲身上，凄然泪下。

在香烛缭绕的泪影里，我与母亲已阴阳相隔，她有多少来不及说的话成为我永生的愧疚。在医院里，母亲无意说的"好不容易聚在一起，你就让我多说几句"，成了我终生的遗憾。这辈子城里的工作太忙，成了我少归的理由，多陪陪母亲是我永生的奢望。

在红木寿棺边，我撕心裂肺梳理起母亲多灾多难的日月，哦，母亲，炽白灯光下那只翠绿的蟋蟀是你吗？庭院里挥动潮湿翅膀飞翔的蜻蜓是你吗？母亲，天堂里你或许见到花样年华的父亲，我们永念相守，好人就有好梦。往后我梦里醒来，看到窗外扑进来的一缕阳光，或酷暑时忽然而至的一阵和风，我都会视作你从远方回来看我，而我通向你的，却唯有梦中。

处理妥母亲的后事，我在清理她的遗物时，她的嫁妆大立柜顶上，搁着一个柳条箱子，不由引起了我的注意。那个箱子精致别样，一尘不染，显然为母亲所珍惜，她经常擦拭抚摸。箱子是用牛藤条制作包装的。虽然紧锁着，但锁头边上挂着一把清亮的钥匙。继父指着箱子对我说："听你妈说，这是她和你父亲结婚时的嫁妆，我没动过，也从没见你妈打开过，不知里面装的什么，现在我把它交给你了。"我倏地扑过去，仿佛又一次抱着母亲，泣不成声。

我小心翼翼地取下箱子，感觉它很轻盈，用手抚摸了一会儿，然后取下钥匙，轻轻将它打开，看到里面整齐地叠放着一条粉红色的连衣裙、一个精致的蝴蝶发夹，还有一本天蓝皮的笔记本。

夜里，万籁俱寂。我一个人独处时，我怀着虔诚和好奇打开那本天蓝皮的笔记本，哦，母亲多年来一直在坚持着写日记的习惯，那其实是自我对话的心灵印记。这笔记本就像打开一扇尘封已久的窗户，冲进一股尽情席卷扫荡的风，母亲年轻时生活的点滴一下子呈现在我的眼前。

母亲 23 岁那年值得浓墨重彩记下的秋天。这一年的秋天和往年的秋天一样，秋风清，秋月明，苹果、鸭梨、柿子、樱桃……各式各样的水果纷纷上市，母亲吃着时鲜的果子，莫名地就感到有些躁动，心跳也有些异样，仿佛要撞上什么大好事或者遇见什么重要的人，自己的生活即将迎来重大的改变。在一个阳光敲响窗玻璃的日子，她接到单位通知，晚上 8 点去参加一个迎新座谈会，据说是单位新来了一位转业军人，同事们似乎都郑重其事，他是怎样的一个人呢。

吃过晚饭，清爽地洗过澡，母亲从藤条箱底里翻出那件粉红色的连衣裙，穿上去显得轻盈而飘逸。说起这件连衣裙曾寄托她无尽的青春遐想。

母亲是在上班路上途经一家服装商店，在广告橱窗一眼就看上了这件连衣裙的，那款式，那颜色，不艳俗，也不拘谨。她在商店的试衣间穿上了，又在穿衣镜前转了一圈。她越见端庄而妩媚，连衣裙仿佛专为她的肤色、身段选料裁制，她纤巧却不失纯情的气质都得以渲染，让人惊艳。在旁的女销售员一连说着"好看""合适"。但价钱太贵了，用半个月工资买下显然太过奢侈了，她羞赧一笑，竟脱了下来，还给了巴眼售出的女销售员。

一连些许日子，她骑着自行车在那家商店门外驰过，这与她上班的路线并不顺路，每次她刻意而来，眼睛总会瞟向橱窗里的连衣裙，仿佛又生怕被别人悄然买走。两个月过去，她俭省节余攒下的钱，终于可以买下那条连衣裙了，却发现橱窗里再没有她惦记的绮丽的风景，她顿然感到一种格外遗憾的失落。她再次走过那家商店时，女销售员显然还记得她，兴奋地给她介绍又进了一件同款连衣裙，一阵仿佛失而复得的喜悦，让她欣然又试穿一次，女销售员再度惊叹出"云想衣裳花想容"的语句，在"绝配"的怂恿声里，她终于到柜台边狠心付了款；连衣裙买回来了又舍不得穿，本想过年时穿上，似乎不舍得连衣裙见水，多少次浴后试穿都仿佛是一个特别的仪式。但平日里她就是没有穿，一直压箱底。她也搞不清楚，那天晚上为什么就那么想穿这件连衣裙，女为悦己者容吧，仿佛有一种深切的愿望等待着她。

新来的转业军人是一个年轻的小伙子。迎新座谈会开始了，母亲静静地坐在一个不起眼的角落里，她始终都一动不动，长长的睫毛下眨着明亮的双眼，看着眼前的那个年轻人，他浓眉大眼，宽肩长腿，一身英气，她心里不由得一阵惊叹，在此之前，她还从未见过像这样英俊威武的男人。

等到转业军人发言了，他的声音又宽阔又响亮，带有磁性，极具感染力，让每一个听着的人都情绪高涨、精神抖擞。母亲忽地感到体内有什么东西跳动了一下，既激动又忧伤。他那眼睛、那鼻子、那嘴唇，让她感到压迫，她潜意识却喜欢这种压迫。

这时，转业军人的目光扫了过来，母亲也迎了上去，两道目光在空中碰撞交缠，他身上有足够吸引她的东西，母亲读出了炽热，读出了包容和担当，眼眸里泛着一泓激荡的湖水，就像被扔进一块小石头，泛起一圈圈扩展的涟漪。当她发现转业军人那道目光在她这里徘徊穿梭时，显然怔了一下，他眼里仿佛燃烧着一种期待和渴望。她好像意识到了什么，慌忙将目光移开，低下头去，心里像撞进了一头活蹦乱跳的小鹿，狂跳个不停，让人怅然遐想。

迎新座谈会结束了，大家七嘴八舌地向转业军人表示祝贺，有说有笑地离开座谈会会场。母亲却躲开众人，一个人远远地走在最后，生怕被别人不慎撞破她孤独的心事。

往后的日子里，母亲在上班的路上，总会发现转业军人在一个几乎固定的场合出现，与她总是不期而遇。后来才知道，与母亲的不期而遇是转业军人的有意等候。每一次的遇见，转业军人都会痴情地迎着母亲羞涩的目光。情窦初开的母亲未免心里有些激动，可转业军人向她递来热望目光的时候，她却又慌忙避开，低下头去。母亲想跟他打一声招呼，却羞涩得开不了口，恨自己心小胆怯，又觉得自己该保持矜持。她希望转业军人能主动，他当兵走遍四方应有这个胆魄。可他只是露出憨厚的笑容，她因此心里又不由生出埋怨。有一天，母亲差不多焦虑得要哭出来的时候，转业军人终于说话了："你瞧，你的围巾掉了。它很耐看！"

母亲低头一看，原来自己刚才在慌乱中将紫围巾弄丢在地上了。鲜艳的紫色围巾在风中摇曳，像是对她扮了一个逗趣的鬼脸。母亲感到很尴尬，一时手足无措，不觉间停住了轻盈的碎步。转业军人上前去捡躺在地上的紫围巾，她看着他躬身时脊背隆起的肌肉顶贴在洁白的衬衣上，坚实的牛仔裤将臀部绷得紧匝，她的心中又一阵发紧。

这个转业军人就是我的父亲。我的母亲和父亲两个人真正有了情感上的交集。

那时母亲在单位业务第一线——柜台上班，每天接待的客户形形色色，不论是熟识的单位出纳，还是忙碌的企业会计，经手的传票凭证上千张，可谓累死累活，可在人前人后，她总是掩饰不住心底那柔软而潮湿的欢乐，忍不住偷偷在唇边漾出不易被人觉察的笑靥，浅浅的酒窝盛满了蜜意。引得一帮姐妹纷纷打听和胡乱猜想。

有一天，父亲约母亲去电影院看电影。在约会地点，母亲远远就看见候在那里的父亲，心里却还是扑扑地跳，不由用手拢了拢飘散的鬓发，然后迟疑地走过去。

"我去开会……还买了一个发卡。"父亲说。

母亲一怔："什么发卡？"

父亲把发卡掏出来，托在手心里，笑着说："你看。"

母亲知道那是给她买的，脸颊马上变得发烫。不过，她却什么也没有说。

父亲又说："你要是喜欢，就给你吧。"

母亲仍然不吭声，看着发卡。看着看着，突然伸出手，一把将发卡抓到了自己的手里。动作是那样轻快，快得像抢似的。她甚至都没有再看，就迅速往头上戴。

那天晚上的电影是《冰山上的来客》，是爱情片。在电影院里，两人大手小手紧攥在一起。散场后回去的路上，母亲接受了父亲笨拙的拥抱，在父亲脸上留下她温柔的唇印。

明媒正娶，父亲母亲结婚了，母亲十月怀胎生下了我。那段日子，母亲心里充满着欢乐和憧憬。

然而，月有阴晴圆缺，人有旦夕祸福。母亲带着我在乡下刚待满产假，一场意外终止了父亲的花样年华。噩耗传来，母亲眼前一黑就昏了过去……

母亲至今都没搞明白父亲意外出事的前因后果，这也成了她一辈子的痛。那时她的心里只有一个坚定的信念：将我哺育成人，那才是对父亲最深切的怀念。

父亲去世三年后，至亲好友便开始给母亲撮合对象，她还年轻，他们希望她能及早组成新的家庭，可先后说了好几个，母亲始终不为所动。

继父是在我十岁那年走进我的生活的。

我想要个父亲，是那次在镇上看琼剧之后的事。那时我大概三四岁的样子吧。小镇上来了市琼剧团，琼剧根植在海岛民间上百年，深入人心。许多人家在太阳没落山之前，早早就搬椅搬凳到剧场占位子，不少人家因为座位排序居然动起了口角。

母亲没有搬椅搬凳去占位子。她很忙，家里缝缝补补，

太平年关

洗洗涮涮，家务活都靠她一个人操持，没个帮手。她带着我到剧场的时候，戏已开演，戏台上一个蓄着长胡须的老翁絮絮叨叨地唱完，又一个脸上颧骨处画上红痕的老妇，不停地咿咿呀呀，无病呻吟地号着。前面的场子密匝匝坐满了人，那些没座位的就只能站在后面。

母亲抱着我站在后排观看。一开始，站在后排观看的人零零散散，但渐渐地人就多了起来，挤挤挨挨，母亲和我就被挤到后面，看不见戏台上的演出了。后来才知道挤到前面去看戏的人，其实都是回眸想看看母亲。母亲的身段丰腴，人见人爱。母亲被挤到后面倒没什么，她开始似乎也没觉察到什么，她或许感到有些疲累，又实在没有多大兴趣，心下只是为了迁就我才来的；或许来了之后，她原本也是打算看一会儿就回去的。现在感到不少人挤到前面去又回过头看她，她忽然觉得忸怩起来，又生怕多出什么节外生枝的事端，她再被人看着就不清爽了，她就说："宏儿，我们回家吧。"

可我不听她的，懵懂不知事地闹了起来。人群中有个像我一样年岁的孩子，他被大人高高举起，两腿夹着大人的脖颈，跨坐在双肩上，这个坐姿在我们那里叫"坐公楼"。那个孩子坐在大人肩头上，随着戏台上铿锵的锣鼓声咿咿呀呀，手舞足蹈，不亦乐乎。我羡慕极了，闹着也要坐公楼。母亲说："你没看见吗，他那是爸爸才干这种事，妈怎么让你坐公楼呢！"我说："我不，我就是要坐公楼！"

这时，不知从哪儿转出一个叔叔，那个叔叔说："来，叔叔让你坐公棱。"旁边就有几个人起哄："宏儿，快爬上去呀，坐叔叔公棱呀！"我晃动着手脚就要爬上去。母亲顿时感到心里躁得慌，脸涨得通红，一把将我拽过来，不顾我的哭闹，唠叨一路将我抱回家去。

这件事我其实一点印象都没有了。按照母亲日记本上的记载，是母亲后来告诉了我相关的事。母亲跟我提起这件事时，我已上小学三年级了。我说："妈，我怎么一点都不记得了？"母亲说："你是不记得了，后来还有好几次呢！这事不知道怎么传开了，镇上先后有几位叔叔，来到我们家房前屋后转来转去，要你坐公棱，搞得我一次比一次尴尬，下不了台。"我不以为然，说："那有什么呢？是他们愿意的。"母亲却郑重其事，说："说得轻巧，你要是坐了他的公棱，我就得让你叫他爸爸！"我"哦"了一声，似乎明白了，又似乎不明白，而母亲这个时候为什么要跟我提起这些事呢？

那段时间里，家住在后街上的一个女人常上我们家找母亲聊天，而且一坐就是大半天。女人大多是大中午来的，坐询到日头西斜时分才抬脚走。她头上的发鬓不知抹了什么油，脸上抹了白粉，遮挡了脸上的疙疙瘩瘩，她常穿碎花衣裳，打扮得有些花枝招展，一进门就说："哎哟，看你过的什么日子！"好像很关心我们家似的。母亲请她坐下，那态度不敢怠慢，但也不是很热情。她们闲聊时我就在一边做课外作业。

"食品站那个肥多，你要跟了他，大碗吃饭大块吃肉，日子会过得很滋润的，你为什么就看不上他？"女人伸出长长的老舌，说。

"那个人你就别说了，总是邋里邋遢的，让人看着不清爽。"母亲的口气中有嫌弃，脸有腻色。

"中学里那个姓王的老师呢？人很清爽吧，又知书达理，你为什么不答应人家？"女人俯在母亲的耳畔，小声说。

"……"母亲忙着手中的活计，就是不吭声。

"还有公社里那个姓李的干部，当时跟你提起你不答应，现在人家升官了，已经是个主任了。"女人嘴里滚动一股白涎，似乎要流出来，我便不敢再看她。

"……"母亲拢紧耳边散下来的一绺毛絮，还是不说话。

"唉！"女人叹了口气，似乎很惋惜，又说，"你呀你！你知道你错过了多少好机会吗？"

"我也知道，但还是……以后再说吧。"母亲说这话的时候显得很淡然，仿佛是在说别人的事。

我十岁那年，童年摇晃的脚步站成朦胧感知的身影。母亲就往家里领来了一个叔叔。他的头发稀短，后来不知怎么就秃顶了，两片嘴唇皮抿得很紧，像他不轻易说话而守口如瓶。母亲还让我叫他爸。我这才似乎明白，前些日子母亲怎么会有兴趣提起我小时候要坐公棱的事。可我已经长大了，早就不想坐公棱了，现在才领回这么一个叔叔，有什么意思嘛！

那个叔叔手里拎着沉甸甸的七斤猪肉，一个装得鼓鼓的手提篮，那里面包裹着九斤腐竹和粉丝，这是小镇上上门问亲的规例。那七与九两个数字是有含义的，就是民间所说的

"七成八败"或"九成十猜"。叔叔的手里还有一个纸袋,里面埋着什么让人好奇。

我不愿意叫一个陌生人为爸,嘴嘟嘟没拿正眼瞧他。"你倒是叫啊!这是你爸。"母亲看见我不吭声,脸含尴尬,不高兴了,"这孩子怎么会这样!"

那个叔叔"嘿嘿"地笑了笑,说:"一时叫不叫的没关系,不要强求孩子。"他把猪肉、腐竹和粉丝递给母亲,接着打开纸袋,然后递给我。纸袋里有一些威化饼干、一些椰子味糖果,这些东西我一见就口水直流,无法抵抗。那些物品,可是稀有之物。

最终,我还是叫了那个叔叔一声爸。那个叔叔就是我现在的继父。可是,一直以来,当面我会叫他爸,要是与别人谈起,我还是称他为继父,好像要撇清什么。究竟要撇清什么,我也说不清楚。

日出日落,日子过得很快,一晃七天过去,让我过得不知所措,望着逝去的美好发呆,但记忆的容量是有限的,也似乎想不起时光一丝一缕的痕迹。

这些日子里,我经历了人生最不寻常的际遇,母亲走了,秉持俗规习例,陪伴母亲的大立柜和梳妆台必须舍弃,我略感欣慰的是:母亲的坟茔就在父亲的身边,山坡上的两座坟茔紧挨在一起。父亲在离开46年后,与母亲又终于聚在一起了。老家里一下子变得空荡荡的,我转瞬之间变得十分孤独十分无助。我忽然疑惑我是为谁所活？母亲这一走，我茫然不知下一步我该何去何从？往后的节假日，哪条路是我蹒跚的归途？

"宏儿，你妈妈走了……我再也听不到她的唠叨了……"继父痛哭失声。他坐在门槛上，看向远处，人一下子衰老了许多，苍白的脸上沟壑更深，两行老泪披挂流连，憔悴的脸上重叠着失眠的倦意。

在城里，我买了一百二十平方米的商品房，首付时有缺口，母亲卖掉了小镇上一块地。起初我反对："从长远计，那样划不来！"母亲却说："卖地算什么，为了你，我卖血都可以！"我城里的家中安排出一个单间，那原本是给母亲的，现在我打算让继父去住。继父嗫嚅了半天，磨蹭着鞋底，没有说话。我说："你犟着不进城去，别人就要看我的笑话了，也会怀疑我没有孝心。在城里，没孝心的人是没有人缘的，也是没有出息的。"我说得近乎要挟，没有商量的余地。

可继父沉吟一下，还是婉拒了："宏儿，我觉得你母亲没有走，或许是她出了远门，有你母亲在这儿，我哪里也不去……有空你就常回来看她……"

"那我帮你请一个保姆吧？照顾你的起居。"我不想继父一个人独自居住在小镇上。

继父说："别担心我，别为我多想，我会照顾自己的，我不会孤独，我一个人的时候，会想起你的母亲……"

他这么一说，我心里咯噔了一下，不由鼻子一酸：其实，母亲这辈子对继父没有爱情。她在那本天蓝皮的笔记本里写道：

　　那几个都是好人家，不是我看不上他们，而是我心里过不了那道坎。我觉得我很难将爱情再给第二个人了。我有很多忧虑，最大的忧虑是，如果我不能将真爱给人家，时间久了，人家还能接受我们吗？

……

在笔记本的一张折页上，母亲写道：

　　明天我要往家里领回一个人，做宏儿的爸爸。我感到好难，撑不下去了，培育宏儿，我需要一个人。我觉得那人是个好人，跟他生活在一起应该不会有各种忧虑。希望我们家今后和睦相处。

……

　　其实，我在读母亲的日记时，有一种无法诉说的情怀震撼了我：当年，母亲遇见继父之前，亲戚好友就开始张罗她后半辈子的生活。其中不乏条件优越、生活宽裕的人家，就像公社里那个姓李的干部，后来他另娶了一个并不可心的女人，却为他生育了一个可爱的男孩。甚至有暗恋母亲多年的同窗，中学里那个姓王的老师，在读中学时曾给她送过手绢，在那个年代，送手绢是多么浪漫的事。亲戚好友和善地劝母亲，说这么好的人家你看不上，你要找什么样的人呢？别把自己一辈子耽误了。

而母亲最后却违心地选择没有爱情的继父，他不需要添加孩子，而且愿意入赘过来，母亲就此同样操持他几乎一辈子的生活。母亲是生怕她感情的琴弦一旦被拨动，会冲淡她对父亲的一往情深：父亲在母亲的心中永远定格在 25 岁的花样年华。在我的记忆里，母亲和继父相敬如宾，该说的说，该笑的笑，可总会让人有一种客客气气的感觉。

继父母亲是婚后三个月才同居的。此前，继父和母亲仿佛早有默契一样，母亲躺在柔软的席梦思床上，继父则睡在局促的沙发里，谁也没有轻易去惊动谁。白天，继父和母亲彼此相敬如宾，夜里，俨然两个陌路人。一天夜里，屋外起了大风，或许是窗户忘了关，继父被骤降的气温凉醒，禁不住连连打了三个喷嚏，正准备起身添被时，房间里的床头灯忽然亮了，母亲坐在床头，说："你到床上来睡吧，免得着凉了。"

此后，继父和母亲相濡以沫。母亲以她独特的方式剪裁着他们的生活。继父也默认了，母亲裁出什么样式，继父就过什么样的日子，每一年的春夏秋冬，他们结伴而行一道走过每一个岁月轮回。可是，夜间在和暖的被窝里行夫妻那点事的时候，母亲总是不让开灯，母亲总是把继父当作她痴爱的花样年华的父亲。还有，有多少回，母亲在缠绵的梦呓中醒来，枕边还喃喃地呼喊着父亲的名字……而这一切的一切，继父都默认了，或者装作根本不在乎。

继父原来抽烟很凶，经常在夜深人静时分，独自在阳台的藤椅上发狠地抽烟，几乎把自己罩在浓雾里，似乎要把自己包裹起来。后来受了风寒后咳嗽不止，几乎喘得上气不接下气，苍白的脸憋得通红。母亲几句话，继父就永远丢掉了陪伴多年的烟蒂。

继父本来酒瘾特大，不论桌上什么菜肴，酒杯不离席，后来他的一个远亲酒后驾车出了车祸，母亲只说了一句话，他便滴酒不沾。别人对母亲说，一个男人能为一个女人戒烟戒酒，他如果不是爱她到骨子里，是断然做不到的，就是去当兵也可以独自攻破一座城池。

在日记本的最后一页上，母亲写道：

　　"今天是母亲节，他提前下班了，准备了一桌丰盛的菜肴。开饭前，他忽然从身后伸出一朵淡黄的野菊来。花，多少日子没人送花了。除了工作上获得荣誉受到奖励外，在新婚蜜月的日子里，也没有人送过我鲜艳的花，我又感到身体里有某种冲动，感到脸上被点燃般发烫。我感受到他的真诚，我接过了花，久久地捧在怀里。"

……

继父穿着一件灰蓝色衣服，那是我前年在城里买了捎回的，继父穿着总是显得很阔大，同时也让人觉出他的干瘦。他的脸孔即使不在烟火里也总是一种褐紫色。在城里我每每接触胖乎乎的男人，就会想起继父，心里也便有一缕莫名的酸楚。其实我知道，我不该做那种比较。

继父的眼眸里有湿亮的光，他颤抖着声音，说："宏儿，我知道你孝顺，也知道你心思，人怎么着都是一辈子，吉人自有天相，好人自有好报，自己认准了，别听别人说什么。这阵子，我寻思了许多，我好像是重过了一辈子……我深知，你母亲这辈子有很多理想，我却不能帮着她去实现，我没有护好她，对不住她……可她还是同我生活了一辈子。"

我听着，心里惊呼：在婚姻里，男人选择女人一定是自己所倾情珍爱的，而女人取舍男人那必定是护她一辈子周全的人。

"咔嗒"一声，我忽然有一种心碎的感觉。

原载《北方文学》（月刊）2024 年第 3 期